복있는 이름짓기 사전

福복 있는
이름짓기
사전

엄원섭 지음

백만문화사

머리말

만물(萬物)의 영장인 사람은 대자연(大自然)의 정기를 받고 태어났기 때문에 흔히 소우주(小宇宙)라고 부르는데 인체는 하늘의 변화와 땅의 신비를 감추고 있다.

머리가 둥근 것은 하늘(天)을 본으로 삼았기 때문이며 발이 넓적한 것(仿形)은 땅(地)을 상징하고, 두 눈은 해와 달에 비유되고, 몸의 오장육부와 365경락은 각각 월(月)과 시(時) 년(年)에 대응된다.

이렇게 우주를 닮은 인간은 음양오행으로 구성되어 있어 옛부터 이름은 궁상각치우, 원형이정, 목화토금수, 음양오행설에 입각하여 작명하였다.

그러나 현재까지 가장 널리 통용되고 있는 작명법은 음양오행설에 기초한 것이다.

항간에는 이름으로 마치 팔자를 고치는 것같이 사람들을 미혹하는 예도 있으나 이는 과장된 지나친 말이며 사람의 운세는 그 사람의 타고난 재능과 본인의 노력 및 의지와 환경에 크게 좌우된다고 보아야 하겠다.

그러나 성명학도 동양철학의 한부부인 만큼 같은 값이면 다홍치마라고 자녀의 이름을 부르기 쉽고 좋은 뜻이 담겨 있으며 음양오행상으로 상생되게 짓는다면 금상첨화라고 하겠다. 귀여운 자녀의 이름을 잘 지어 항상 부르면서 이름에 담겨 있는 뜻을 기억하고 자녀가 훌륭하게 되리라는 기대와 함께 아이들을 잘 양육하고 관용으로 키운다면 어찌 그 아이가 자라서 나라에 재목이 되고 훌륭한 인물이 되지 않는다고 할 수 있겠는가.

그런 면에서 이 책을 참고하여 이름 하나라도 정성껏 지으면 좋은 결과가 있을 거라고 믿는다면 더 큰 효과가 있을 것이다.

이 책의 주요 내용을 보면 다음과 같다.

1. 대법원 규칙으로 정한 이름에 사용하는 한자 2,854자와 추가한 자를 모두 담고 있으며 동 한자 모두를 획수별로 정리하였고 글자 위에 이름에 사용키 곤란한 글자는 ×로 표시하여 작명에 편리하도록 하였다.

2. 작명하여 출생신고하는 절차와 출생신고서 양식 및 개명시의 절차와 개명 서식을 삽입하여 작명, 개명에 참고토록 하였으며,

3. 성명의 성과 이름 글자를 木,火,土,金,水수리 오행별로 분류하고 수리의 길흉(吉凶)을 표시하여 미리 성명 한자 획수를 만들어 놓았으므로 쉽게 작명할 수 있다.

4. 한글 고유 이름도 함께 실어 어여쁜 우리글로 이름을 지을 수 있도록 한글이름 글자를 망라했고,

5. 역대 미스코리아 전원의 예쁜 이름과 배우, 탤런트, 가수 등 연예인의 친근한 이름과 개명한 예명(예 태진아 : 본명 조방헌, 설운도 : 본명 이영춘)을 찾아보기 쉽게 편집하였다.

6. 국내외 역사속의 중요 인물들의 이름을 뽑아 싣고 업적과 직책을 함께 게재하여 이름과 인물을 살필 수 있도록 하였으며,

7. 국제화 시대에 맞게 외국 연예인의 예명과 세계사에 빛나는 인물들의 이름과 업적을 망라하였다.

8. 세례명이나 예명에 참고가 될 수 있는 성경속의 인물을 남, 녀로 나누어 실었다.

위와 같이 다양하게 작명에 필요한 자료를 첨부하였으므로 이를 참고로 활용한다면 이름짓는 데 큰 도움이 되리라고 사료되어 이 책을 펴낸다.

저자 엄 원 섭

차례

제1장 한자이름

제2장 복있는 한자이름

⊙ 大吉 ○보통 × 흉 △ 半吉半凶

획수	길흉	운세	획수	길흉	운세
1	⊙	두령운(頭領運)	20	×	공허운(空虛運)
2	×	분산운(分散運)	21	⊙	수령운(首領運)
3	⊙	수복운(壽福運)	22	△	중절운(中折運)
4	×	파멸운(破滅運)	23	⊙	창성운(昌盛運)
5	⊙	성공운(成功運)	24	⊙	입신운(立身運)
6	⊙	풍부운(豊富運)	25	⊙	건창운(健暢運)
7	⊙	발달운(發達運)	26	×	괴걸운(怪傑運)
8	⊙	건강운(健康運)	27	×	좌절운(挫折運)
9	×	궁핍운(窮乏運)	28	×	파란운(波亂運)
10	×	단명운(短命運)	29	⊙	성공운(成功運)
11	⊙	부가운(富家運)	30	×	춘몽운(春夢運)
12	×	박약운(薄弱運)	31	⊙	개척운(開拓運)
13	⊙	지모운(智謀運)	32	⊙	요행운(僥倖運)
14	×	이산운(離散運)	33	⊙	승천운(昇天運)
15	⊙	통솔운(統率運)	34	×	파괴운(破壞運)
16	⊙	덕망운(德望運)	35	⊙	평화운(平和運)
17	⊙	강건운(剛健運)	36	×	고난운(苦難運)
18	⊙	발전운(發展運)	37	⊙	정치운(政治運)
19	×	병약운(病弱運)	38	○	문장운(文章運)

획수	길흉	운세	획수	길흉	운세
39	⊙	장성 운(將星運)	61	○	명리운(名利運)
40	×	무상운(無常運)	62	×	무력운(無力運)
41	⊙	대길운(大吉運)	63	⊙	부귀 운(富貴運)
42	×	실의운(失意運)	64	×	재화운(災禍運)
43	×	재해운(災害運)	65	⊙	형통운(亨通運)
44	×	비애운(悲哀運)	66	×	파가운(破家運)
45	⊙	성사운(成事運)	67	⊙	번영운(繁榮運)
46	×	고행운(苦行運)	68	⊙	흥가운(興家運)
47	⊙	출세운(出世運)	69	×	불안운(不安運)
48	⊙	존경운(尊敬運)	70	×	쇠퇴운(衰退運)
49	○	변화운(變化運)	71	○	보통운(普通運)
50	○	성패운(成敗運)	72	×	길흉운(吉凶運)
51	○	흥망운(興亡運)	73	○	소성운(小成運)
52	⊙	통달운(通達運)	74	×	수액운(受厄運)
53	○	상심운(傷心運)	75	⊙	평길운(平吉運)
54	×	고생운(苦生運)	76	×	병약운(病弱運)
55	×	우수운(憂愁運)	77	△	비탄운(悲嘆運)
56	×	패망운(敗亡運)	78	△	용두사미운(龍頭蛇尾運)
57	○	분발운(奮發運)	79	○	무모운(無謀運)
58	△	만성운(晚成運)	80	×	은거 운(隱居運)
59	×	실망운(失望運)	81	⊙	복록운(福祿運)
60	×	동요운(動搖運)			

제3장 한글 이름

제4장 작명참고자료

부록

제1장
한자이름

1. 대법원이 정한 인명용 한자는 어떤 것인가?

● 1991년 3월 대법원이 대법관 회의를 열어 이름에 사용할 수 있
는 인명용(人名用) 한자 2,854자를 확정 「호적법 시행규칙 제37
조(戶籍法 施行規則 第37條)」에 의거 이를 공포하고 1991년 4
월 1일부터 시행토록 했다.

● 대법원은 인명용 한자의 수를 교육부가 정한 한문 교육용 기초
한자 1,800자를 포함하고 각 계의 의견을 수렴하여 이름에 적합
하다고 판단되는 글자를 망라하여 2,854자로 정했다. 대법원은
또 일부 한자에 대해서는 약자(略字)와 속자(俗字)를 사용할 수
있도록 했다.

● 이에 따라 1991년 4월 1일 이후부터는 대법원이 정한 인명용
한자만 이름에 사용할 수 있게 되었으며 그 이외의 한자를 사용
할 경우에는 호적에 한글(한문의 음대로)로 이름을 올리도록
하였다.

● 따라서 한자로 이름을 지을 때는 이 인명용 한자를 참고해야 하
  므로 본 책자는 인명용 한자 2,854자를 제시하고 이를 근거로
  이름짓는 방법을 전개코자 한다.

※ 참고 「호적법 시행규칙 제37조」
  (인명용 상용 한자의 범위)
  법 49조 제3항의 규정에 의한 통상 사용되는 한자의 범위는 문
교부가 정한 한문 교육용 기초한자와 별지 인명용 한지표에 기재
된 한자로 한다.

2. 이름에 얽힌 이야기들

(1) 잘못된 이름

● 얼마전 일본에서는 아들의 이름을 아쿠마신(악마신 : 惡魔神)이라고 지어 당국에 신고하다 말썽이 되어 법적 투쟁까지 하였다. 법원 판결에서는 승소 판결을 받았으나 당시 자녀의 이름을 악마라고 하는 것은 바람직하지 못하다는 여론이 악화되어 취소하고 말았다.

● 우리는 누구나 제2세인 자녀의 이름을 잘 지어 훌륭하게 성장하기를 희망한다. 그런데 악마신이라고 마구 지어 등록하는 것이 과연 좋은 것일까? 물론 좋은 이름, 복 있는 이름, 부르기 좋은 이름을 자녀에게 선물하여야 할 것이다.

(2) 이상한 이름

● 현재 이름을 고칠 수 있는 정당한 사유가 있다면 언제든지 개명

할 수 있도록 법에 정해 있다.

그리고 당국은 지난 1995년 한해 동안 초등학생에 한하여 호적
에 올린 이름을 쉽게 고칠 수 있도록 개명을 전면 허락했다.

즉, 이름 중에 金샌다, 나竹子(죽자), 朴雙連(박쌍련), 金창녀,
金治國(김치국) 등 욕설이나 나쁜 의미로 들리거나 흉악범이나
부도덕한 자를 연상하거나 운명철학상 나쁘거나 한글을 한문으
로 한문을 한글로 바꿀 때는 개명을 허용한 것이다.

● 영국의 예(장난기 이름)
「바틀드 비어」(병맥주 Bottled Beer)
「미네랄 워터스」(생수 Mineral Waters)
「윈저 캐슬」(윈저성의 명칭)
「류머티즘」
「패트소」(뚱뚱보)
「데프트」(미친) 등

● 이상한 느낌의 이름
아인슈타인 (one stone : 一石)
콜 (양배추)

● 일본식 이름
田中 (다나까 : 밭 가운데)

(3) 알 듯 모를 듯한 이름

● 이름은 중요한 것이므로 처음 지을 때 잘 지어야 한다.
옛날 비결서들은 사람들이 이해하기 어렵고 난해하므로 나중에
깨우치는 등 풀기 어려울 뿐 아니라 해석이 저마다 구구한 이름
이나 용어들도 있다.

● 임진왜란 때 피난할 곳을 암시하는 상징물은 송아지(松下地)였
다. 풍신수길은 송자 지명이나 이여송과는 접전을 피했다. 즉
해답은 이여송(李如松)이었다.

● 병자호란 때는 강아지였다.
즉「家下地」집에 있는 사람이 살았다.
또한 목자득국(木子得國 : 李氏 즉 목의 아들이 나라를 차지한
다)도 나온다.

● 소두무족이 난을 해결한다고도 했다.
小頭無足 : 머리 작고 발이 없음.
즉, 원자폭탄이나 수소폭탄 또는 미국(米國 : 쌀이 머리 작고 발
이 없으니)이라고도 해석한다.

이렇게 남이 알 듯 모를 듯한 문자를 쓰는 때도 있지만 이름은
부르기 좋고 뜻도 명확하며 남에게 거부감을 주지 말아야 한다. 이
것이 인명용 한자를 제정한 당국의 뜻도 될 것이다.

3. 좋은 이름은?

 부모는 누구나 자기 자식이 잘 자라서 훌륭하게 되기를 희망한
다. 물론 이름을 잘 짓는다고 꼭 출세하고 부자가 되는 것은 아니
지만 부르기 좋고 뜻이 좋으며 운명철학상 좋다면 금상첨화가 아
니겠는가?

 우리가 집에서 분재(盆栽)를 기를 때 본인 뜻에 맞게 모양좋게
잘 가꾸듯이 어린아이를 키울 때도 좋은 이름을 지어주고 부른다
면 얼마나 좋을까.

 어렸을 땐 말썽을 부려 하루에도 수십 번 이름을 부르게 되는데
이 애는 이름이 좋으니 앞으로 훌륭하게 성장할 것이라는 부모의
뜻을 담아 아이를 부르며 설사 잘못을 저질렀다 해도 훈계하며 너
는 앞으로 크게 될 아이이니 하며 사랑과 관용으로 쓰다듬으며 키
운다면 어찌 이 아이가 자라 나쁘게 되며 훌륭하게 되지 않는다고
할 수 있겠는가?

 부모는 의당 자녀에게 좋은 이름을 선물하여야 할 것이다.

 「사람은 죽어 이름을 남기고 호랑이는 죽어 가죽을 남긴다
(人死遺名, 虎死遺皮)」는 말도 있듯이 「이름은 천추까지 전해진

다」고 한다.

첫째, 이름은 부르기 쉽고 간편해야 한다.

성은 고정되어 있으므로 성과 결합하여 부르기 쉽고 부드러우며 딱딱하거나 된 발음이 되지 않아야 하고 이름은 한 자나 두 자 정도가 좋다. 이름이 두 자 이상 여러 글자가 되어 길면 외우기 어렵고 부를 때도 힘들다.

둘째, 뜻과 느낌이 좋아야 한다.

이름의 뜻글이 희망과 용기를 주고 지혜로우며 건강한 뜻이면 좋고 전체에서 풍기는 의미가 건설적인 것이면 더욱 좋다.

셋째, 대법원이 정한 글자여야 한다.

당국이 정한 인명용 한자에 들어 있어야 하고 너무 어려운 한자나 우리가 평소에 잘 쓰지 않는 난해한 문자는 곤란하다. 더구나 2,854자 이외는 호적에 등재되지 않고 한자의 음대로 한글로 등재된다는 것을 알아야 한다.

넷째, 집안 문중이나 동네, 주위에 너무 흔한 이름은 혼란과 불편이 있다.

학교에 갔을 때 같은 이름이 많을 경우 매우 혼란하고 불편하며 더구나 친척 중에 돌림자가 같아 같은 이름이 있으면 고쳐야 될 경우도 있다.

다섯째, 운명철학상 좋은 이름이라면 금상첨화이겠다.

같은 값이면 다홍치마라고 운명철학상 음양오행이 조화 있고 상생된다면 더 이상 길상이 없겠다.

여섯째, 자녀의 개성이나 희망을 이름에 담아 항상 의지에 품고 목표를 삼아 간다면 성공의 길잡이가 될 수 있다.

4. 출생신고 요령

(1) 이름짓기 ——→ 출생신고 ——→ 호적등재
　　　　　　　(출생 1개월이내)

● 자녀가 출생하면 이름을 짓는다.

● 이때 대법원이 정한(호적법 시행규칙 제37조에 의거 이름에 쓸
　수 있는 인명용(人名用) 한자를 2,854자로 정하여 1991년 4월
　1일부터 시행하고 있다) 한자로 이름을 짓든지 아니면 한글로
　이름을 지어야 한다.
　(인명용 이외의 한자는 한문 음으로만 한글로 호적에 등재된다.)

● 이름을 지었으면 부모의 본적지 또는 현재 살고 있는 구, 시·군,
　읍·면의 행정관청에 출생신고서를 출생후 1개월 이내에 제출해야
　한다.
　　1개월이 경과하면 과태료를 내야 하고 출생신고를 지체한 해
　태 이유서를 내야 한다.

(양식 제1호)

출 생 신 고 서

년　월　일

※ 뒷면의 작성방법을 읽고 기재하시되 선택항목은 해당번호에 "○"으로 표시하여 주시기 바랍니다.

① 출 생 자	본 적				호 주 및관계		의
	주 소				세대주 및관계		의
	성 명	한글		본	성 별	① 혼인중의 자	
		한자			①남 ②여	① 혼인외의 자	
	출생일시	년　월　일　시　분 (① 자택　② 병원　③ 기타)에서 출생					
	출생장소						

② 부 모 성 명	부(父)	(본 : 　　　)	모(母)	(본 : 　　　)

③ 기타사항	

④ 신 고 인	성 명	서명(인)	주민등록번호		자격	
	주 소				전화	

※ 다음은 국가의 인구정책 수립을 위한 기초자료로 이용되오니 정확히 기재해 주십시오..

구 분	부(父)에 관한 사항	모(母)에 관한 사항
⑤생년월일	년　월　일	년　월　일
⑥직 업		
⑦교 육 정 도	①무학　②초등학교　③중학교 ④고등학교　⑤대학이상	①무학　②초등학교　③중학교 ④고등학교　⑤대학이상
⑧부모의 결혼 년월일	년 월 일부터 동거	⑨임신주(週)수　임신 만　　　주
⑩태 아 수	① 1태아　② 2태아　③ 3태아 이상	⑪신생아 체중　　　　　　kg
⑫모의 출산아 수	현재까지 총　　명을 출산하여	명 생존(　　명 사망)

※ 아래사항은 신고인이 기재하지 않습니다.

읍 면 동 접 수	세대별주민 등록표정리	월 (일) (인)	본적지 송 부	월 (일) (인)	호 적 부 정 리	월 (일) (인)
	개일별주민 등록표작성	월 (일) (인)	본 적 지 접 수		호적부에주민 등록번호기재	월 (일) (인)
	대 장 정 리	월 (일) (인)			주 민 등 록 지 통 보	월 (일) (인)
	주 민 등 록 번 호				인 구 동 태 신 고 서 송 부	월 (일) (인)

● 출생신고 후 호적에 등재되면 이름이 호적에 잘 기록됐는지 확인한다.

● 행정착오로 이름 글자나 생년월일이 잘못 기재되었으면 호적 정정 신청서를 내면 관청은 직권으로 바로잡아 준다.

(2) 호적법

제2절 출생

제49조 (출생신고의 기재 사항)

① 출생신고는 1개월 이내에 이를 하여야 한다.
(개정 1975. 12. 3, 84. 7. 30)

② 신고서에는 다음 사항을 기재하여야 한다.
(개정 84. 7. 30)

1. 子의 성명, 本(본) 및 性別(성별)

2. 子의 婚姻(혼인) 중 또는 혼인 외의 출생자의 구별

3. 출생의 연월일시 및 장소

4. 부모의 성명 및 본

5. 子가 입적할 가의 호주의 성명 및 본적

6. 子가 일가를 창립하는 때에는 그 취지 및 그 원인과 장소

③ 子의 이름에는 한글 또는 통상 상용되는 한자를 사용하여야 한다.

　통상 상용되는 한자의 범위는 대법원 규칙으로 정한다.
(1990. 12. 30 신설)

④ 출생신고서에는 조산사 기타 분만에 관여한 자가 작성한 출
생증명서를 첨부하여야 한다. 다만 부득이한 사유가 있는 경
우에는 그러하지 아니하다.(1990. 12. 31 신설)

제130조 (과태료)

市, 邑, 面의 장이 제43조 또는 제124조의 규정에 의하여 기간을
정하여 신고 또는 신청의 최고를 한 경우에 정당한 이유 없이 그
기간 내에 신고 또는 신청을 하지 아니한 자는 10만 원 이하의 과
태료에 처한다.(1975. 12. 31 개정 1990. 7. 30 1990. 12. 31)

제50조 (출생신고의 장소)

① 출생신고는 출생지에서 이를 할 수 있다.
② 기타 교통기관 중에서 출생한 때에는 모가 교통기관에서 내
린 곳, 항해일지의 비치가 없는 선박중에서 출생한 때에는 그
선박이 최초로 입항한 곳에서 이를 신고할 수 있다.

5. 이름 고치는 요령(개명 : 改名)

(1) 개명 절차

① 잘못된 이름 – 이름을 복있는 이름으로 고친다.

② 고친 이름을 본인 주소지 관할 법원에 정정 신청한다.
   (이때 한문 이름은 대법원이 정한 2,854자에 들어 있는 글자로
   개명한다.)

③ 법원이 개명을 허락한다.(결정문 통보)

④ 개명 결정문을 첨부하여 시, 군·구·읍·면에 개명 신고한다.
   (신고서 양식 별첨) (구청에 신고)

⑤ 만일 법원이 개명을 허락치 않으면 항고할 수 있다.(법원의 기
   각에 불복)

※ 참고 제4장에 작명이나 개명에 필요한 참고 자료가 있다.
   (연예인의 예명, 미스코리아의 아름다운 이름, 역사 속의 유명
   인물 등 자료)

● 개명시 준비해야 할 서류

(1) 호적 정정 신청서 표지(뒤에 보기 있음)

(2) 호적 정정 신청서(뒤에 보기 있음)

(3) 개명 이유서(뒤에 보기 있음)

(4) 호적 등본 1통

(5) 주민등록 등본 1통

(6) 신원 증명서 1통(미성년자는 해당 없음)

(7) 병적 증명서 1통(남자의 경우)

(8) 인우 보증서(많을수록 좋음)

(9) 기타 참고 서류

   (오고간 편지 봉투나 근거가 될 만한 서류, 많을수록 좋음)

| 호적법 |

제15절 개명(改名)

제113조(개명신고)

① 개명하고자 하는 자는 본적지 또는 주소지를 관할하고 있는 가정법원의 허가를 받은 날로부터 1月 이내에 신고를 하여야 한다.

② 신고서에는 다음 사항을 기재하여야 한다.

  1. 변경전의 이름

  2. 변경한 이름

  3. 허가의 연월일

③ 제2항의 신고서에는 허가의 등본을 첨부하여야 한다.

개 명 신 고 서

※ 아래의 작성방법을 읽고 기재하시기 바랍니다.   년   월   일

① 개명자	본 적				호 주 및관계	의
	주 소				세대주 및관계	의
	부 모 성 명	부 (父)		모 (母)		
	본 인 성 명	한글		본	주민등록 번 호	
		한자				
② 변경하고자 하 는 이 름		한글		한자		
③ 허 가 일 자		년 월 일	법원명			
④ 기 타 사 항						
⑤ 신고인	성 명	서명(인)	주민등록번호		자격	
	주 소				전화	

병적정리	월 일(인)

작성방법

※ 도장을 찍는 대신에 서명을 하셔도 됩니다.

※ 이 신고서에는 개명허가의 등본을 첨부하여야 합니다.

①란에서 본인의 본(本)은 한자로 기재합니다.

②란은 변경하고자 하는 이름을 기재하며, 한자가 없는 경우는 한글란에만 기재합니다.

④란 기타 사항에는 호적에 기재하여야 할 사항을 분명하게 하는데 특히 필요한 사항을 기재합니다.

⑤란에서 자격은 부모, 후견인, 사건본인 등 해당되는 자격을 기재합니다.

(2) 호적 정정 신청

호적 정정 신청서 표지의 보기

호적 정정 신청서

인지

신청인 ○ ○ ○

우표

서울 민사 지방법원 ○○지원 앞

호적 정정 신청서의 보기

호적 정정 신청서

본적 :
주소 :
신청인 및 사건 본인 :
생년월일 :

신청 취지
"○○○"을 "○○○"으로 개명 허가한다는 결정을 구함.

신청 원인
뒤에 붙인 이유서와 같음

첨부 서류
1. 호적등본 1통   2. 주민등록등본 1통   3. 신원증명서 1통
4. 병적 증명서 1통   5. 오고간 편지 봉투   6. 기타 참고 서류

19 년 월 일
위 신청인 ○○○ (도장)

서울 민사 지방법원 ○○지원 앞

개명 이유서

19 년 월 일

○ ○ ○ (도장)

개명이 허가된 결정문의 사본

서울 지방법원 ○○지원

결 정

    호   개명
본적 :
주소 :

신청인 및 사건 본인 :

        19 년   월 일생

본 건 신청은 그 이유 있다고 인정하여 다음과 같이 결정한다.

주 문

○○도 ○○군 ○○면 사무소에 비치된 위 본적 호주 ○○○의
호적중 사건 본인의 이름 ○○○으로 기재된 것을 "○○○"으로
개명할 것을 허가한다.

        19 년   월   일

            판사 ○ ○ ○ ㊞

서울 지방법원 ○○지원
법원 주사 ○ ○ ○

항고장 표지의 보기

항 고 장

인지

항고인 ○ ○ ○

우표

서울 가정법원 앞

항고장의 보기

항 고 장

항고인 ○ ○ ○
본적 :
주소 :
생년월일 :

　귀원 사건 번호 ○○○ 사건 본인 ○○○(김창녀)에 대한 개명 허가 신청 사건에 관하여 귀원에서 기각한 결정에 대하여 불복하므로 다음과 같이 항고를 제기합니다.

원 결정의 표시
이 건 개명 허가 신청은 이를 기각한다.

항고의 취지
원 결정을 취소하고 다시 상당한 재판을 바람.

항고 이유
따로 붙인 항고 이유서와 같음.

첨부 서류
1. 결정 정본 1통

199 년　　월　　일
위 항고인 ○ ○ ○

서울가정법원 앞

항고이유서의 보기

항고 이유서

위 항고인   ○ ○ ○

● 우리 나라는 초등학교 학생들에게는 잘못된 이름을 고칠 수 있
도록 1995년 한해 동안은 대법원이 개명을 전면 허용한 바 있다.
잘못된 이름의 유형을 보자.
● 이름이 욕설로 들리는 등 발음이 이상한 경우
● 흉악범이나 부도덕한 자를 연상시키는 경우
● 성명철학상 나쁜 경우
● 한자 이름에서 한글 이름으로 한글 이름에서 한자 이름으로 바
  꾸고자 하는 경우
● 통계에 의하면 순한글 이름은 초등학교 또래들 사이에서 놀림
  감이 되거나 부모들이 한글식 이름의 어감을 가볍게 느끼는 경
  우가 많다고 한다.

[실례]

金 샌 다
羅 竹 子 (나죽자)
金 昌 女 (김창녀)
金 治 國 (김치국)
具 億 元 (구억원)
朴 雙 連 (박쌍년)
高 生 文 (고생문)
高 然 熙 (고연희)
李 在 植 (이재식)　　'이자식'과 유사
黃 千 吉 (황천길)
馬 漢 多 (마한다)　　'망한다'와 유사
韓 萬 勳 (한만훈)　　'한많은'과 비슷
孫 炳 信 (손병신)　　'손병신'과 유사

李 炳 信 (이병신)	'이병신'과 유사
朱 吉 洙 (주길수)	'죽일수'와 비슷
朱 政 培 (주정배)	'주정뱅이'와 유사
羅 喆 河 (라철하)	'나쳐라'와 비슷
李 碩 基 (이석기)	'이새끼'와 비슷
金 碩 頭 (김석두)	'돌대가리'의 뜻

(3) 개명을 고려해 볼 수 있는 이름

① 대법원이 정한 2,854자 이외의 어려운 한문자로 지어진 이름.

② 틀린 글자로 호적에 올려진 이름.

③ 현재 사용하고 있는 이름이 호적과 다를 때.

④ 일본식 이름인 '子'나 뜻이 별로 좋지 않은 花, 春이 들어간 이름.

⑤ 이름이 세 글자나 네 글자로 자수가 많을 때.

⑥ 외국에서 귀화한 사람이 한국이름으로 바꿀 때.

⑦ 남자이름이 여자이름, 여자이름이 남자이름처럼 느껴질 때.

⑧ 뜻이나 발음이 앞에 든 예와 같이 불쾌감을 줄 때.

⑨ 집안이나 문중 또는 학교에 같은 이름이 많아 혼란과 불편이 있을 때.

⑩ 연예인이나 스포츠맨으로 본명을 바꿔 대중과 친근감 있는 이름으로 개명코자 할 때.

⑪ 종교의 세례명이나 기타 역사 인물의 이름과 비슷하게 아호나 자를 만들고자 할 때.

(4) 회사 이름의 개명

- 회사 이름도 국제 감각에선 문제된 경우가 있어 그룹 명칭이나 심벌 마크를 바꾸기도 한다.
- 한국화약은 Explosive라고 하여 한국 폭파 집단, 즉 테러 단체로 오해를 불러일으켜 한화로 바꾸었다.
- 골드스타(금성사)는 LG로 바꾸었으며, 선경도 Sunkyong인데 가라앉은 젊은이(sunk young)로 발음하여 이상하고 大(대)자도 DAI, 즉 Die로 발음되어 죽다라는 이미지가 있어 고려해야 할 입장이다.

(5) 역사 속의 개명 사례

우리 선조들은 부모가 지어준 이름 이외에 아호(雅號)니, 자니 하여 별칭으로 부르길 좋아했다. 이승만 전대통령도 처음엔 이승용으로 불렸다고 전한다.

왕들도 즉위하면 거의 본명은 제쳐두고 새로운 이름으로 행세했다. 세종대왕, 이성계.

또한 서양 역사나 성경 속의 인물 가운데서도 개명하여 큰 인물이 된 사례가 많다.

아브라함도 처음 이름은 아브람이었고 그의 아내 사라도 처음에 사래였는데 개명하였고, 성경의 많은 부분을 기록한 사도 바울도 처음에는 사울이라고 불렸으며 기독교도를 박해했던 인물이다.

● 이름의 뜻
알렉산더   '나라를 지키는 사람'
징키즈칸   '통치자, 지배자'
사담 훗세인   '사람' '놀라게 하는 사람'
콜 서독 수상은 콜이 '양배추'라는 뜻이다.
아인슈타인도 一石(one stone)이라는 뜻이니 이름을 깊이 분
석하여 보면 재미있다.

6. 복있는 이름짓는 요령

(1) 한자이름 짓는 방법의 변화

● 옛부터 이름은 원형이정, 궁상각치우 및 음양오행설의 상생원
리에 따라 이름을 지었으나 현재까지 가장 많이 사용하고 있는
것은 음양오행설에 의한 상생원리이다.

● 오행의 상생원리는 성은 고정됐으니 이름 두 글자만 목화토금
수에 따라 미리 글자를 오행으로 구분하여 정해 놓고 처음은 이
름의 가운데 자를 목으로 하고 다음 자식 대에는 이름의 끝자를
화로 하여 짓는 즉 돌림자로 이름짓는 이치이다.

● 즉 목木 →상생生 화火 →상생生 토土 →상생生 금金 →상생生 수水 →상생生 목木

이렇게 윤회하며 짓는 방법이다.

[실례]

木 ── 火 ── 土 ── 金 ── 水 ── 木

柱 　炳또는燮 　基 　　錫 　　洙

(木이 있고) (火가 있고) (土가 있고) (金이 있고) (水가 있다)

<氵변>

오행에 따른 이름의 돌림자 일람표

오행	돌　림　자
木	植 杞 杓 東 松 杰 柱 柳 校 相 權
火	炫 燮 炳 烈 熙 煥 煌 熱
土	基 圭 均 培 埈 城 在 坤 堤
金	錫 鍾 鎬 欽 鈞 鎭 鉉 鈺
水	洙 淳 洪 源 池 沅 洗 泰 泓 津 海 漢 浚

※ 최근엔 고정된 이름 글자보다는 자유롭게 글자를 선택하는 경향이 많으므로 고정된 돌림자에 구애받지 않고 이 책에서 가장 많이 쓰이는 오행 목화토금수 의 원리를 응용하여 자유롭게 성에 맞춰 이름을 짓는 방법을 제시한다.

(2) 한문 상식의 이해

한자로 이름을 짓기 위해서는 우선 한문 글자의 획수를 알아야 한다.

① 한자의 획수 계산 방법

한자의 좌나 우의 변 또는 받침은 근본 글자 부수의 획수로 계산

한다.

[예] 氵변 水(물 수)로 보아 4획

才변 手(손 수)로 보아 4획

艹변 艸(풀 초)로 보아 6획으로 계산한다.

부수와 변의 획수 일람표

변	획수	부수	근본획수	실례와 획수 계산
氵	3	水	4	洙 10 洪 10 永 5
才	3	手	4	扶 8 推 12
忄	3	心	4	性 9 怡 9
犭	3	犬	4	狗 10 狗 9
衤	5	衣	6	被 11 補 13
耂	4	老	6	孝 9 者 11
月	4	肉	6	胡 11 脉 11
艹	4	艸	6	芳 10 草 12
罒	5	网	6	置 14 羅 20
辶	4	辵	7	連 14 道 16
阝(左)	3	阜	8	陣 15 陽 17
阝(右)	3	邑	7	郁 13 郭 15

※ 실제 작명시에는 부수나 변을 따지기 번거로우므로 책에 있는 대법원이 정한 획수별 한자, 인명용 한자를 참고하여 사용한다.

(3) 이름짓는 요령

- 제2장 1항의 (3) 성씨별 복있는 이름의 획수 배열표의 성에 따른 이름의 획수 숫자를 남녀를 구분하여 이름의 획수를 선택한다.

- 위 성씨별 복있는 이름의 획수를 보고 난 다음 제1장 8항의 대법원이 정한 인명용 한자 난을 보고 한자 획수와 발음과 뜻을 살핀다.

- 부모의 재능과 장래 아이에 대한 희망을 토대로 성장 후 아이의 장래 인물을 설정하고 제4장 참고자료를 보고 연예인이나 미스코리아, 고위 관직자, 역사 속의 인물들을 참고하여 대략 이름의 음을 선정한다.

- 이름이 대략 선정되면 제2장 1항의 (4) 글자 획수별 길흉 운세를 본다. 제2장 1항(3)의 성씨별 복있는 이름의 천인지 획수는 거의 길운 숫자로 정해져 있다.

- 제2장 1항의 성명의 삼원(天·人·地) 오행 배열과 운세를 본다.

- 이름이 확정되면 제1장 4항의 출생신고 요령에 따라 1개월 이내에 관할 시·구·읍·면에 출생신고하여 호적에 올린다.

- 올린 후 호적에 잘 올려졌나 등본을 확인한다.

- 그리고 항상 아이 이름을 부르면서 아이가 무럭무럭 자라 꼭 훌륭한 인물이 된다고 다짐하고 또 다짐한다.

(4) 자녀 출생 전의 태교

● 아이를 훌륭한 자녀로 키우기 위해 이름보다 더 중요한 것은 부모의 태교와 자녀 교육이다. 훌륭한 자녀를 출산시키기 위한 간단한 태교를 감히 참고로 제시한다.

● 결혼하면 아이를 적게 낳되 한 아이라도 훌륭하게 잘 키운다는 신념하에 부부가 다짐한다.

● 모든 생활에서 부부가 똑같이 정직, 순결, 사랑, 청결 등 참된 생활을 한다.

● 음식도 태교 상식에 따라 주의하고 삼가며 규칙적인 생활을 한다.(음주, 흡연, 방부제 음식 삼가)

● 특히 부부가 합방 전에는 과음이나 흡연을 삼가고 깨끗한 마음으로 임한다.

● 잉태 후 우리가 알고 있는 태교의 상식을 철저히 준비 실행하고 희망하는 아이의 장래에 따라 실내에 조용한 음악이나 위인의 말씀을 녹음하여 튼다든지 하고 교양 독서를 한다.

● 가능하면 비디오나 TV를 볼 때도 위인전이나 교양 프로를 주로 본다.(범죄나 폭력을 다룬 것은 삼가한다)

● 아이 탄생 직후부터 머리맡에 녹음한 조용하고 잔잔한 음악이나 부드럽고 좋은 말씀을 들려준다.

● 항상 아이 이름을 부르며 꼭 훌륭하게 된다고 속으로 다짐하고 자녀를 사랑과 관용으로 키운다.

(5) 이름의 실제 풀이

1) 성 한 글자 + 이름 두 글자

일반적으로 가장 많이 쓰이는 이름은 3자이다.

획수	1·2획	3·4획	5·6획	7·8획	9·10획
오행	木	火	土	金	水

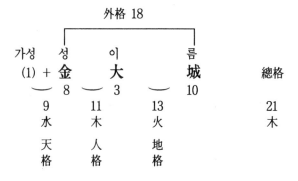

① 위 이름은 오행이 水 ──생──→ 木 ──생──→ 火 로 상생이 되어 길한 이름이다.

② 위 이름을 보면 천격, 인격, 지격, 외격, 총격으로 구성되어 있고 그 이름의 획수에 따라 그 오행이 金 木 水 火 土 중 하나로 되어 있다.

③ 이름의 삼원(三元) : 천격, 인격, 지격을 이름의 삼원이라고 칭한다.

● 천격(天格) : 성이 한 글자인 경우와 성이 두 글자인 경우가

다른데 위의 이름은 성이 한 글자인 김(金)이다.

이렇게 한 글자 성인 경우는 성자의 획수에 가성(假成) 1을 합친 수가 천격이 된다. 여기 김씨는 성이 金 8획이므로 8 + 가성 1 = 9가 되며 이것이 천격의 수가 되고 9의 수는 오행이 水이므로 천격은 획수 9이고 수(水)가 된다.

- **인격(人格)** : 성이 한 글자인 경우 인격은 성의 획수와 이름의 윗 글자의 획수를 합친 것이 인격(人格)이 된다.
여기서는 大 3 + 金 8 = 11(人格).
인격 수는 11이고 11은 오행이 木이므로 11획 木이 된다.

- **지격(地格)** : 한 글자 성의 경우 지격은 이름 상하 두 글자의 합인데 여기서는 大 3 + 城 10 = 13(地格), 지격 수는 13이고 13은 오행이 火이므로 13획 火가 된다.

- **외격(外格)** : 성자 획수와 이름의 아래 끝 글자수의 합이 외격이다.
여기서는 金 8 + 城 10 = 18(外格).
18은 오행이 金이다.

- **총격(總格)** : 총격은 한 글자 성과 이름 두 글자의 합이다.
여기서는 金 8 + 大 3 + 城 10 = 21(木)

2) 성 한 글자 + 이름 한 글자

드물게 보는 이름인데 성이 한 글자이고 이름도 외자 이름을 말한다.

外格 2 (木)

가성 +	李	喆	가성	總格
1 +	7 +	12 +	1	
8	19	13		19
金	水	火		水
天格	人格	地格		

- 천격(天格) : 성 李 7 + 가성 1 = 8이다.
  8은 天格이고 오행은 金이다.

- 인격(人格) : 성 7 + 외자이름 12 = 19이다.
  19는 인격이고 오행은 水이다.

- 지격(地格) : 이름 12 + 가성 1 = 13이다.
  13은 지격이고 오행은 火이다.

- 외격(外格) : 가성 1 + 가성 1 = 2이다.
  2는 외격 획수이고 오행은 木이다.

- 총격(總格) : 성 李 7 + 이름 喆 12 = 19이다.
  19는 오행이 水이다.

3) 성 두 글자 + 이름 두 글자

우리 나라 성씨 중에 두 자 성도 있는데 남궁(南宮), 독고(獨孤), 사공(司空), 을지(乙支), 서문(西門), 황보(皇甫) 씨 등이다.

이름 예를 들면 다음과 같다.

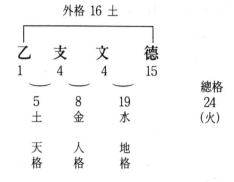

고구려의 명장 을지문덕 장군의 이름이다.

$$土 \xrightarrow{\text{생}} 金 \xrightarrow{\text{생}} 水$$ 하여 상생이 되므로 좋은 이름으로 길명(吉命)이다.

- **천격(天格)** : 성의 두 글자를 합친 것이 천격이 된다.

  乙支 1 + 4 = 5(土)이다.

- **인격(人格)** : 성 두 글자 중 끝자와 이름 두 글자 중 첫자를 합한 것이 인격이다.

  支 4 + 文 4 = 8(金)이다.

- **지격(地格)** : 이름 두 글자의 합이다.

  文德 4 + 15 = 19(水)이다.

- **외격(外格)** : 성의 첫자와 이름 끝자의 합이다.

  乙 1 + 德 15 = 16(土)이다.

- **총격(總格)** : 성 두 글자와 이름 두 글자의 합이다.

  乙支 1 + 4 + 文德 4 + 15 = 24(火)이다.

4) 성 두 글자 + 이름 한 글자

성은 두 글자에 외자 이름이다.

예를 들면

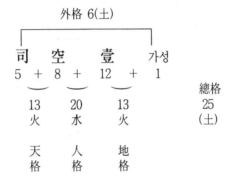

- 천격(天格) : 성의 두 글자의 합이다.
  司空 5 + 8 = 13(火)이다.
- 인격(人格) : 성 끝자와 이름의 합이다.
  空 8 + 壹 12 = 20(水)이다.
- 지격(地格) : 이름과 가성 1의 합이다.
  壹 12 + 가성 1 = 13(火)이다.
- 외격(外格) : 성 첫자와 가성 1의 합이다.
  司 5 + 가성 1 = 6(土)이다.
- 총격(總格) : 성 두 글자와 이름 한 자의 합이다.
  司空 5 + 8 + 壹 12 = 25(土)이다.

7. 대법원이 정한 인명용 한자 (2,854자)

범례

변　획수　획수오행

可　口, 5(土)
　　옳을 가

　　한문음

×표시 (이름에 적당치 않은 글자)
△표시 (예전에는 안 썼으나 이름으로 써도 되는 글자)

가

可 口, 5(土)
　옳을 가

加 力, 5(土)
　더할 가

佳 人, 8(金)
　아름다울 가

架 木, 9(木)
　시렁 가

家 宀, 10(水)
　집 가

× 假 人, 11(木)
　거짓 가

街 行, 12(木)
　거리 가

× 嫁 女, 13(火)
　시집갈 가

暇 日, 13(火)
　한가할 가

賈 貝, 13(火)
　값 가

嘉 口, 14(火)
　아름다울 가

歌 欠, 14(火)
　노래 가

價 人, 15(土)
　값 가

稼 禾, 15(土)
　심을 가

× 駕 馬, 15(土)
　멍에 가

각

各 口, 6(土)
각각 각

角 角, 7(金)
뿔 각

却 卩, 7(金)
물리칠 각

刻 刀, 8(金)
새길 각

珏 玉, 9(水)
쌍옥 각

恪 心, 10(水)
정성 각

殼 殳, 12(木)
껍질 각

脚 ×
肉, 13(火)
다리 각

閣 門, 14(火)
집 각

覺 見, 20(水)
깨달을 각

간

干 干, 3(火)
방패 간

刊 刀, 5(土)
새길 간

艮 艮, 6(土)
간방 간

杆 木, 7(金)
방패 간

侃 人, 8(金)
굳셀 간

玗 玉, 8(金)
예쁜돌 간

看 目, 9(水)
볼 간

肝 ×
肉, 9(水)
간 간

姦 ×
女, 9(水)
간사할 간

竿 竹, 9(水)
대줄기 간

間 門, 12(木)
사이 간

幹 干, 13(火)
줄기 간

揀 手, 13(火)
가릴 간

諫 言, 16(土)
간할 간

墾 土, 16(土)
개간할 간

懇 心, 17(金)
정성 간

갈

渴 ×
水, 13(火)
목마를 갈

葛 艸, 15(土)
칡 갈

감

甘 甘, 5(土)
달 감

勘 力, 11(木)
생각할 감

敢 攴, 12(木)
감히 감

堪 土, 12(木)
도가니 감

減 水, 13(火)
감할 감

感 心, 13(火)
느낄 감

監 皿, 14(火)
볼 감

瞰 目, 17(金)
굽어볼 감

鑑 金, 22(木)
거울 감

갑

甲 田, 5(土)
갑옷 갑

鉀 金, 13(火)
갑옷 갑

강

江 水, 7(金)
물 강

杠 木, 7(金)
외나무다리 강

岡 山, 8(金)
산등성이 강

姜 女, 9(水)
성 강

剛 刀, 10(水)
굳셀 강

康 广, 11(木)
편안할 강

堈 土, 11(木)
언덕 강

崗 山, 11(水)
산등성이 강

强 弓, 12(木)
강할 강

降 阜, 14(火)
내릴 강

綱 糸, 14(火)
벼리 강

慷 ×
心, 15(土)
슬플 강

鋼 金, 16(土)
강철 강

彊 弓, 16(土)
굳셀 강

講 言, 17(金)
외울 강

橿 木, 17(金)
박달나무 강

개

介 人, 4(火)
클 개

价 人, 6(土)
착할 개

改 攴, 7(金)
고칠 개

皆 白, 9(水)
다 개

個 人, 10(水)
낱 개

開 門, 12(木)
열 개

凱 几, 12(木)
화할 개

愷 心, 14(火)
즐길 개

箇 竹, 14(火)
낱 개

慨 心, 15(土)
슬플 개

槪 木, 15(土)
대개 개

漑 水, 15(土)
물댈 개

蓋 艸, 16(土)
덮을 개

객 ×
客 宀, 9(水)
손 객

갱
更 日, 7(金)
다시 갱(경)

坑 ×
土, 7(金)
묻을 갱

거
去 厶, 5(土)
갈 거

巨 工, 5(土)
클 거

車 車, 7(金)
수레 거(차)

居 尸, 8(金)
살 거

拒 手, 9(水)
막을 거

距 足, 12(木)
떨어질 거

渠 水, 13(火)
개천 거

據 手, 17(金)
웅거할 거

擧 手, 18(金)
들 거

遽 辵, 20(水)
역말 거

건 ×
巾 巾, 3(火)
수건 건

件 人, 6(土)
사건 건

建 廴, 9(水)
세울 건

虔 虍, 10(水)
공경할 건

乾 乙, 11(木)
하늘 건

健 人, 11(木)
건강할 건

楗 木, 13(火)
문지방 건

鍵 金, 17(金)
자물쇠 건

걸
杰 木, 8(金)
호걸 걸

傑 人, 12(木)
호걸 걸

검
儉 人, 15(土)
검소할 검

劍 刀, 15(土)
칼 검

檢 木, 17(金)
교정할 검

게
揭 手, 13(火)
높이들 게

憩 心, 16(土)
쉴 게

격
格 木, 10(水)
격식 격

檄 木, 17(金)
격서 격

擊 手, 17(金)
칠 격

激 水, 17(金) 물결 부딪칠 격	隔 阜, 18(金) 막힐 격	
견 ×犬 犬, 4(火) 개 견	見 見, 7(金) 볼 견	×肩 肉, 10(水) 어깨 견
堅 土, 11(木) 굳을 견	牽 牛, 11(木) 이끌 견	絹 糸, 13(火) 비단 견
遣 辵, 17(金) 보낼 견	×鵑 鳥, 18(金) 두견새 견	
결 決 水, 8(金) 결단할 결	缺 缶, 10(水) 이지러질 결	訣 言, 11(木) 이별할 결
結 糸, 12(木) 맺을 결	潔 水, 16(土) 맑을 결	
겸 兼 八, 10(水) 겸할 겸	謙 言, 17(金) 겸손할 겸	鎌 金, 18(金) 낫 겸
경 更 日, 7(金) 고칠 경(갱)	京 亠, 8(金) 서울 경	庚 广, 8(金) 천간 경
坰 土, 8(金) 들 경	炅 火, 8(金) 빛날 경	俓 人, 9(水) 곧을 경
勁 力, 9(水) 굳셀 경	耕 耒, 10(水) 밭갈 경	徑 彳, 10(水) 지름길 경
倞 인, 10(水) 굳셀 경	耿 火, 10(水) 빛날 경	竟 立, 11(木) 마침 경
頃 頁, 11(木) 이랑 경	梗 木, 11(木) 도라지 경	涇 水, 11(木) 통할 경
景 日, 12(木) 볕 경	硬 石, 12(木) 굳을 경	卿 卩, 12(木) 벼슬 경

경

經 糸, 13(火) 글 경
敬 支, 13(火) 공경할 경
傾 人, 13(火) 기울 경

莖 艸, 13(火) 줄기 경
輕 車, 14(火) 가벼울 경
境 土, 14(火) 지경 경

逕 辵, 14(火) 길 경
慶 心, 15(土) 경사 경
儆 人, 15(土) 경계할 경

熲 火, 15(土) 빛날 경
憬 心, 16(土) 멀 경
暻 日, 16(土) 밝을 경

璟 玉, 17(金) 옥빛 경
擎 手, 17(金) 받들 경
檠 木, 17(金) 등잔대 경

鏡 金, 19(水) 거울 경
鯨 魚, 19(水) 고래 경
競 立, 20(水) 다툴 경

警 言, 20(水) 경계할 경
瓊 玉, 20(水) 붉은옥 경
驚 × 馬, 23(火) 놀랄 경

계

系 糸, 7(金) 맬 계
戒 戈, 7(金) 경계할 계
季 子, 8(金) 끝 계

癸 癶, 9(水) 북방 계
界 田, 9(水) 지경 계
計 言, 9(水) 셀 계

係 人, 9(水) 이을 계
契 大, 9(水) 계약할 계
桂 木, 10(水) 계수나무 계

炷 火, 10(水) 화덕 계
械 木, 11(木) 기계 계
啓 口, 11(木) 열 계

溪 水, 14(火) 시내 계
誡 言, 14(火) 경계할 계
階 阜, 17(金) 섬돌 계

繼 糸, 20(水) 이을 계
鷄 × 鳥, 21(木) 닭 계

고

古 口, 5(土) 예 고

固 口, 8(金) 굳을 고

×孤 子, 8(金) 외로울 고

高 高, 10(水) 높을 고

皋 白, 11(木) 언덕 고

稿 禾, 15(土) 볏집 고

叩 口, 5(土) 두드릴 고

×考 老, 8(金) 생각할 고

×故 攴, 9(水) 연고 고

庫 广, 10(水) 곳집 고

鼓 鼓, 13(火) 북 고

顧 頁, 21(木) 돌아볼 고

告 口, 7(金) 고할 고

×姑 女, 8(金) 시어머니 고

枯 木, 9(水) 마를 고

×苦 艸, 11(木) 쓸 고

敲 攴, 14(火) 두드릴 고

곡

曲 曰, 6(土) 굽을 곡

穀 禾, 15(土) 곡식 곡

谷 谷, 7(金) 골 곡

×哭 口, 10(水) 울 곡

곤

困 口, 7(金) 곤할 곤

崑 山, 11(木) 산이름 곤

坤 土, 8(金) 땅 곤

琨 玉, 13(火) 구슬 곤

昆 日, 8(金) 맏 곤

錕 金, 16(土) 붉은금 곤

골

骨 骨, 10(水) 뼈 골

공

工 工, 3(火) 장인 공

功 力, 5(土) 공 공

公 八, 4(火) 귀 공

共 八, 6(土) 한가지 공

孔 子, 4(火) 구멍 공

攻 攴, 7(金) 칠 공

공

空 [×] 穴, 8(金) 빌 공

供 人, 8(金) 이바지할 공

恭 心, 10(水) 공손할 공

恐 心, 10(水) 두려울 공

貢 貝, 10(水) 바칠 공

珙 玉, 11(木) 둥근 옥 공

控 手, 12(木) 끌 공

과

戈 戈, 4(火) 창 과

瓜 [×] 瓜, 5(土) 외 과

果 木, 8(金) 실과 과

科 禾, 9(水) 과거 과

誇 言, 13(火) 자랑할 과

寡 宀, 14(火) 적을 과

菓 艸, 14(火) 과일 과

課 言, 15(土) 차례 과

過 [×] 辵, 16(土) 지날 과

곽

廓 广, 14(火) 클 곽

郭 邑, 15(土) 성 곽

관

官 宀, 8(金) 벼슬 관

冠 冖, 9(水) 갓 관

貫 貝, 11(木) 꿰일 관

梡 木, 11(木) 우나라제기 관

款 欠, 12(木) 두드릴 관

琯 玉, 13(火) 옥저 관

管 竹, 14(火) 대나무통 관

慣 心, 15(土) 익숙할 관

寬 宀, 15(土) 너그러울 관

錧 金, 16(土) 보습 관

館 食, 17(金) 객사 관

關 門, 19(水) 빗장 관

灌 水, 22(木) 물댈 관

瓘 玉, 23(火) 서옥 관

觀 見, 25(土) 볼 관

괄

括 手, 10(水) 헤아릴 괄

광	光 儿, 6(土) 빛 광	匡 匚, 6(土) 도울 광	侊 人, 8(金) 클 광
	洸 水, 10(水) 물솟을 광	桄 木, 10(水) 베틀 광	珖 玉, 11(木) 옥피리 광
	廣 广, 15(土) 넓을 광	曠 日, 19(水) 빌 광	鑛 金, 23(火) 쇳덩이 광
괘	掛 手, 12(木) 걸 괘		
괴	怪 ˟ 心, 9(水) 괴이할 괴	塊 土, 13(火) 땅덩이 괴	愧 心, 14(火) 부끄러울 괴
	壞 土, 19(水) 무너뜨릴 괴		
굉	宏 宀, 7(金) 클 굉		
교	巧 工, 5(土) 교할 교	交 亠, 6(土) 사귈 교	校 木, 10(水) 학교 교
	教 攴, 11(木) 가르칠 교	喬 口, 12(木) 큰나무 교	郊 ˟ 邑, 13(火) 들 교
	較 車, 13(火) 비교할 교	僑 人, 14(火) 우거할 교	嬌 女, 15(土) 아름다울 교
	橋 木, 16(土) 다리 교	矯 矢, 17(金) 바로잡을 교	膠 肉, 17(金) 아교 교
구	九 乙, 2(水) 아홉 구	口 口, 3(火) 입 구	久 丿, 3(火) 오랠 구
	句 口, 5(土) 글귀 구	丘 一, 5(土) 언덕 구	求 水, 7(金) 구할 구

구

究	穴, 7(金) 궁구할 구	具	八, 8(金) 갖출 구	坵	土, 8(金) 언덕 구
玖	玉, 8(金) 검은돌 구	拘	手, 9(水) 잡을 구	狗	× 犬, 9(水) 개 구
俱	人, 10(水) 함께 구	矩	矢, 10(水) 법 구	救	攴, 11(木) 구원할 구
區	匚, 11(木) 감출 구	苟	艸, 11(木) 겨우 구	球	玉, 12(木) 옥경쇠 구
邱	邑, 12(木) 언덕 구	鳩	× 鳥, 13(火) 비둘기 구	構	木, 14(火) 지을 구
溝	水, 14(火) 개천 구	銶	金, 15(土) 끌 구	龜	△ 龜, 16(土) 거북 구(귀)
購	貝, 17(金) 살 구	舊	臼, 18(金) 예 구	軀	身, 18(金) 몸 구
驅	馬, 21(木) 몰 구	鷗	× 鳥, 22(木) 갈매기 구	懼	心, 22(木) 두려울 구

국

局	尸, 7(金) 판 국	國	囗, 11(木) 나라 국	菊	艸, 14(火) 국화 국
鞠	革, 17(金) 구부릴 국				

군

君	口, 7(金) 임금 군	軍	車, 9(水) 군사 군	群	羊, 13(火) 무리 군
郡	邑, 14(火) 고을 군				

굴

屈	尸, 8(金) 굽을 굴	窟	穴, 13(火) 굴 굴

궁	弓 弓, 3(火) 활 궁	宮 宀, 10(水) 집 궁	躬 × 身, 10(水) 몸 궁
	窮 × 穴, 15(土) 다할 궁		
권	卷 卩, 8(金) 책 권	券 刀, 8(金) 문서 권	拳 手, 10(水) 주먹 권
	圈 口, 11(木) 짐승우리 권	眷 目, 11(木) 돌아볼 권	勸 力, 20(水) 권할 권
	權 木, 22(木) 권세 권		
궐	厥 × 厂, 12(木) 그 궐	闕 門, 18(金) 대궐 궐	
궤	軌 車, 9(水) 굴대 궤		
귀	鬼 × 鬼, 10(水) 귀신 귀	貴 貝, 12(木) 귀할 귀	龜 龜, 16(土) 거북 귀(구)
	歸 止, 18(金) 돌아갈 귀		
규	叫 口, 5(土) 부를 규	圭 土, 6(土) 홀 규	奎 大, 9(水) 별 규
	規 見, 11(木) 법 규	珪 玉, 11(木) 서옥 규	揆 手, 13(火) 헤아릴 규
	閨 門, 14(火) 계집 규	逵 辵, 15(土) 큰길 규	窺 穴, 16(土) 엿볼 규
균	均 土, 7(金) 고를 균	畇 田, 9(水) 밭개간 균	鈞 金, 12(木) 서른 근 균

균 × 菌 艸, 14(火) 버섯 균

귤 × 橘 木, 16(土) 귤 귤

극 克 儿, 7(金) 이길 극   尅 刀, 9(水) 제할 극   極 木, 13(火) 가운데 극

劇 刀, 15(土) 연극 극   隙 阜, 18(金) 틈 극

근 斤 斤, 4(火) 날 근   根 木, 10(水) 뿌리 근   近 辵, 11(木) 가까울 근

筋 竹, 12(木) 힘줄 근   勤 力, 13(火) 부지런할 근   僅 人, 13(火) 겨우 근

瑾 土, 14(火) 진흙 근   嫤 女, 14(火) 고울 근   漌 水, 15(土) 맑을 근

槿 木, 15(土) 무궁화 근   瑾 玉, 16(土) 붉은옥 근   謹 言, 18(金) 삼갈 근

금 今 人, 4(火) 이제 금   金 金, 8(金) 쇠 금   衾 衣, 10(水) 이불 금

禁 示, 13(火) 금할 금   × 禽 内, 13(火) 새 금   琴 玉, 13(火) 거문고 금

錦 金, 16(土) 비단 금   襟 衣, 19(水) 옷깃 금

급 及 又, 4(火) 및 급   汲 水, 8(金) 물길을 급   急 心, 9(水) 급할 급

級 糸, 10(水) 등급 급   給 糸, 12(木) 줄 급

긍	亘 二, 6(土) 뻗칠 긍	矜 矛, 9(水) 교만할 긍	肯 肉, 10(水) 즐길 긍
	兢 儿, 14(火) 조심할 긍		

기	己 己, 3(火) 몸 기	企 人, 6(土) 바랄 기	忌 心, 7(金) 꺼릴 기
	杞 木, 7(金) 구기자 기	岐 山, 7(金) 높을 기	圻 土, 7(金) 지경 기
	其 八, 8(金) 그 기	技 手, 8(金) 재주 기	奇 大, 8(金) 기이할 기
	玘 玉, 8(金) 패옥 기	汽 水, 8(金) 물끓는 기	沂 水, 8(金) 물이름 기
	紀 糸, 9(水) 벼리 기	祈 示, 9(水) 빌 기	記 言, 10(水) 기록 기
	起 走, 10(水) 일어날 기	氣 气, 10(水) 기운 기	豈 豆, 10(水) 어찌 기
	耆 老, 10(水) 늙을 기	基 土, 11(木) 터 기	旡 旡, 11(木) 이미 기
	寄 宀, 11(木) 부탁할 기	×飢 食, 11(木) 주릴 기	埼 土, 11(木) 낭떠러지 기
	崎 山, 11(木) 산험할 기	期 月, 12(木) 기약할 기	幾 幺, 12(木) 거의 기
	×欺 欠, 12(木) 속일 기	×棄 木, 12(木) 버릴 기	淇 水, 12(木) 물이름 기
	棋 木, 12(木) 뿌리 기	琪 玉, 13(火) 옥 기	祺 示, 13(火) 길할 기

기	琦 玉, 13(火) 옥 기	嗜 口, 13(火) 즐길 기	旗 方, 14(火) 기 기
	綺 糸, 14(火) 깁 기	箕 竹, 14(火) 키 기	暣 日, 14(火) 별기운 기
	畿 田, 15(土) 경기 기	器 口, 16(土) 그릇 기	機 木, 16(土) 베틀 기
	璂 玉, 16(土) 고깔 기	錤 金, 16(土) 호미 기	錡 金, 16(土) 세발가마 기
	冀 八, 16(土) 하고자할 기	璣 玉, 17(金) 구슬 기	磯 石, 17(金) 자갈 기
	騎 馬, 18(金) 말탈 기	騏 馬, 18(金) 천리마 기	麒 鹿, 19(水) 기린 기
	譏 言, 19(水) 나무랄 기	驥 馬, 27(金) 천리마 기	
긴	緊 糸, 14(火) 긴할 긴		
길	吉 口, 6(土) 길할 길	佶 人, 8(金) 바를 길	姞 女, 9(水) 성 길
	桔 木, 10(水) 도라지 길		
나	奈 大, 8(金) 어찌 나(내)	柰 木, 9(水) 벗 나(내)	娜 女, 10(水) 아리따울 나
	那 邑, 11(木) 어찌 나		
낙	諾 言, 16(土) 허락 낙		

난	暖 日, 13(火) 따뜻할 난	煖 火, 13(火) 더울 난	×難 佳, 19(水) 어려울 난
날	捺 手, 12(木) 손으로누를 날		
남	男 田, 7(金) 사내 남	南 十, 9(水) 남녘 남	楠 木, 13(火) 녹나무 남
	湳 水, 13(火) 물이름 남		
납	納 糸, 10(水) 들일 납		
낭	娘 女, 10(水) 아가씨 낭		
내	乃 丿, 2(木) 이에 내	×內 入, 4(火) 안 내	奈 大, 8(金) 어찌 내(나)
	耐 而, 9(水) 견딜 내	柰 木, 8(金) 벗 내(나)	
녀	女 女, 3(火) 계집 녀		
년	年 干, 6(土) 해 년	秊 禾, 8(金) 해 년	
념	念 心, 8(金) 생각할 념		
녕	寧 宀, 14(火) 편안할 녕		
노	×奴 女, 5(土) 종 노	努 力, 7(金) 힘쓸 노	×怒 心, 9(水) 성낼 노

농	農 辰, 13(火) 농사 농	濃 水, 17(金) 두터울 농	
뇌	× 惱 心, 13(火) 번뇌할 뇌	× 腦 肉, 15(土) 머릿골 뇌	
뉴	紐 糸, 10(水) 맺을 뉴(유)		
능	能 肉, 12(木) 능할 능		
니	× 泥 水, 9(水) 진흙 니		
다	多 夕, 6(土) 많을 다	茶 艸, 12(木) 차 다	
단	丹 丶, 4(火) 붉을 단	旦 日, 5(土) 아침 단	但 人, 7(金) 다만 단
	段 殳, 9(水) 조각 단	單 口, 12(木) 홀로 단	× 短 矢, 12(木) 짧을 단
	端 立, 14(火) 끝 단	團 囗, 14(火) 둥글 단	緞 糸, 15(土) 신뒤축 단
	壇 土, 16(土) 단 단	檀 木, 17(金) 박달나무 단	鍛 金, 17(金) 단련할 단
	斷 斤, 18(金) 끊을 단		
달	達 辵, 16(土) 사무칠 달		
담	淡 水, 12(木) 물맑을 담	談 言, 15(土) 말씀 담	潭 水, 16(土) 연못 담

擔 手, 17(金) 짐 담

譚 言, 19(水) 말씀 담

膽 肉, 19(水) 쓸개 담

답 畓 田, 9(水) 논 답

答 竹, 12(木) 대답할 답

踏 足, 15(土) 밟을 답

당 唐 口, 10(水) 나라 당

堂 土, 11(木) 집 당

當 田, 13(火) 마땅 당

塘 土, 13(火) 못 당

糖 米, 16(土) 엿 당

黨 黑, 20(水) 무리 당

鐺 金, 21(木) 쇠사슬 당

대 大 大, 3(火) 큰 대

代 人, 5(土) 대신 대

垈 土, 8(金) 집터 대

待 彳, 9(水) 기다릴 대

玳 玉, 10(水) 대모 대

帶 巾, 11(木) 띠 대

袋 衣, 11(木) 자루 대

貸 貝, 12(木) 빌릴 대

對 寸, 14(火) 대답할 대

臺 至, 14(火) 집 대

隊 阜, 17(金) 떼 대

戴 戈, 18(金) 덤받을 대

擡 手, 18(金) 들 대

덕 德 彳, 15(土) 큰 덕

도 刀 × 刀, 2(木) 칼 도

到 刀, 8(金) 이를 도

度 广, 9(水) 법 도

島 山, 10(水) 섬 도

徒 彳, 10(水) 무리 도

倒 × 人, 10(水) 거꾸러질 도

도

挑 手, 10(水)
서로볼 도

堵 土, 12(木)
담 도

逃 辵, 13(火)
달아날 도 ×

圖 口, 14(火)
그림 도

道 辵, 16(土)
길 도

導 寸, 16(土)
인도 도

濤 水, 18(金)
큰물 도

桃 木, 10(水)
복숭아 도

棹 木, 12(木)
노 도

渡 水, 13(火)
건널 도

途 辵, 14(火)
길 도

都 邑, 16(土)
도읍 도

鍍 金, 17(金)
도금할 도

燾 火, 18(金)
덮을 도

盜 皿, 12(木)
도적 도 ×

跳 足, 13(火)
뛸 도

塗 土, 13(火)
진흙 도

稻 禾, 15(土)
벼 도

陶 阜, 16(土)
질그릇 도

蹈 足, 17(金)
밟을 도

禱 示, 19(水)
기도 도

독

毒 毋, 8(金)
독할 독 ×

獨 犬, 17(金)
홀로 독

督 目, 13(火)
감독할 독

讀 言, 22(木)
읽을 독

篤 竹, 16(土)
도타울 독

돈

豚 豕, 11(木)
돼지 돈 ×

頓 頁, 13(火)
졸 돈

燉 火, 16(土)
불성할 돈

敦 攵, 12(木)
도타울 돈

墩 土, 15(土)
돈대 돈

惇 心, 12(木)
정성 돈

暾 日, 16(土)
아침해 돈

돌

乭 乙, 6(土)
이름 돌

突 穴, 9(水)
우뚝할 돌

동

冬 冫, 5(土)
겨울 동

同 口, 6(土)
한가지 동

東 木, 8(金)
동녘 동

洞 水, 10(水)
고을 동

桐 木, 10(水)
오동나무 동

凍 冫, 10(水)
얼 동

動 力, 11(木)
움직일 동

童 立, 12(木)
아이 동

棟 木, 12(木)
들보 동

銅 金, 14(火)
구리 동

董 艸, 15(土)
동독할 동

潼 水, 16(土)
물이름 동

두

斗 斗, 4(火)
말 두

豆 豆, 7(金)
콩 두

杜 木, 7(金)
막을 두

枓 木, 8(金)
기둥머리 두

頭 ×頁, 16(土)
머리 두

둔

屯 屮, 4(火)
모일 둔

鈍 金, 12(木)
둔할 둔

遁 辵, 16(土)
피할 둔

득

得 彳, 11(木)
얻을 득

등

等 竹, 12(木)
무리 등

登 癶, 12(木)
오를 등

燈 火, 16(土)
등불 등

謄 言, 17(金)
베낄 등

鄧 邑, 19(水)
등나라 등

騰 馬, 20(水)
오를 등

藤 艸, 21(木)
덩굴 등

라

羅 网, 20(水)
벌릴 라

락

洛 水, 10(水)
물 락

珞 玉, 11(木)
목에치장할 락

絡 糸, 12(木)
연락할 락

락	酪 酉, 13(火) 타락 락	落 ×艹, 15(土) 떨어질 락	樂 木, 15(土) 즐길 락(요)
란	卵 ×卩, 7(金) 알 란	亂 ×乙, 13(火) 어지러울 란	欄 木, 21(木) 난간 란
	爛 火, 21(木) 찬란할 란	瀾 水, 21(木) 큰물결 란	瓓 玉, 22(木) 옥무늬 란
	蘭 艹, 23(火) 난초 란		
람	濫 水, 18(金) 물넘칠 람	藍 艹, 20(水) 쪽 람	覽 見, 21(木) 볼 람
랑	浪 水, 11(木) 물결 랑	朗 月, 11(木) 달밝을 랑	琅 玉, 12(木) 옥이름 랑
	廊 广, 13(火) 행랑 랑	郎 邑, 14(火) 사내 랑	瑯 玉, 15(土) 옥이름 랑
래	來 人, 8(金) 올 래	崍 山, 11(木) 산이름 래	萊 艹, 14(火) 쑥 래
랭	冷 冫, 7(金) 찰 랭		
략	略 田, 11(木) 간략할 략	掠 手, 12(木) 노략할 략	
량	良 良, 7(金) 어질 량(양)	兩 入, 8(金) 둘 량(양)	亮 亠, 9(水) 밝을 량(양)
	凉 冫, 10(木) 서늘할 량(양)	倆 人, 10(木) 공교할 량(양)	梁 木, 11(木) 들보 량(양)
	量 里, 12(木) 헤아릴 량(양)	諒 言, 15(土) 믿을 량(양)	樑 木, 15(土) 들보 량(양)

× 糧 米, 18(金) 양식 량(양)

려 呂 口, 7(金) 성 려(여) ｜ 侶 人, 9(水) 짝 려(여) ｜ 旅 方, 10(水) 나그네 려(여)

慮 心, 15(土) 생각 려(여) ｜ 勵 力, 17(金) 힘쓸 려(여) ｜ 麗 鹿, 19(水) 고울 려(여)

黎 黍, 15(土) 무리 려 ｜ 閭 門, 15(土) 이문 려

력 力 力, 2(木) 힘 력(역) ｜ 歷 止, 16(土) 지날 력(역) ｜ 曆 日, 16(土) 책력 력(역)

련 煉 火, 13(火) 쇠불릴 련(연) ｜ 連 辶, 14(火) 연할 련(연) ｜ 練 糸, 15(土) 익힐 련(연)

憐 心, 16(土) 사랑할 련(연) ｜ 璉 玉, 16(土) 호련 련 ｜ 鍊 金, 17(金) 단련할 련(연)

聯 耳, 17(金) 이을 련(연) ｜ 蓮 艸, 17(金) 연밥 련(연) ｜ × 戀 心, 23(火) 사모할 련(연)

렬 列 刀, 6(土) 베풀 렬 ｜ × 劣 力, 6(土) 용렬할 렬 ｜ 烈 火, 10(水) 매울 렬

洌 水, 10(水) 맑을 렬 ｜ × 裂 衣, 12(木) 찢을 렬

렴 廉 广, 13(火) 청렴 렴 ｜ 斂 攴, 17(金) 거둘 렴

렵 獵 犬, 19(水) 사냥할 렵

령 令 人, 5(土) 하여금 령 ｜ 伶 人, 7(金) 영리할 령 ｜ 姈 女, 8(金) 계집영리할 령

령	昑 日, 9(水) 밝을 령	玲 玉, 10(水) 옥소리 령	零 雨, 13(火) 떨어질 령
	領 頁, 14(火) 거느릴 령	嶺 山, 17(金) 고개 령	靈 雨, 24(火) 신령 령
례	例 人, 8(金) 견줄 례(예)	禮 示, 18(金) 예도 례(예)	
로	老 老, 6(土) 늙을 로	勞 力, 12(木) 수고로울 로	路 足, 13(火) 길 로
	魯 魚, 15(土) 노둔할 로	盧 皿, 16(土) 성 로	露 雨, 20(水) 이슬 로
	爐 火, 20(水) 화로 로	× 鷺 鳥, 23(火) 백로 로	
록	彔 彐, 8(金) 나무깎을 록	× 鹿 鹿, 11(木) 사슴 록	祿 示, 13(火) 복 록
	綠 糸, 14(火) 초록빛 록	錄 金, 16(土) 기록할 록	
론	論 言, 15(土) 의논할 론		
롱	弄 廾, 7(金) 희롱할 롱	瀧 水, 20(水) 적실 롱	瓏 玉, 21(木) 환할 롱
	籠 竹, 22(木) 얽을 롱		
뢰	雷 雨, 13(火) 우레 뢰	賴 貝, 16(土) 힘입을 뢰	
료	了 亅, 2(木) 마칠 료(요)	料 斗, 10(水) 헤아릴 료(요)	僚 人, 14(火) 동관 료(요)

룡	龍 龍, 16(土) 용 룡(용)		
루	× 累 糸, 11(木) 더할 루	× 淚 水, 12(木) 눈물 루	屢 尸, 14(火) 여러 루
	樓 木, 15(土) 다락 루	漏 水, 15(土) 샐 루	
류	柳 木, 9(水) 버들 류	留 田, 10(水) 머무를 류(유)	流 水, 11(木) 흐를 류
	琉 玉, 12(木) 유리돌 류(유)	類 頁, 19(水) 같을 류(유)	劉 刀, 15(土) 성 류(유)
륙	六 八, 6(土) 여섯 륙	陸 阜, 16(土) 뭍 륙	
륜	侖 人, 8(金) 뭉치 륜(윤)	倫 人, 10(水) 차례 륜(윤)	崙 山, 11(木) 산이름 륜(윤)
	綸 糸, 14(火) 벼리 륜(윤)	輪 車, 15(土) 우렁찰 륜(윤)	
률	律 彳, 9(水) 법 률(율)	栗 木, 10(水) 밤 률(율)	率 玄, 11(木) 헤아릴 률(율)
륭	隆 阜, 17(金) 성낼 륭		
름	凜 冫, 15(土) 찰 름		
릉	綾 糸, 14(火) 무늬있는비단 릉	菱 艸, 14(火) 마름 릉	陵 阜, 16(土) 능할 릉
리	× 吏 口, 6(土) 관리 리	里 里, 7(金) 마을 리	利 刀, 7(金) 이로울 리

리			
李 木, 7(金) 오얏 리	俚 人, 9(水) 속될 리(이)	离 内, 11(木) 밝을 리
梨 木, 11(木) 참배 리	理 玉, 12(木) 마을 리	裏 衣, 13(火) 속 리(이)
莉 艸, 13(火) 꽃 리(이)	履 尸, 15(土) 가죽신 리	璃 玉, 16(土) 유리 리
× 離 佳, 19(水) 떠날 리		

린			
潾 水, 16(土) 물맑을 린	璘 玉, 17(金) 옥무늬 린	隣 阜, 20(水) 이웃 린(인)
△ 麟 鹿, 23(火) 기린 린		

림			
林 木, 8(金) 수풀 림	琳 木, 13(火) 아름다운옥 림	霖 雨, 16(土) 장마 림
臨 臣, 17(金) 임할 림		

립			
立 立, 5(土) 설 립	笠 竹, 11(木) 갓 립	× 粒 米, 11(木) 쌀알 립

마			
× 馬 馬, 10(水) 말 마	× 麻 广, 11(木) 삼 마	瑪 玉, 15(土) 옥돌 마
磨 石, 16(土) 칼 마		

막			
莫 艸, 13(火) 말 막	× 幕 巾, 14(火) 장막 막	漠 水, 15(土) 아득할 막

만			
万 一, 3(火) 일만 만	晩 日, 11(木) 늦을 만	曼 日, 11(木) 멀 만

萬 艸, 15(土)
일만 만

滿 水, 15(土)
가득할 만

慢 心, 15(土)
방자할 만

漫 水, 15(土)
부질없을 만

蔓 艸, 17(金)
덩굴 만

鏋 金, 19(水)
금 만

×
蠻 虫, 25(土)
오랑캐 만

말 末 木, 5(土)
끝 말

망 ×
亡 亠, 3(火)
망할 망

×
妄 女, 6(土)
망녕할 망

忙 心, 7(金)
바쁠 망

×
忘 心, 7(金)
잊을 망

罔 缶, 9(水)
없을 망

望 月, 11(木)
바랄 망

茫 艸, 12(木)
아득할 망

網 糸, 14(火)
그물 망

매 每 毋, 7(金)
매양 매

妹 女, 8(金)
아래누이 매

埋 土, 10(水)
묻을 매

△
梅 木, 11(木)
매화 매

×
買 貝, 12(木)
살 매

媒 女, 12(木)
중매 매

賣 貝, 15(土)
팔 매

맥 麥 麥, 11(木)
보리 맥

脈 肉, 12(木)
맥 맥

맹 孟 子, 8(金)
맏 맹

盲 目, 8(金)
어둘 맹

猛 犬, 12(木)
날랠 맹

盟 皿, 13(火)
맹세 맹

萌 艸, 14(火)
풀싹 맹

면

免 儿, 7(金) 면할 면
勉 力, 9(水) 힘 쓸 면
面 面, 9(水) 낯 면

× 眠 目, 10(水) 졸음 면
冕 冂, 11(木) 면류관 면
棉 木, 12(木) 솜 면

綿 糸, 14(火) 솜 면

멸

滅 水, 14(火) 밀할 멸

명

名 口, 6(土) 이름 명
命 口, 8(金) 목숨 명
明 日, 8(金) 밝을 명

× 冥 冖, 10(水) 어둘 명
× 鳴 鳥, 14(火) 울 명
銘 金, 14(火) 새길 명

溟 水, 14(火) 바다 명

모

毛 毛, 4(火) 터럭 모
母 毋, 5(土) 어미 모
矛 矛, 5(土) 세모진창 모

牟 牛, 6(土) 클 모
某 木, 9(水) 아무 모
冒 冂, 9(水) 무릅 쓸 모

募 力, 13(火) 부를 모
貌 豸, 14(火) 모양 모
× 暮 日, 15(土) 저물 모

模 木, 15(土) 모범 모
× 慕 心, 15(土) 사모할 모
摸 手, 15(土) 본뜰 모

謀 言, 16(土) 꾀 모
謨 言, 18(金) 꾀 모

목

木 木, 4(火) 나무 목
目 目, 5(土) 눈 목
牧 牛, 8(金) 기를 목

沐 水, 8(金) 목욕할 목	睦 目, 13(火) 화목할 목	穆 禾, 16(土) 화할 목

❌ 沒 水, 8(金) 빠질 몰		

夢 夕, 14(火) 꿈 몽	蒙 艸, 16(土) 어릴 몽	

卯 卩, 5(土) 토끼 묘	妙 女, 7(金) 묘할 묘	苗 艸, 11(木) 싹 묘
描 手, 13(火) 그릴 묘	❌ 墓 土, 14(火) 무덤 묘	廟 广, 15(土) 사당 묘
錨 金, 17(金) 닻 묘		

无 无, 4(火) 없을 무	戊 戈, 5(土) 천간 무	武 止, 8(金) 호반 무
拇 手, 9(水) 엄지손가락 무	畝 田, 10(水) 밭이랑 무	務 力, 11(木) 힘쓸 무
茂 艸, 11(木) 무성할 무	無 火, 12(木) 없을 무	貿 貝, 12(木) 무역할 무
珷 玉, 12(木) 옥돌 무	❌ 舞 舛, 14(火) 춤출 무	撫 手, 16(土) 어루만질 무
霧 雨, 19(水) 안개 무		

❌ 墨 土, 15(土) 먹 묵	默 黑, 16(土) 잠잠할 묵	

文 文, 4(火) 글월 문	門 門, 8(金) 문 문	汶 水, 8(金) 더럽힐 문

문

炆 火, 8(金) 연기날 문
紋 糸, 10(水) 무늬 문
問 口, 11(木) 물을 문

聞 耳, 14(火) 들을 문

물

勿 勹, 4(火) 말 물
物 牛, 8(金) 만물 물

미

未 木, 5(土) 아닐 미
米 米, 6(土) 쌀 미
尾 尸, 7(金) 꼬리 미

味 口, 8(金) 맛 미
美 羊, 9(水) 아름다울 미
眉 目, 9(水) 눈썹 미

薇 艹, 19(水) 고비 미
迷 ×辵, 13(火) 미혹할 미
微 彳, 13(火) 작을 미

渼 水, 13(火) 물결무늬 미
彌 弓, 17(金) 많을 미

민

民 氏, 5(土) 백성 민
旻 日, 8(金) 가을하늘 민
旼 日, 8(金) 화할 민

岷 山, 8(金) 산이름 민
玟 玉, 9(水) 옥돌 민
珉 玉, 10(水) 옥돌 민

敏 攴, 11(木) 민첩할 민
閔 門, 12(木) 성 민
憫 心, 16(土) 불쌍할 민

밀

密 ×宀, 11(木) 빽빽할 밀
蜜 ×虫, 14(火) 꿀 밀

박

朴 木, 6(土) 순박할 박
泊 水, 9(水) 쉴 박
拍 手, 9(水) 손뼉칠 박

珀 玉, 10(水) 호박 박
迫 ×辵, 12(木) 핍박할 박
博 十, 12(木) 넓을 박

撲 手, 16(土) 부딪칠 박

璞 玉, 17(金) 옥덩이 박

薄 ×艸, 19(水) 엷을 박

반

反 又, 4(火) 돌아올 반

半 十, 5(土) 절반 반

伴 人, 7(金) 짝 반

叛 ×又, 9(水) 배반할 반

般 舟, 10(水) 돌아올 반

畔 田, 10(水) 밭도랑 반

班 玉, 11(木) 나눌 반

返 辵, 11(木) 돌아올 반

頒 頁, 13(火) 반포할 반

飯 ×食, 13(火) 밥 반

盤 皿, 15(土) 소반 반

磐 石, 15(土) 반석 반

潘 水, 16(土) 성 반

발

拔 手, 9(水) 뺄 발

發 癶, 12(木) 필 발

鉢 金, 13(火) 바리때 발

渤 水, 13(火) 바다 발

髮 ×髟, 15(土) 터럭 발

潑 水, 16(土) 활발할 발

방

方 方, 4(火) 모 방

妨 ×女, 7(金) 해로울 방

坊 土, 7(金) 막을 방

彷 彳, 7(金) 방황할 방

房 ×戶, 8(金) 방 방

放 攴, 8(·金) 놓을 방

昉 日, 8(金) 밝을 방

芳 艸, 10(水) 꽃다울 방

倣 人, 10(水) 본받을 방

訪 言, 11(木) 찾을 방

邦 邑, 11(木) 나라 방

防 ×阜, 12(木) 막을 방

傍 人, 12(木) 의지할 방

배 杯 木, 8(金) 잔 배	拜 ×手, 9(水) 절 배	倍 人, 10(水) 갑절 배
配 ×酉, 10(水) 짝 배	培 土, 11(木) 북돋을 배	背 肉, 11(木) 등 배
排 手, 12(木) 밀 배	湃 水, 13(火) 물소리 배	襄 衣, 14(火) 옷치렁치렁할 배
輩 車, 15(土) 무리 배	陪 阜, 16(土) 모실 배	
백 白 白, 5(土) 흰 백	百 白, 6(土) 일백 백	伯 人, 7(金) 맏 백
佰 人, 8(金) 백사람 백	帛 巾, 8(金) 비단 백	栢 木, 10(水) 잣 백
번 番 田, 12(木) 차례 번	煩 火, 13(火) 번민할 번	繁 糸, 17(金) 성할 번
翻 飛, 21(木) 뒤집을 번		
벌 伐 人, 6(土) 칠 벌	閥 門, 14(火) 문벌 벌	罰 ×网, 15(土) 벌줄 벌
범 凡 几, 3(火) 무릇 범	犯 ×犬, 6(土) 범할 범	帆 巾, 6(土) 배돛 범
氾 水, 6(土) 들 범	汎 水, 7(金) 띠울 범	机 木, 7(金) 나무이름 범
范 艸, 11(木) 벌 범	範 竹, 15(土) 모범 범	
법 法 水, 9(水) 법 법		

벽 碧 石, 14(火) 푸를 벽	壁 土, 16(土) 벽 벽	璧 玉, 18(金) 둥근옥 벽
闢 門, 21(木) 열 벽		
변 卞 卜, 4(火) 법 변	辨 辛, 16(土) 분별할 변	辯 辛, 21(木) 말잘할 변
邊 辵, 22(木) 갓 변	變 言, 23(火) 변할 변	
별 別 刀, 7(金) 다를 별		
병 丙 一, 5(土) 남녘 병	兵 八, 7(金) 군사 병	幷 干, 8(金) 어우를 병
倂 人, 8(金) 나란히할 병	秉 禾, 8(金) 잡을 병	屛 尸, 9(水) 병풍 병
柄 木, 9(水) 자루 병	昞 日, 9(水) 빛날 병	炳 火, 9(水) 빛날 병
×病 疒, 10(水) 병들 병	竝 立, 10(水) 어우를 병	瓶 瓦, 11(木) 병 병
棅 木, 12(木) 자루 병	軿 車, 13(火) 가벼운 수레 병	鉼 金, 14(火) 판금 병
보 步 止, 7(金) 걸음 보	甫 用, 7(金) 클 보	保 人, 9(水) 보전 보
報 土, 12(木) 갚을 보	普 日, 12(木) 넓을 보	堡 土, 12(木) 막을 보
輔 車, 14(火) 도울 보	補 衣, 13(火) 도울 보	寶 宀, 20(水) 보배 보

보	譜 言, 20(水) 족보 보		

복	卜 卜, 2(木) 점 복	×伏 人, 6(土) 엎드릴 복	×服 月, 8(金) 입을 복
	復 彳, 12(木) 돌아올 복(부)	福 示, 14(火) 복 복	腹 肉, 15(土) 배 복
	複 衣, 15(土) 거듭 복	馥 香, 18(金) 향기 복	

| 본 | 本 木, 5(土) 근본 본 | | |

봉	奉 大, 8(金) 받들 봉	封 寸, 9(水) 봉할 봉	峯 山, 10(水) 산봉우리 봉
	俸 人, 10(水) 녹 봉	烽 火, 11(木) 봉화 봉	捧 手, 12(木) 받들 봉
	棒 木, 12(木) 몽둥이 봉	×蜂 虫, 13(火) 벌 봉	琫 玉, 13(火) 칼집옥 봉
	逢 辵, 14(火) 만날 봉	△鳳 鳥, 14(火) 새 봉	鋒 金, 15(土) 칼날 봉
	蓬 艸, 17(金) 쑥 봉		

부	夫 大, 4(火) 지아비 부	×父 父, 4(火) 아비 부	付 人, 5(土) 줄 부
	×否 口, 7(金) 아니 부	孚 子, 7(金) 믿을 부	扶 手, 8(金) 도울 부
	府 广, 8(金) 마을 부	×負 貝, 9(水) 짐질 부	赴 走, 9(水) 다다를 부

芙 艸, 10(水) 연꽃 부
符 竹, 11(木) 병부
傅 人, 12(木) 스승 부
溥 水, 14(火) 클 부
賦 貝, 15(土) 줄 부
簿 竹, 19(水) 문서 부

婦 女, 11(木) 며느리 부
副 刀, 11(木) 버금 부
復 彳, 12(木) 다시 부(복)
腐 ×肉, 14(火) 썩을 부
敷 攴, 15(土) 베풀 부

浮 ×水, 11(木) 뜰 부
富 宀, 12(木) 부자 부
附 阜, 13(火) 붙일 부
部 邑, 15(土) 나눌 부
膚 肉, 17(金) 피부 부

북 北 匕, 5(土) 북녘 북

분 分 刀, 4(火) 나눌 분
盆 皿, 9(水) 동이 분
芬 艸, 10(水) 향기 분
奮 大, 16(土) 떨칠 분

奔 大, 8(金) 분주할 분
紛 糸, 10(水) 어지러울 분
墳 ×土, 15(土) 무덤 분

汾 水, 8(金) 물결쳐흐를 분
粉 米, 10(水) 가루 분
憤 心, 16(土) 분할 분

불 不 ×一, 4(火) 아닐 불
拂 手, 9(水) 떨어질 불

弗 弓, 5(土) 아닐 불

佛 ×人, 7(金) 부처 불

붕

朋 月, 8(金) 벗 붕

×崩 山, 11(木) 산무너질 붕

△鵬 鳥, 19(水) 붕새 붕

비

比 比, 4(火) 견줄 비

妃 女, 6(土) 왕비 비

庇 广, 7(金) 덮을 비

×非 非, 8(金) 아닐 비

批 手, 8(金) 손으로칠 비

卑 十, 8(金) 낮을 비

枇 木, 8(金) 비파 비

飛 飛, 9(水) 날 비

×肥 肉, 10(水) 살찔 비

秘 禾, 10(水) 숨길 비

×婢 女, 11(木) 계집종 비

×悲 心, 12(木) 슬플 비

扉 戶, 12(木) 사립문 비

備 人, 12(木) 갖출 비

費 貝, 12(木) 비용 비

×碑 石, 13(火) 비석 비

琵 玉, 13(火) 비파 비

×鼻 鼻, 14(火) 코 비

譬 言, 20(水) 비유할 비

빈

×貧 貝, 11(木) 가난할 빈

彬 彡, 11(木) 빛날 빈

斌 文, 12(木) 빛날 빈

賓 貝, 14(火) 손님 빈

頻 頁, 16(土) 자주 빈

嬪 女, 17(金) 계집벼슬이름 빈

濱 水, 18(金) 물가 빈

빙

氷 水, 5(土) 얼음 빙

聘 耳, 13(火) 청할 빙

憑 心, 16(土) 의지할 빙

사

×巳 己, 3(火) 뱀 사

士 土, 3(火) 선비 사

四 口, 4(火) 넷 사

仕 人, 5(土) 살필 사

史 口, 5(土) 사기 사

司 口, 5(土) 맡을 사

×死 歹, 6(土) 죽을 사

糸 糸, 6(土) 가는실 사

寺 寸, 6(土) 절 사

私 禾, 7(金) 사사 사

似 人, 7(金) 같을 사

使 人, 8(金) 하여금 사

舍 舌, 8(金) 집 사

事 亅, 8(金) 일 사

社 示, 8(金) 모일 사

沙 水, 8(金) 모래 사

祀 示, 8(金) 제사 사

思 心, 9(水) 생각 사

査 木, 9(水) 사실할 사

泗 水, 9(水) 내이름 사

砂 石, 9(水) 모래 사

射 寸, 10(水) 쏠 사

師 巾, 10(水) 스승 사

紗 糸, 10(水) 깁 사

娑 女, 10(水) 춤출 사

×蛇 虫, 11(木) 뱀 사

×邪 邑, 11(木) 간사할 사

斜 斗, 11(木) 비낄 사

徙 彳, 11(木) 옮길 사

×絲 糸, 12(木) 실 사

詞 言, 12(木) 말씀 사

×詐 言, 12(木) 거짓 사

斯 斤, 12(木) 이 사

奢 大, 12(木) 사치할 사

捨 手, 12(木) 놓을 사

賜 貝, 15(土) 줄 사

寫 宀, 15(土) 베낄 사

謝 言, 17(金) 사례할 사

辭 辛, 19(水) 말씀 사

삭 削 刀, 9(水) 깎을 삭

朔 月, 10(水) 초하루 삭

산

山 山, 3(火) 뫼 산

珊 玉, 10(水) 산호 산

× 産 生, 11(木) 낳을 산

× 散 攴, 12(木) 흩어질 산

傘 人, 12(木) 우산 산

算 竹, 14(火) 셈할 산

酸 酉, 14(火) 신맛 산

살

× 殺 殳, 11(木) 죽일 살

薩 艸, 20(水) 보살 살

삼

三 一, 3(火) 셋 삼

杉 木, 7(金) 삼나무 삼

參 厶, 11(木) 석 삼

森 木, 12(木) 삼엄할 삼

蔘 艸, 17(金) 인삼 삼

삽

插 手, 13(火) 꽂을 삽

상

上 一, 3(火) 위 상

床 广, 7(金) 평상 상

尚 小, 8(金) 오히려 상

狀 犬, 8(金) 평상 상

相 目, 9(水) 서로 상

庠 广, 9(水) 학교 상

桑 木, 10(水) 뽕나무 상

常 巾, 11(木) 항상 상

商 口, 11(木) 장사할 상

祥 示, 11(木) 상서 상

× 喪 口, 12(木) 죽을 상

翔 羽, 12(木) 날을 상

× 象 豕, 12(木) 코끼리 상

想 心, 13(火) 생각할 상

× 傷 人, 13(火) 상할 상

詳 言, 13(火) 자세할 상

湘 水, 13(火) 삶을 상

嘗 口, 14(火) 맛볼 상

× 裳 衣, 14(火) 치마 상	像 人, 14(火) 형상 상	× 賞 貝, 15(土) 상줄 상
箱 竹, 15(土) 상자 상	霜 雨, 17(金) 서리 상	償 人, 17(金) 갚을 상

쌍 雙 佳, 18(金) 쌍 쌍

새 塞 土, 13(火) 변방 새

색 ×色 色, 6(土) 빛 색　索 糸, 10(水) 찾을 색　嗇 口, 13(火) 인색할 색

생 生 生, 5(土) 낳을 생

서

西 西, 6(土) 서쪽 서	序 广, 7(金) 차례 서	抒 手, 8(金) 풀 서
書 日, 10(水) 글 서	徐 彳, 10(水) 천천히 서	恕 心, 10(水) 용서할 서
敍 又, 11(木) 차례 서	庶 广, 11(木) 뭇 서	舒 舌, 12(木) 펼 서
壻 土, 12(木) 사위 서	棲 木, 12(木) 쉴 서	暑 日, 13(火) 더울 서
瑞 玉, 14(火) 상서 서	誓 言, 14(火) 맹세 서	署 网, 15(土) 관청 서
緒 糸, 15(土) 실마리 서	曙 日, 18(金) 새벽 서	

석 夕 夕, 3(火) 저녁 석　石 石, 5(土) 돌 석　汐 水, 7(金) 썰물 석

석

昔 日, 8(金) 옛 석
析 木, 8(金) 나눌 석
席 巾, 10(水) 자리 석

祏 禾, 10(水) 섬 석
淅 水, 12(木) 쌀일 석
晳 日, 12(木) 분석할 석

惜 心, 12(木) 가엾을 석
鉐 金, 13(火) 놋쇠 석
碩 石, 14(火) 클 석

奭 大, 15(土) 클 석
錫 金, 16(土) 주석 석
釋 釆, 20(水) 놓을 석

선

仙 人, 5(土) 신선 선
先 儿, 6(土) 먼저 선
宣 宀, 9(水) 베풀 선

扇 戶, 10(水) 부채 선
船 ×舟, 11(木) 배 선
旋 方, 11(木) 돌이킬 선

善 口, 12(木) 착할 선
琁 玉, 12(木) 옥돌 선
渲 水, 13(火) 물적실 선

愃 心, 13(火) 쾌할 선
羨 羊, 13(火) 넘칠 선
瑄 玉, 14(火) 크고둥근옥 선

銑 金, 14(火) 분쇠 선
線 糸, 15(土) 줄 선
墡 土, 15(土) 백토 선

嬋 女, 15(土) 고을 선
璇 玉, 16(土) 옥이름 선
鮮 魚, 17(金) 생선 선

禪 示, 17(金) 고요할 선
膳 肉, 18(金) 반찬 선
繕 糸, 18(金) 기울 선

選 辵, 19(水) 가릴 선
璿 玉, 19(水) 아름다운 옥 선

설

舌 舌, 6(土) 혀 설
雪 雨, 11(木) 눈 설
設 言, 11(木) 베풀 설

	髙 卜, 11(木) 높을 설	說 言, 14(火) 말씀 설(열)	薛 성 설
섬	暹 日, 16(土) 햇살오를 섬	蟾 虫, 19(水) 달그림자 섬	纖 糸, 23(火) 가늘 섬
섭	涉 水, 11(木) 건널 섭	燮 火, 17(金) 불꽃 섭	攝 手, 22(木) 잡을 섭
성	成 戈, 7(金) 이룰 성	姓 女, 8(金) 성 성	性 心, 9(水) 성품 성
	省 目, 9(水) 살필 성	星 日, 9(水) 별 성	城 土, 10(水) 재 성
	娍 女, 10(水) 헌걸찰 성	晟 日, 11(木) 밝을 성	盛 皿, 12(木) 성할 성
	珹 玉, 12(木) 옥 성	聖 耳, 13(火) 성스러울 성	惺 心, 13(火) 깨달을 성
	誠 言, 14(火) 정성 성	瑆 玉, 14(火) 옥빛 성	醒 酉, 16(土) 술깰 성
	聲 耳, 17(金) 소리 성		
세	世 一, 5(土) 인간 세	細 糸, 11(木) 가늘 세	洗 水, 10(水) 씻을 세
	稅 禾, 12(木) 거둘 세	歲 止, 13(火) 해 세	勢 力, 13(火) 권세 세
소	小 小, 3(火) 작을 소	少 小, 4(火) 적을 소	召 口, 5(土) 부를 소
	所 戶, 8(金) 바 소	昭 日, 9(水) 밝을 소	沼 水, 9(水) 굽은못 소

소

炤 火, 9(水) 밝을 소	素 糸, 10(水) 흴 소	消 水, 11(木) 꺼질 소
×笑 竹, 10(水) 웃음 소	紹 糸, 11(木) 이을 소	巢 巛, 11(木) 새집 소
疏 疋, 11(木) 트일 소	×訴 言, 12(木) 소송 소	掃 手, 12(木) 쓸 소
疎 疋, 12(木) 상소 소	邵 邑, 12(木) 높을 소	韶 音, 14(火) 이을 소
燒 火, 16(土) 불사를 소	蔬 艸, 17(金) 나물 소	遡 辵, 17(金) 거스를 소
騷 馬, 20(水) 소동 소	蘇 艸, 22(木) 차조기 소	

속

束 木, 7(金) 묶을 속	俗 人, 9(水) 풍속 속	粟 米, 12(木) 조 속
速 辵, 14(火) 빠를 속	續 糸, 21(木) 이을 속	屬 尸, 21(木) 붙일 속

손

孫 子, 10(水) 손자 손	巽 己, 12(木) 낮을 손	×損 手, 14(火) 덜 손
遜 辵, 17(金) 겸손할 손		

솔

率 玄, 11(木) 거느릴 솔

송

宋 宀, 7(金) 송나라 송	松 木, 8(金) 솔 송	×訟 言, 11(木) 송사할 송
送 辵, 13(火) 보낼 송	頌 頁, 13(火) 칭송할 송	誦 言, 14(火) 욀 송

쇄	刷	刀, 8(金) 인쇄할 쇄	鎖	金, 18(金) 사슬 쇄		
쇠	衰	衣, 10(水) 약할 쇠	釗	金, 10(水) 힘쓸 쇠		
수	水	水, 4(火) 물 수	手	手, 4(火) 손 수	囚	囗, 5(土) 가둘 수
	守	宀, 6(土) 지킬 수	收	攴, 6(土) 거둘 수	秀	禾, 7(金) 빼어날 수
	受	又, 8(金) 받을 수	垂	土, 8(金) 드릴 수	首	首, 9(水) 머리 수
	帥	巾, 9(水) 주장할 수	修	人, 10(水) 닦을 수	殊	歹, 10(水) 다를 수
	洙	水, 10(水) 물가 수	授	手, 12(木) 줄 수	須	頁, 12(木) 모름지기 수
	琇	玉, 12(木) 옥돌 수	× 愁	心, 13(火) 근심 수	睡	目, 13(火) 졸음 수
	壽	士, 14(火) 목숨 수	需	雨, 14(火) 구할 수	銖	金, 14(火) 저울눈 수
	粹	米, 14(火) 순수할 수	誰	言, 15(土) 누구 수	數	攴, 15(土) 셈 수
	輸	車, 16(土) 실어낼 수	遂	辵, 16(土) 이룰 수	樹	木, 16(土) 나무 수
	雖	隹, 17(金) 비록 수	隋	阜, 17(金) 수나라 수	穗	禾, 17(金) 이삭 수
	× 繡	糸, 18(金) 수놓을 수	× 獸	犬, 19(水) 짐승 수	隨	阜, 21(木) 쫓을 수

수 髓 骨, 23(火)
골 수

숙 叔 又, 8(金)
아재비 숙

宿 宀, 11(木)
잘 숙

孰 子, 11(木)
누구 숙

淑 水, 12(木)
맑을 숙

琡 玉, 13(火)
옥이름 숙

肅 聿, 13(火)
엄숙할 숙

塾 土, 14(火)
글방 숙

熟 火, 15(土)
익을 숙

璹 玉, 19(水)
옥그릇 숙

순 旬 日, 6(土)
열흘 순

巡 巛, 7(金)
돌 순

盾 目, 9(水)
방패 순

洵 水, 9(水)
믿을 순

純 糸, 10(水)
생사 순

× 殉 歹, 10(水)
죽을 순

珣 玉, 11(木)
옥그릇 순

△ 順 頁, 12(木)
순할 순

循 彳, 12(木)
,돌 순

淳 水, 12(木)
맑을 순

筍 竹, 12(木)
죽순 순

荀 艸, 12(木)
풀이름 순

舜 舛, 12(木)
임금 순

焞 火, 12(木)
밝을 순

× 脣 肉, 13(火)
입술 순

諄 言, 15(土)
도울 순

醇 酉, 15(土)
전국술 순

錞 金, 16(土)
사발종 순

瞬 目, 17(金)
잠깐 순

술 戌 戈, 6(土)
개 술

術 行, 11(木)
재주 술

述 辵, 12(木)
지을 술

숭 崇 山, 11(木)
높을 숭

瑟 玉, 14(火) 비파 슬	×膝 肉, 17(金) 무릎 슬	
拾 手, 10(水) 주울 습	習 羽, 11(木) 익힐 습	濕 水, 18(金) 젖을 습
襲 衣, 22(木) 엄습할 습		
升 十, 4(火) 되 승	丞 一, 6(土) 도울 승	承 手, 8(金) 이을 승
昇 日, 8(金) 오를 승	乘 丿, 10(水) 탈 승	勝 力, 12(木) 이길 승
僧 人, 14(火) 중 승	陞 阜, 15(土) 오를 승	繩 糸, 19(水) 노 승
×市 巾, 5(土) 저자 시	×示 示, 5(土) 보일 시	矢 失, 5(土) 살 시
始 女, 8(金) 비로소 시	侍 人, 8(金) 모실 시	是 日, 9(水) 이 시
施 方, 9(水) 베풀 시	柴 木, 9(水) 땔나무 시	時 日, 10(水) 때 시
視 見, 12(木) 볼 시	詩 言, 13(火) 시 시	試 言, 13(火) 시험할 시
氏 氏, 4(火) 성 씨		
式 弋, 6(土) 법 식	×食 食, 9(水) 밥 식	息 心, 10(水) 쉴 식
栻 木, 10(水) 점판 식	埴 土, 11(木) 진흙 식	植 木, 12(木) 심을 식

식

殖 歹, 12(木) 날 식
宲 宀, 12(木) 진실로 식
湜 水, 13(火) 물맑을 식

軾 車, 13(火) 수레난간 식
飾 食, 14(火) 꾸밀 식
識 言, 19(水) 알 식

신

申 田, 5(土) 납 신
臣 臣, 6(土) 신하 신
身 身, 7(金) 몸 신 ×

辛 辛, 7(金) 매울 신
伸 人, 7(金) 펼 신
信 人, 9(水) 믿을 신

神 示, 10(水) 신령할 신
迅 辵, 10(水) 빠를 신
訊 言, 10(水) 물을 신

晨 日, 11(木) 새벽 신
紳 糸, 11(木) 큰띠 신
新 斤, 13(火) 새 신

莘 艸, 13(火) 긴 모양 신
愼 心, 14(火) 삼갈 신
薪 艸, 19(水) 섶 신

실

失 大, 5(土) 잃을 실 ×
室 宀, 9(水) 집 실
悉 心, 11(木) 알 실

實 宀, 14(火) 열매 실

심

心 心, 4(火) 마음 심
沁 水, 8(金) 물적실 심
甚 甘, 9(水) 심할 심

深 水, 12(木) 깊을 심
尋 寸, 12(木) 찾을 심
審 宀, 15(土) 살필 심

십

十 十, 2(木) 열 십
什 人, 4(火) 열사람 십(집)

아

牙 牙, 4(火) 어금니 아
我 戈, 7(金) 나 아
兒 儿, 8(金) 아이 아

亞 二, 8(金) 버금 아
芽 艸, 10(水) 싹 아
娥 女, 10(水) 예쁠 아

峨 山, 10(水) 산이름 아
雅 佳, 12(木) 바를 아
阿 阜, 13(火) 언덕 아

衙 行, 13(火) 마을 아
餓 ×食, 16(土) 굶을 아

악 岳 山, 8(金) 뫼 악
惡 ×心, 12(木) 악할 악
嶽 山, 17(金) 큰뫼 악

안 安 宀, 6(土) 편안 안
岸 山, 8(金) 언덕 안
案 木, 10(水) 상고할 안

晏 日, 10(水) 늦을 안
按 手, 10(水) 누를 안
眼 目, 11(木) 눈 안

鴈 鳥, 15(土) 기러기 안
顔 頁, 18(金) 얼굴 안

알 謁 言, 16(土) 보일 알

암 岩 山, 8(金) 바위 암
庵 广, 11(木) 암자 암
暗 日, 13(火) 어두울 암

菴 艸, 14(火) 쑥 암
巖 山, 23(火) 바위 암

압 押 手, 9(水) 누를 압
鴨 鳥, 16(土) 집오리 압
壓 土, 17(金) 누를 압

앙 央 大, 5(土) 가운데 앙
仰 人, 6(土) 우러를 앙
昂 日, 8(金) 밝을 앙

殃 歹, 9(水) 재앙 앙
鴦 鳥, 16(土) 원앙새 앙

애

厓 厂, 8(金)
언덕 애

涯 水, 12(木)
물가 애

哀 ×
口, 9(水)
슬플 애

愛 心, 13(火)
사랑 애

崖 山, 11(木)
낭떠러지 애

액

厄 ×
厂, 4(火)
재앙 액

液 水, 12(木)
진액 액

額 頁, 18(金)
이마 액

앵

鶯 鳥, 21(木)
꾀꼬리 앵

야

也 乙, 3(火)
어조사 야

耶 耳, 9(水)
어조사 야

冶 冫, 7(金)
쇠불릴 야

野 里, 11(木)
들 야

夜 夕, 8(金)
밤 야

약

約 糸, 9(水)
맺을 약

藥 艹, 21(木)
약 약

弱 ×
弓, 10(水)
약할 약

躍 足, 21(木)
뛸 약

若 艹, 11(木)
같을 약

양

羊 ×
羊, 6(土)
양 양

亮 亠, 9(水)
밝을 양(량)

凉 冫, 10(水)
서늘할 양(량)

揚 手, 13(火)
날릴 양

養 食, 15(土)
기를 양

良 艮, 7(金)
어질 양(량)

倆 人, 10(水)
공교할 양(량)

梁 木, 11(木)
들보 양(량)

楊 木, 13(火)
버들 양

樣 木, 15(土)
모양 양

兩 入, 8(金)
둘 양(량)

洋 水, 10(水)
물 양

量 里, 12(木)
헤아릴 양(량)

漾 水, 15(土)
물결일 양

諒 言, 15(土)
믿을 양(량)

樑 木, 15(土) 들보 양(량)

襄 衣, 17(金) 도울 양

陽 阜, 17(金) 볕 양

糧 米, 18(金) 양식 양(량)

壤 土, 20(水) 고운흙 양

孃 女, 20(水) 아가씨 양

讓 言, 24(火) 사양할 양

어 於 方, 8(金) 어조사 어

魚 魚, 11(木) 고기 어 ×

御 彳, 11(木) 거느릴 어

語 言, 14(火) 말씀 어

漁 水, 15(土) 고기잡을 어 ×

억 抑 手, 8(金) 누를 억

億 人, 15(土) 억 억

憶 心, 17(金) 생각 억

檍 木, 17(金) 참죽나무 억

언 言 言, 7(金) 말씀 언

彦 彡, 9(水) 클 언

焉 火, 11(木) 어조사 언

諺 言, 16(土) 상말 언

엄 奄 大, 8(金) 문득 엄

俺 人, 10(水) 나 엄

掩 手, 12(木) 거둘 엄

嚴 口, 20(水) 엄할 엄

업 業 木, 13(火) 업 업

嶪 山, 16(土) 산높을 업

여 予 亅, 4(火) 나 여

如 女, 6(土) 같을 여

余 人, 7(金) 나 여

여			
汝	水, 7(金) 너 여	呂	口, 7(金) 성 여(려)	侶	人, 9(水) 짝 여(려)

여

汝 水, 7(金) 너 여
呂 口, 7(金) 성 여(려)
侶 人, 9(水) 짝 여(려)

旅 方, 10(水) 나그네 여(려)
與 臼, 14(火) 더불 여
慮 心, 15(土) 생각 여(려)

×餘 食, 16(土) 남을 여
勵 力, 17(金) 힘쓸 여(려)
輿 車, 17(金) 수레바탕 여

麗 鹿, 19(水) 고울 여(려)

역

力 力, 2(木) 힘 역(력)
亦 亠, 6(土) 또 역
役 彳, 7(金) 부릴 역

易 日, 8(金) 바꿀 역(이)
×疫 疒, 9(水) 염병 역
域 土, 11(木) 지경 역

逆 辶, 13(火) 거스를 역
睗 日, 13(火) 해반짝날 역
歷 止, 16(土) 지날 역(력)

曆 日, 16(土) 책력 역(력)
譯 言, 20(水) 번역할 역
驛 馬, 23(火) 역말 역

연

延 廴, 7(金) 맞을 연
沇 水, 8(金) 물졸졸흐를 연
研 石, 9(水) 갈 연

沿 水, 9(水) 쫓을 연
衍 行, 9(水) 넓을 연
姸 女, 9(水) 고울 연

宴 宀, 10(水) 잔치 연
娟 女, 10(水) 어여쁠 연
烟 火, 10(水) 연기 연

軟 車, 11(木) 부드러울 연
涓 水, 11(木) 물방울 연
淵 水, 12(木) 못 연

硯 石, 12(木) 벼루 연
然 火, 12(木) 그럴 연
鉛 金, 13(火) 납 연

煙 火, 13(火) 연기 연	煉 火, 13(火) 쇠불릴 연(련)	筵 竹, 13(火) 대자리 연
連 辵, 14(火) 연할 연(련)	演 水, 15(土) 펼 연	緣 糸, 15(土) 인연 연
練 糸, 15(土) 익힐 연(련)	燃 火, 16(土) 불탈 연	燕 火, 16(土) 연나라 연
憐 心, 16(土) 사랑할 연(련)	璉 玉, 16(土) 호련 연(련)	鍊 金, 17(金) 단련할 연(련)
聯 耳, 17(金) 이을 연(련)	蓮 艸, 17(金) 연밥 연(련)	× 戀 心, 23(火) 사모할 연(련)
열 悅 心, 11(木) 기뻐할 열	說 言, 14(火) 기쁠 열(설)	熱 火, 15(土) 더울 열
閱 門, 15(土) 읽을 열		
염 × 炎 火, 8(金) 불꽃 염	染 木, 9(水) 물들 염	琰 玉, 13(火) 비취옥 염
艶 色, 19(水) 탐스러울 염	鹽 鹵, 24(火) 소금 염	
엽 葉 艸, 15(土) 잎새 엽	曄 日, 16(土) 빛날 엽	爗 火, 16(土) 빛날 엽
영 永 水, 5(土) 길 영	泳 水, 9(水) 헤엄칠 영	映 日, 9(水) 비칠 영
盈 皿, 9(水) 찰 영	英 艸, 11(木) 꽃부리 영	迎 辵, 11(木) 맞을 영
詠 言, 12(木) 읊을 영	渶 水, 13(火) 물맑을 영	楹 木, 13(火) 기둥 영

영	煐 火, 13(火) 빛날 영	暎 日, 13(火) 비칠 영	榮 木, 14(火) 영화 영
	瑛 玉, 14(火) 옥빛 영	影 彡, 15(土) 그림자 영	瑩 玉, 15(土) 밝을 영
	營 火, 17(金) 지을 영	鍈 金, 17(金) 방울소리 영	嬰 女, 17(金) 어릴 영
	瀯 水, 21(木) 물소리 영		

예	例 人, 8(金) 견줄 예(례)	芮 艸, 10(水) 풀뾰족 예	預 頁, 13(火) 미리 예
	睿 目, 14(火) 밝을 예	銳 金, 15(土) 날카로울 예	豫 豕, 16(土) 먼저 예
	禮 示, 18(金) 예도 예(례)	叡 又, 16(土) 밝을 예	藝 艸, 21(木) 재주 예
	譽 言, 21(木) 기릴 예		

오	午 十, 4(火) 낮 오	五 二, 4(火) 다섯 오	伍 人, 6(土) 다섯 오
	吾 口, 7(金) 나 오	吳 口, 7(金) 오나라 오	汚 水, 7(金) 더러울 오
	旿 日, 8(金) 낮밝을 오	烏 火, 10(水) × 까마귀 오	娛 女, 10(水) × 기쁠 오
	悟 心, 11(木) 깨달을 오	梧 木, 11(木) 오동 오	晤 日, 11(木) 밝을 오
	珸 玉, 12(木) 옥빛 오	嗚 口, 13(火) 탄식할 오	奧 大, 13(火) 깊을 오

傲 人, 13(火) 거만할 오

× 誤 言, 14(火) 그릇 오

옥 玉 玉, 5(土) 구슬 옥

沃 水, 8(金) 기름질 옥

屋 尸, 9(水) 집 옥

鈺 金, 13(火) 보배 옥

× 獄 犬, 14(火) 옥 옥

온 媼 女, 13(火) 할미 온

溫 水, 14(火) 따뜻할 온

瑥 玉, 15(土) 이름 온

穩 禾, 16(土) 편안할 온

옹 翁 羽, 10(水) 늙을 옹

雍 隹, 13(火) 화할 옹

壅 土, 16(土) 막을 옹

擁 手, 17(金) 안을 옹

와 瓦 瓦, 5(土) 기와 와

臥 臣, 8(金) 누울 와

완 完 宀, 7(金) 완전 완

玩 玉, 9(水) 구경 완

垸 土, 10(水) 바를 완

浣 水, 11(木) 빨 완

婠 女, 11(木) 몸맵시예쁠 완

婉 女, 11(木) 예쁠 완

琓 玉, 12(木) 서옥 완

莞 艸, 13(火) 웃을 완

琬 玉, 13(火) 아름다운 완

緩 糸, 15(土) 느릴 완

왈 曰 曰, 4(火) 가로 왈

왕

王 玉, 5(土)
임금 왕

往 彳, 8(金)
갈 왕

汪 水, 8(金)
못 왕

旺 日, 8(金)
왕성할 왕

枉 木, 8(金)
굽을 왕

외

外 夕, 5(土)
바깥 외

畏 田, 9(水)
꺼릴 외

요

了 亅, 2(木)
마칠 요(료)

夭 大, 4(火)
어여쁠 요

要 襾, 9(水)
구할 요

料 斗, 10(水)
헤아릴 요(료)

堯 土, 12(木)
높을 요

搖 手, 17(金)
흔들릴 요

腰 肉, 15(土)
허리 요

瑤 玉, 15(土)
아름다운옥 요

樂 木, 15(土)
좋아할 요(락)

遙 辶, 17(金)
멀 요

謠 言, 17(金)
노래 요

曜 日, 18(金)
빛날 요

耀 羽, 20(水)
빛날 요

饒 食, 21(木)
배부를 요

욕

辱 辰, 10(水)
욕될 욕

欲 欠, 11(木)
탐낼 욕

浴 水, 11(木)
목욕 욕

慾 心, 15(土)
욕심 욕

용

用 用, 5(土)
쓸 용

勇 力, 9(水)
날랠 용

容 宀, 10(水)
얼굴 용

埇 土, 10(水)
길돋울 용

庸 广, 11(木)
떳떳할 용

涌 水, 11(木)
날뛸 용

茸 艸, 12(木)
녹용 용

湧 水, 13(火)
날뛸 용

榕 木, 14(火)
용나무 용

溶 水, 14(火)
녹일 용

踊 足, 14(火)
뛸 용

瑢 玉, 15(土)
옥소리 용

蓉 艸, 16(土)
연꽃 용

龍 龍, 16(土)
용 용(룡)

鎔 金, 18(金)
녹일 용

鏞 金, 19(水)
큰쇠 용

우

又 又, 2(木)
또 우

于 二, 3(火)
어조사 우

牛 ×
午, 4(火)
소 우

友 又, 4(火)
벗 우

尤 尤, 4(火)
더욱 우

右 口, 5(土)
오른쪽 우

宇 宀, 6(土)
집 우

羽 羽, 6(土)
깃 우

佑 人, 7(金)
도울 우

雨 雨, 8(金)
비 우

玗 玉, 8(金)
옥돌 우

禹 内, 9(水)
펼 우

祐 示, 10(水)
도울 우

迂 辵, 10(水)
굽을 우

偶 人, 11(木)
우연 우

釪 金, 11(木)
요령 우

寓 宀, 12(木)
붙일 우

堣 土, 12(木)
땅이름 우

愚 心, 13(火)
어리석을 우

瑀 玉, 14(火)
옥돌 우

憂 ×
心, 15(土)
근심 우

郵 邑, 15(土)
우편 우

遇 辵, 16(土)
만날 우

優 人, 17(金)
넉넉할 우

隅 阜, 17(金)
모퉁이 우

욱

旭 日, 6(土)
빛날 욱

昱 日, 9(水)
빛밝을 욱

彧 彡, 10(水)
무성할 욱

욱	煜 火, 13(火) 빛날 욱	郁 邑, 13(火) 문채날 욱	項 玉, 13(火) 이름 욱
운	云 二, 4(火) 이를 운	沄 水, 8(金) 끓을 운	雲 雨, 12(木) 구름 운
	運 辵, 16(土) 운수 운	澐 水, 16(土) 큰물 운	韻 音, 19(水) 운 운
울	蔚 艸, 17(金) 고을이름 울		
웅	雄 隹, 12(木) 수컷 웅	△ 熊 火, 14(火) 곰 웅	
원	元 儿, 4(火) 으뜸 원	沅 水, 8(金) 물이름 원	× 怨 心,丷 9(水) 원망할 원
	垣 土, 9(水) 낮은담 원	原 厂, 10(水) 근본 원	員 口, 10(水) 관원 원
	袁 衣, 10(水) 성 원	洹 水, 10(水) 흐를 원	苑 艸, 11(木) 나라동산 원
	媛 女, 12(木) 예쁜계집 원	園 囗, 13(火) 동산 원	援 手, 13(火) 구원할 원
	圓 口, 13(火) 둥글 원	嫄 女, 13(火) 여자이름 원	源 水, 14(火) 근원 원
	瑗 玉, 14(火) 도리옥 원	愿 心, 14(火) 삼갈 원	院 阜, 15(土) 집 원
	遠 辵, 17(金) 멀 원	轅 車, 17(金) 진문 원	願 頁, 19(水) 원할 원
월	月 月, 4(火) 달 월	越 走, 12(木) 넘을 월	

위

危	× 卩, 6(土) 위태할 위	位	人, 7(金) 자리 위	委	女, 8(金) 맡길 위
威	女, 9(水) 위엄 위	韋	韋, 9(水) 다룬가죽 위	偉	人, 11(木) 클 위
胃	× 肉, 11(木) 밥통 위	尉	寸, 11(木) 벼슬이름 위	爲	瓜, 12(木) 할 위
圍	囗, 12(木) 둘레 위	暐	日, 13(火) 밝을 위	渭	水, 13(火) 강이름 위
僞	× 人, 14(火) 거짓 위	瑋	玉, 14(火) 보배 위	緯	糸, 15(土) 씨 위
慰	心, 15(土) 위로할 위	謂	言, 16(土) 이를 위	衛	行, 16(土) 지킬 위
違	辵, 16(土) 어길 위	魏	鬼, 18(金) 위나라 위		

유

由	田, 5(土) 말미암을 유	幼	幺, 5(土) 어릴 유	有	月, 6(土) 있을 유
酉	酉, 7(金) 닭 유	乳	乙, 8(金) 젖 유	侑	人, 8(金) 짝 유
油	水, 9(水) 기름 유	兪	入, 9(水) 그럴 유	柔	木, 9(水) 부드러울 유
宥	宀, 9(水) 용서할 유	幽	幺, 9(水) 그윽할 유	洧	水, 10(水) 물이름 유
紐	糸, 10(水) 맺을 유(뉴)	留	田, 10(水) 머무를 유(류)	流	水, 11(木) 흐를 유(류)
唯	口, 11(木) 오직 유	悠	心, 11(木) 멀 유	琉	玉, 12(木) 유리돌 유(류)

유			
喩	口, 12(木) 깨우칠 유	庾	广, 12(木) 노적 유	惟	心, 12(木) 생각할 유

喩 口, 12(木) 깨우칠 유　　庾 广, 12(木) 노적 유　　惟 心, 12(木) 생각할 유

猶 犬, 13(火) 같을 유　　裕 衣, 13(火) 넉넉할 유　　愈 心, 13(火) 나을 유

楡 木, 13(火) 느릅나무 유　　猷 犬, 13(火) 꾀 유　　維 糸, 14(火) 이을 유

儒 人, 16(土) 선비 유　　誘 言, 14(火) 가르칠 유　　瑜 玉, 14(火) 아름다운옥 유

劉 刀, 15(土) 성 유(류)　　遊 辶, 16(土) 놀 유　　類 頁, 19(水) 같을 유(류)

遺 辶, 19(水) 끼칠 유

육

ˣ 肉 肉, 6(土) 고기 육　　ˣ 育 肉, 10(水) 기를 육　　堉 土, 11(木) 기름진땅 육

윤

尹 尸, 4(火) 맏 윤　　允 儿, 4(火) 진실로 윤　　侖 人, 8(金) 뭉치 윤(륜)

玧 玉, 9(水) 귀막는옥 윤　　倫 人, 10(水) 차례 윤(륜)　　崙 山, 11(木) 산이름 윤(륜)

胤 肉, 11(木) 씨 윤　　閏 門, 12(木) 윤달 윤　　鈗 金, 12(木) 창 윤

綸 糸, 14(火) 벼리 윤(륜)　　輪 車, 15(土) 바퀴 윤(륜)　　潤 水, 16(土) 윤택할 윤

율

律 彳, 9(水) 법 율(률)　　栗 木, 10(水) 밤 율(률)　　率 玄, 11(木) 헤아릴 율(률)

융

融 虫, 16(土) 화할 융

은	垠 土, 9(水) 언덕 은	恩 心, 10(水) 은혜 은	殷 殳, 10(水) 은나라 은
	銀 金, 14(火) 은 은	誾 門, 15(土) 화평할 은	隱 阜, 22(木) 숨을 은

| 을 | 乙 乙, 1(木) 새 을 | | |

| 음 | 吟 口, 7(金) 읊을 음 | 音 音, 9(水) 소리 음 | × 淫 水, 12(木) 음탕할 음 |
| | 飮 食, 13(火) 마실 음 | 陰 阜, 16(土) 그늘 음 | |

| 읍 | 邑 邑, 7(金) 고을 읍 | 泣 水, 9(水) 울 읍 | |

| 응 | 凝 冫, 16(土) 엉길 응 | 應 心, 17(金) 응할 응 | 膺 肉, 19(水) 가슴 응 |
| | 鷹 鳥, 24(火) 매 응 | | |

의	× 衣 衣, 6(土) 옷 의	矣 矢, 7(金) 어조사 의	依 人, 8(金) 의지할 의
	宜 宀, 8(金) 마땅 의	倚 人, 10(水) 의지할 의	義 羊, 13(火) 옳을 의
	意 心, 13(火) 뜻 의	× 疑 疋, 14(火) 의심할 의	儀 人, 15(土) 거동 의
	誼 言, 15(土) 옳을 의	毅 殳, 15(土) 굳셀 의	醫 酉, 18(金) 의원 의
	擬 手, 18(金) 비길 의	議 言, 20(水) 의논할 의	

이

二 二, 2(木) 두 이
×耳 耳, 6(土) 귀 이
伊 人, 6(土) 저 이
俚 人, 9(水) 속될 이(리)
移 禾, 11(木) 옮길 이
莉 艸, 13(火) 꽃 이(리)
彝 彐, 16(土) 떳떳할 이

已 已, 3(火) 이미 이
而 而, 6(土) 말이을 이
弛 弓, 6(土) 놓을 이
怡 心, 9(水) 화할 이
珥 玉, 11(木) 귀고리 이
裏 衣, 13(火) 속 이(리)

以 人, 5(土) 써 이
夷 大, 6(土) 평평할 이
易 日, 8(金) 쉬울 이(역)
異 田, 11(木) 다를 이
貳 貝, 12(木) 두 이
爾 爻, 14(火) 너 이

익

益 皿, 10(水) 더할 익
翼 羽, 18(金) 날개 익

翊 羽, 11(木) 도울 익
瀷 水, 21(木) 흐를 익

謚 言, 17(金) 웃을 익

인

×人 人, 2(木) 사람 인
仁 人, 4(火) 어질 인
忍 心, 7(金) 참을 인
認 言, 14(火) 알 인

刃 刀, 3(火) 칼날 인
印 卩, 6(土) 도장 인
姻 女, 9(水) 혼인할 인

引 弓, 4(火) 이끌 인
因 口, 6(土) 인할 인
寅 宀, 11(木) 동방 인

일	一 一, 1(木) 한 일	日 日, 4(火) 날 일	壹 士, 12(木) 한 일
	溢 水, 14(火) 넘칠 일	馹 馬, 14(火) 역말 일	逸 辶, 15(土) 편안할 일
	鎰 金, 18(金) 무게단위 일		
임	壬 士, 4(火) 북방 임	任 人, 6(土) 맡길 임	妊 女, 7(金) 아이밸 임
	姙 女, 9(水) 아이밸 임	賃 貝, 13(火) 빌 임	稔 禾, 13(火) 풍년들 임
입	入 入, 2(木) 들 입		
잉	剩 刀, 12(木) 남을 잉		
자	△ 子 子, 3(火) 아들 자	仔 人, 5(土) 자세할 자	自 自, 6(土) 스스로 자
	字 子, 6(土) 글자 자	姉 女, 8(金) 맛누이 자	×刺 刀, 8(金) 찌를 자
	姿 女, 9(水) 맵시 자	者 老, 10(水) 놈 자	玆 玄, 10(水) 이 자
	恣 心, 10(水) 방자할 자	紫 糸, 11(木) 실다듬을 자	瓷 瓦, 11(木) 오지그릇 자
	雌 隹, 13(火) 암컷 자	資 貝, 13(火) 재물 자	滋 水, 14(火) 맛 자
	慈 心, 14(火) 인자할 자	磁 石, 15(土) 자석 자	藉 艸, 20(水) 깔 자(적)

작	作 人, 7(金) 지을 작	灼 火, 7(金) 사를 작	昨 日, 9(水) 어제 작
	芍 艸, 9(水) 작약 작(적)	酌 酉, 10(水) 술 작	×崔 隹, 11(木) 참새 작
	爵 瓜, 17(金) 벼슬 작	×鵲 鳥, 19(水) 까치 작	
잔	殘 歹, 12(木) 쇠잔할 잔		
잠	暫 日, 15(土) 잠깐 잠	箴 竹, 15(土) 바늘 잠	潛 水, 16(土) 잠길 잠
	蠶 虫, 24(火) 누에 잠		
잡	雜 隹, 18(金) 섞일 잡		
장	丈 一, 3(火) 길 장	匠 匚, 6(土) 장인 장	庄 广, 6(土) 전장 장
	杖 木, 7(金) 몽둥이 장	壯 士, 7(金) 장할 장	長 長, 8(金) 긴 장
	奘 大, 10(水) 클 장	章 立, 11(木) 글 장	張 弓, 11(木) 베풀 장
	將 寸, 11(木) 장수 장	帳 巾, 11(木) 장막 장	場 土, 12(木) 마당 장
	粧 米, 12(木) 단장할 장	掌 手, 12(木) 손바닥 장	莊 艸, 13(火) 씩씩할 장
	裝 衣, 13(火) 꾸밀 장	獎 大, 14(火) 권면할 장	×葬 艸, 15(土) 장사 장

腸 肉, 15(土) 창자 장

漳 水, 15(土) 물이름 장

樟 木, 15(土) 예장나무 장

暲 日, 15(土) 밝을 장

墻 爿, 16(土) 담 장

璋 玉, 16(土) 구슬 장

障 阜, 19(水) 막힐 장

薔 艸, 19(水) 장미 장

藏 艸, 20(水) 감출 장

臟 肉, 24(火) 오장 장

재

才 手, 4(火) 재주 재

在 土, 6(土) 있을 재

再 冂, 6(土) 두번 재

材 木, 7(金) 재목 재

災 火, 7(金) 재앙 재 ×

哉 口, 9(水) 비로소 재

財 貝, 10(水) 재물 재

栽 木, 10(水) 심을 재

宰 宀, 10(水) 재상 재

梓 木, 11(木) 책판 재

裁 衣, 12(木) 판결할 재

載 車, 13(火) 실을 재

溨 水, 13(火) 맑을 재

縡 糸, 16(土) 비단 재

齋 齊, 17(金) 집 재

쟁

爭 瓜, 8(金) 다툴 쟁

錚 金, 16(土) 징 쟁

저

低 人, 7(金) 낮을 저

底 广, 8(金) 밑 저

抵 手, 9(水) 밀 저

苧 艸, 11(木) 모시 저

貯 貝, 12(木) 쌓을 저

邸 邑, 12(木) 집 저

著 艸, 15(土) 지을 저

적

赤, 7(金)
붉을 적

的 白, 8(金)
밝을 적

笛 竹, 11(木)
피리 적

寂 宀, 11(木)
고요할 적

迪 辵, 12(木)
나아갈 적

賊 貝, 13(火)
도둑 적 ×

跡 足, 13(火)
발자국 적

滴 水, 15(土)
물방울 적

摘 手, 15(土)
딸 적

敵 攴, 15(土)
대적할 적

積 禾, 16(土)
쌓을 적

績 糸, 17(金)
길쌈 적

蹟 足, 18(金)
사적 적

適 辵, 18(金)
마침 적

籍 竹, 20(水)
호적 적

전

田 田, 5(土)
밭 전

全 入, 6(土)
온전 전

甸 田, 7(金)
경기 전

典 八, 8(金)
법 전

佺 人, 8(金)
신선이름 전

前 刀, 9(水)
앞 전

展 尸, 10(水)
펼 전

栓 木, 10(水)
나무못 전

專 寸, 11(木)
오로지 전

電 雨, 13(火)
번개 전

傳 人, 13(火)
전할 전

詮 言, 13(火)
갖출 전

瑱 玉, 13(火)
옥이름 전

塡 土, 13(火)
막힐 전

殿 殳, 13(火)
대궐 전

銓 金, 14(火)
저울질 전

戰 戈, 16(土)
싸울 전

錢 金, 16(土)
돈 전

轉 車, 18(金)
구를 전

절

切 刀, 4(火)
끊을 절

折 手, 8(金)
꺾을 절

絶 糸, 12(木)
끊을 절 ×

節 竹, 15(土)
마디 절

점

占 卜, 5(土)
점칠 점

店 广, 8(金)
가게 점

漸 水, 15(土)
점점 점

點 点, 17(金)
점 점

접

接 手, 12(木)
접할 접

蝶 ×虫, 15(土)
들나비 접

정

丁 一, 2(木)
고무래 정

井 ×二, 4(火)
우물 정

正 止, 5(土)
바를 정

汀 水, 6(土)
물가 정

廷 廴, 7(金)
조정 정

玎 玉, 7(金)
옥소리 정

町 田, 7(金)
밭지경 정

呈 口, 7(金)
드러낼 정

政 攵, 8(金)
정사 정

定 宀, 8(金)
정할 정

征 彳, 8(金)
칠 정

姃 女, 8(金)
여자단정할 정

貞 貝, 9(水)
곧을 정

亭 亠, 9(水)
정자 정

訂 言, 9(水)
고칠 정

柾 木, 9(水)
나무바를 정

庭 广, 10(水)
뜰 정

頂 頁, 11(木)
이마 정

停 人, 11(木)
머무를 정

桯 木, 11(木)
걸상 정

偵 人, 11(木)
엿볼 정

挺 手, 11(木)
뺄 정

情 心, 12(木)
뜻 정

淨 水, 12(木)
깨끗할 정

程 禾, 12(木)
법 정

珵 玉, 12(木)
패옥 정

幀 巾, 12(木)
화분 정

정			
晶 日, 12(木) 맑을 정	晸 日, 12(木) 햇빛들 정	珽 玉, 12(木) 옥돌 정
淀 水, 12(木) 배댈 정	湞 水, 13(火) 물이름 정	楨 木, 13(火) 쥐똥나무 정
鼎 鼎, 13(火) 솥 정	綎 糸, 13(火) 인끈 정	鉦 金, 13(火) 징 정
靖 靑, 13(火) 편안할 정	精 米, 14(火) 세밀할 정	禎 示, 14(火) 상서 정
鋌 金, 15(土) 쇳덩이 정	靚 靑, 15(土) 단장할 정	靜 靑, 16(土) 고요할 정
整 攴, 16(土) 정돈할 정	錠 金, 16(土) 촛대 정	鄭 邑, 19(水) 나라 정

제			
弟 弓, 7(金) 아우 제	制 刀, 8(金) 제도 제	帝 巾, 9(水) 임금 제
第 竹, 11(木) 차례 제	祭 示, 11(木) 제사 제	悌 心, 11(木) 공경할 제
梯 木, 11(木) 사다리 제	堤 土, 12(木) 막을 제	提 手, 13(火) 당길 제
製 衣, 14(火) 지을 제	齊 齊, 14(火) 모두 제	瑅 玉, 14(火) 옥이름 제
除 阜, 15(土) 제할 제	諸 言, 16(土) 모두 제	濟 水, 18(金) 건널 제
題 頁, 18(金) 글 제	際 阜, 19(水) 지음 제	

조			
弔 ×弓, 4(火) 조상 조	兆 儿, 6(土) 조짐 조	早 ×日, 6(土) 일찍 조

助 力, 7(金) 도울 조	祖 示, 10(水) 할아버지 조	租 禾, 10(水) 부세 조
晁 日, 10(水) 아침 조	祚 示, 10(水) 복조 조	× 鳥 鳥, 11(木) 새 조
條 木, 11(木) 곁가지 조	組 糸, 11(木) 인끈 조	彫 彡, 11(木) 새길 조
窕 穴, 11(木) 고요할 조	釣 金, 11(木) 낚시 조	曹 日, 11(木) 무리 조
朝 月, 12(木) 아침 조	措 手, 12(木) 둘 조	詔 言, 12(木) 조서 조
照 火, 13(火) 비칠 조	造 辵, 14(火) 지을 조	趙 走, 14(火) 조나라 조
肇 聿, 14(火) 비로소 조	調 言, 15(土) 고를 조	潮 水, 16(土) 조수 조
燥 火, 17(金) 마를 조	操 手, 17(金) 잡을 조	
족 × 足 足, 7(金) 발 족	× 族 方, 11(木) 겨레 족	
존 存 子, 6(土) 있을 존	尊 寸, 12(木) 높을 존	
졸 × 卒 十, 8(金) 군사 졸	拙 手, 9(水) 옹졸할 졸	
종 宗 宀, 8(金) 마루 종	倧 人, 10(水) 신인 종	終 糸, 11(木) 마침 종
從 彳, 11(木) 쫓을 종	淙 水, 12(木) 물소리 종	棕 木, 12(木) 종려나무 종

종

悰 心, 12(木) 즐거울 종
琮 玉, 13(火) 옥 종
綜 糸, 14(火) 모을 종

種 禾, 14(火) 씨 종
璁 玉, 16(土) 옥차는소리 종
縱 糸, 17(金) 세로 종

鍾 金, 17(金) 쇠북 종
鐘 金, 20(水) 술잔 종

좌

左 工, 5(土) 왼 좌
坐 × 土, 7(金) 앉을 좌
佐 人, 7(金) 도울 좌

座 广, 10(水) 자리 좌

죄

罪 × 网, 14(火) 허물 죄

주

主 丶, 5(土) 임금 주
朱 木, 6(土) 붉을 주
舟 舟, 6(土) 배 주

州 巛, 6(土) 고을 주
住 人, 7(金) 머무를 주
走 × 走, 7(金) 달릴 주

周 口, 8(金) 두루 주
宙 宀, 8(金) 집 주
注 水, 9(水) 물댈 주

柱 木, 9(水) 기둥 주
奏 大, 9(水) 아뢸 주
炷 火, 9(水) 심지 주

酒 酉, 10(水) 술 주
株 木, 10(水) 뿌리 주
洲 水, 10(水) 섬 주

晝 日, 11(木) 낮 주
冑 肉, 11(木) 투구 주
珠 玉, 11(木) 구슬 주

註 言, 12(木) 기록할 주
湊 水, 13(火) 물이름 주
週 辵, 15(土) 주일 주

駐 馬, 15(土)
머무를 주

遒 辵, 16(土)
굳셀 주

疇 田, 19(水)
밭 주

鑄 金, 22(木)
부을 주

죽 竹 竹, 6(土)
대 죽

준 俊 人, 9(水)
준걸 준

埈 土, 10(水)
가파를 준

峻 山, 10(水)
높을 준

准 冫, 10(水)
법 준

浚 水, 11(木)
취할 준

晙 日, 11(木)
밝을 준

焌 火, 11(木)
불붙을 준

埻 土, 11(木)
과녁 준

竣 立, 12(木)
마칠 준

畯 田, 12(木)
농부 준

雋 隹, 13(火)
높을 준

準 水, 14(火)
법 준

儁 人, 15(土)
준걸 준

駿 馬, 17(金)
준마 준

濬 水, 18(金)
깊을 준

遵 辵, 19(水)
좇을 준

줄 茁 艸, 11(木)
풀싹 줄

중 中 丨, 4(火)
가운데 중

仲 人, 6(土)
버금 중

重 里, 9(水)
무거울 중

衆 血, 12(木)
무리 중

즉 卽 卩, 9(水)
곧 즉

즐	櫛 木, 19(水) 빗 즐		
즙	汁 水, 6(土) 진액 즙		
증	烝 火, 10(水) 찔 증	症 疒, 10(水) 병증세 증	曾 日, 12(木) 일찍 증
	增 土, 15(土) 더할 증	× 憎 心, 16(土) 미워할 증	蒸 艸, 16(土) 찔 증
	甑 瓦, 17(金) 시루 증	證 言, 19(水) 증거 증	× 贈 貝, 19(水) 줄 증
지	× 止 止, 4(火) 그칠 지	之 丿, 4(火) 갈 지	支 支, 4(火) 지탱할 지
	只 口, 5(土) 다만 지	地 土, 6(土) 땅 지	至 至, 6(土) 이를 지
	旨 日, 6(土) 뜻할 지	志 心, 7(金) 뜻 지	池 水, 7(金) 연못 지
	址 土, 7(金) 터 지	枝 木, 8(金) 가지 지	沚 水, 8(金) 물가 지
	知 矢, 8(金) 알 지	祉 示, 9(水) 복 지	指 手, 10(水) 손가락 지
	× 紙 糸, 10(水) 종이 지	持 手, 10(水) 가질 지	祗 示, 10(水) 공경할 지
	芝 艸, 10(水) 버섯 지	趾 足, 11(木) 발 지	智 日, 12(木) 지혜 지
	誌 言, 14(火) 기록할 지	摯 手, 15(土) 잡을 지	遲 辵, 19(水) 더딜 지

직	直 目, 8(金) 곧을 직	稙 禾, 13(火) 올벼 직	稷 禾, 15(土) 피 직
	職 耳, 18(金) 벼슬 직	織 糸, 18(金) 짤 직	
진	辰 辰, 7(金) 별 진	眞 目, 10(木) 참 진	珍 玉, 10(水) 보배 진
	晉 日, 10(水) 나아갈 진	津 水, 10(水) 나루 진	秦 禾, 10(水) 진나라 진
	振 手, 11(木) 떨칠 진	軫 車, 12(木) 수레 진	× 盡 皿, 14(火) 다할 진
	塵 土, 14(火) 티끌 진	進 辵, 15(土) 나아갈 진	震 雨, 15(土) 진동할 진
	陣 阜, 15(土) 진 진	珒 玉, 15(土) 옥돌 진	瑱 玉, 15(土) 옥이름 진
	陳 阜, 16(土) 베풀 진	璡 玉, 17(金) 옥이름 진	鎭 金, 18(金) 진압할 진
질	姪 女, 9(水) 조카 질	秩 禾, 10(水) 차례 질	× 疾 疒, 10(水) 병 질
	× 質 貝, 15(土) 바탕 질	瓆 玉, 20(水) 이름 질	
집	什 人, 4(火) 열사람 집(십)	執 土, 11(木) 잡을 집	集 隹, 12(木) 모을 집
	楫 水, 13(火) 돛대 집	潗 水, 16(土) 샘날 집	輯 車, 16(土) 모을 집
징	徵 彳, 15(土) 부를 징	澄 水, 16(土) 맑을 징	× 懲 心, 19(水) 징계할 징

차	叉	又, 3(火) 깍지낄 차	且	一, 5(土) 또 차	次	欠, 6(土) 버금 차
	此	止, 6(土) 이 차	車	車, 7(金) 수레 차(거)	借	人, 10(水) 빌릴 차
	差	工, 10(水) 어긋날 차				
착	捉	手, 11(木) 잡을 착	着	目, 12(木) 입을 착	錯	金, 16(土) 어긋날 착
찬	粲	米, 13(火) 선명할 찬	撰	手, 16(土) 갖출 찬	燦	火, 17(金) 빛날 찬
	澯	水, 17(金) 맑을 찬	璨	玉, 18(金) 옥광채 찬	贊	貝, 19(水) 도울 찬
	纂	糸, 20(水) 모을 찬	纘	糸, 21(木) 이을 찬	瓚	玉, 24(火) 옥잔 찬
	讚	言, 26(土) 도울 찬	鑽	金, 27(金) 뚫을 찬		
찰	察	宀, 14(火) 살필 찰				
참	參	厶, 11(木) 참여할 참	慘	心, 15(土) 슬플 참	慙	心, 15(土) 부끄러울 참
창	昌	日, 8(金) 창성 창	昶	日, 9(水) 밝을 창	倉	人, 10(水) 창고 창
	唱	口, 11(木) 노래할 창	窓	× 穴, 11(木) 창 창	創	刀, 12(木) 날에다칠 창
	敞	攴, 12(木) 넓을 창	暢	日, 14(火) 화창할 창	滄	水, 14(火) 서늘할 창

菖 艸, 14(火)
창포 창

彰 彡, 14(火)
밝을 창

廠 广, 15(土)
헛간 창

蒼 艸, 16(土)
푸를 창

채

采 采, 8(金)
일 채

彩 彡, 11(木)
채색 채

埰 土, 11(木)
식읍 채

寀 宀, 11(木)
동관 채

採 手, 12(木)
딸 채

債 人, 13(火)
빚 채

菜 艸, 14(火)
나물 채

蔡 艸, 17(金)
채나라 채

책

冊 冂, 5(土)
책 책

責 貝, 11(木)
꾸짖을 책

策 竹, 12(木)
꾀 책

처

妻 女, 8(金)
아내 처

處 虍, 11(木)
곳 처

悽 心, 12(木)
슬플 처

척

尺 尸, 4(火)
자 척

斥 斤, 5(土)
내칠 척

坧 土, 8(金)
기지 척

拓 手, 9(水)
열 척

戚 戈, 11(木)
친척 척

陟 阜, 15(土)
오를 척

천

千 十, 3(火)
일천 천

川 川, 3(火)
내 천

天 大, 4(火)
하늘 천

仟 人, 5(土)
천사람 천

泉 水, 9(水)
샘 천

阡 阜, 11(木)
밭두길 천

淺 水, 12(木)
얕을 천

賤 貝, 15(土)
천할 천

踐 足, 15(土)
밟을 천

遷 辵, 19(水)
옮길 천

薦 艸, 19(水)
천거할 천

철

哲 口, 10(水) 밝을 철
喆 口, 12(木) 밝을 철
綴 糸, 14(火) 맺을 철

徹 彳, 15(土) 관철할 철
澈 水, 16(土) 물맑을 철
撤 手, 16(土) 걷을 철

轍 車, 19(水) 바퀴자국 철

첨

尖 小, 6(土) 뾰족할 첨
添 水, 12(木) 더할 첨
僉 人, 13(火) 여럿 첨

瞻 目, 18(金) 쳐다볼 첨

첩

妾 女, 8(金) 첩 첩
帖 巾, 8(金) 문서 첩
捷 手, 12(木) 빠를 첩

청

靑 靑, 8(金) 푸를 청
淸 水, 12(木) 맑을 청
晴 日, 12(木) 갤 청

請 言, 15(土) 청할 청
聽 耳, 22(木) 들을 청
廳 广, 25(土) 관청 청

체

替 日, 12(木) 대신할 체
締 糸, 15(土) 맺을 체
諦 言, 16(土) 살필 체

遞 辵, 17(金) 역말 체
體 骨, 23(火) 몸 체ˣ

초

初 刀, 7(金) 처음 초
抄 手, 8(金) 주릴 초
招 手, 9(水) 부를 초

肖 肉, 9(水) 같을 초
超 走, 12(木) 뛰어넘을 초
焦 火, 12(木) 그을릴 초

草 艸, 12(木) 풀 초
楚 木, 13(火) 초나라 초
樵 木, 16(土) 땔나무 초

礎 _× 石, 18(金) 주춧돌 초	蕉 艸, 18(金) 파초 초	

촉

促 人, 9(水) 재촉할 촉	燭 _× 火, 17(金) 촛불 촉	觸 角, 20(水) 찌를 촉

촌

寸 寸, 3(火) 마디 촌	村 木, 7(金) 마을 촌

총

銃 金, 14(火) 총 총	總 糸, 17(金) 합할 총	聰 耳, 17(金) 귀밝을 총
叢 又, 19(水) 모을 총	寵 宀, 19(水) 사랑할 총	

최

崔 山, 11(木) 성 최	最 日, 12(木) 가장 최	催 人, 13(火) 재촉할 최

추

秋 禾, 9(水) 가을 추	抽 手, 9(水) 뺄 추	推 手, 12(木) 밀 추
追 辵, 13(火) 쫓을 추	楸 木, 13(火) 바둑판 추	樞 木, 15(土) 지도리 추
錐 金, 16(土) 송곳 추	錘 金, 16(土) 저울 추	醜 _× 酉, 17(金) 추할 추
鄒 邑, 17(金) 추나라 추		

축

丑 一, 4(火) 소 축	祝 示, 10(水) 축원할 축	畜 田, 10(水) 기를 축
軸 車, 12(木) 굴레 축	逐 辵, 14(火) 쫓을 축	蓄 艸, 16(土) 쌓을 축
築 竹, 16(土) 쌓을 축	縮 糸, 17(金) 오그라들 축	

춘 △春 日, 9(水) 봄 춘 椿 木, 13(火) 대추나무 춘 瑃 玉, 14(火) 옥이름 춘

賰 貝, 16(土) 넉넉할 춘

출 出 凵, 5(土) 날 출

충 充 儿, 5(土) 채울 충 忠 心, 8(金) 충성 충 沖 水, 8(金) 화할 충

珫 玉, 10(水) 귀고리 충 衷 衣, 10(水) 속 충 衝 行, 15(土) 충동할 충

×蟲 虫, 18(金) 벌레 충

췌 萃 艸, 14(火) 모을 췌

취 吹 口, 7(金) 불 취 取 又, 8(金) 취할 취 臭 自, 10(水) 냄새 취

就 尢, 12(木) 이룰 취 翠 羽, 14(火) 비취 취 聚 耳, 14(火) 모을 취

×醉 酉, 15(土) 술취할 취 趣 走, 15(土) 뜻 취

측 側 人, 11(木) 곁 측 ×測 水, 13(火) 측량할 측

층 層 尸, 15(土) 층층대 층

치 治 水, 9(水) 다스릴 치 峙 山, 9(水) 산우뚝할 치 値 人, 10(水) 만날 치

致 至, 10(水) 이를 치　　恥 心, 10(水) 부끄러울 치　　稚 禾, 13(火) 어릴 치

× 雉 隹, 13(火) 꿩 치　　馳 馬, 13(火) 달릴 치　　置 罓, 14(火) 둘 치

× 齒 齒, 15(土) 이 치

칙 則 刀, 9(水) 법칙 칙　　勅 力, 9(水) 경계할 칙

친 親 貝, 16(土) 친할 친

칠 七 一, 2(木) 일곱 칠　　漆 水, 15(土) 옷 칠

침 沈 水, 8(金) 잠길 침　　枕 木, 8(金) 베개 침　　侵 人, 9(水) 침노할 침

針 金, 10(水) 바늘 침　　浸 水, 11(木) 젖을 침　　寢 宀, 14(火) 잘 침

칩 蟄 虫, 17(金) 잠잘 칩

칭 秤 禾, 10(水) 저울 칭　　稱 禾, 14(火) 일컬을 칭

쾌 夬 大, 4(火) 쾌이름 쾌　　快 心, 8(金) 쾌할 쾌

타 他 人, 5(土) 다를 타　　打 手, 6(土) 칠 타　　妥 女, 7(金) 편안할 타

墮 土, 15(土) 떨어질 타

탁 托 手, 7(金) 밀 탁	卓 十, 8(金) 뛰어날 탁	度 广, 9(水) 헤아릴 탁(도)
倬 人, 10(水) 클 탁	託 言, 10(水) 부탁할 탁	晫 日, 12(木) 환할 탁
琢 玉, 13(火) 옥다듬을 탁	琸 玉, 13(火) 사람이름 탁	× 濁 水, 17(金) 흐릴 탁
濯 水, 18(金) 씻을 탁	擢 手, 18(金) 뽑을 탁	鐸 金, 21(木) 방울 탁
탄 呑 口, 7(金) 삼킬 탄	坦 土, 8(金) 평탄할 탄	炭 火, 9(水) 숯 탄
誕 言, 14(火) 날 탄	× 歎 欠, 15(土) 탄식할 탄	彈 弓, 15(土) 탄환 탄
灘 水, 23(火) 여울 탄		
탈 脫 肉, 13(火) 벗을 탈	奪 大, 14(火) 빼앗을 탈	
탐 耽 耳, 10(水) 흘겨볼 탐	貪 貝, 11(木) 탐할 탐	探 手, 12(木) 정탐할 탐
탑 塔 土, 13(火) 탑 탑		
탕 湯 水, 13(火) 물끓일 탕		
태 太 大, 4(火) 클 태	台 口, 5(土) 별이름 태	兌 儿, 7(金) 곧을 태
汰 水, 8(金) 씻길 태	泰 水, 9(水) 클 태	怠 心, 9(水) 게으를 태

ˣ殆 歹, 9(水)
위태할 태

胎 肉, 11(木)
애밸 태

邰 邑, 12(木)
나라이름 태

態 心, 14(火)
태도 태

택 宅 宀, 6(土)
집 택

坨 土, 9(水)
언덕 택

澤 水, 17(金)
못 택

擇 手, 17(金)
가릴 택

토 ˣ土 土, 3(火)
흙 토

吐 口, 6(土)
토할 토

ˣ兎 儿, 7(金)
토끼 토

討 言, 10(水)
다스릴 토

통 桶 木, 11(木)
통 통

統 糸, 12(木)
거느릴 통

痛 疒, 12(木)
아플 통

通 辶, 14(火)
통할 통

퇴 堆 土, 11(木)
언덕 퇴

退 辶, 13(火)
물러갈 퇴

투 投 手, 8(金)
던질 투

透 辶, 14(火)
통할 투

鬪 鬥, 20(水)
싸움 투

특 特 牛, 10(水)
특별할 특

파 巴 己, 4(火)
땅이름 파

坡 土, 8(金)
언덕 파

波 水, 9(水)
물결 파

把 手, 9(水)
잡을 파

ˣ破 石, 10(水)
깨질 파

派 水, 9(水)
물결 파

파

芭 艸, 10(水) 파초 파
琵 玉, 13(火) 비파 파
頗 頁, 14(火) 자못 파

播 手, 16(土) 심을 파
罷 网, 16(土) 마칠 파

판

判 刀, 7(金) 쪼갤 판
坂 土, 7(金) 언덕 판
板 木, 8(金) 널 판

版 片, 8(金) 조각 판
販 貝, 11(木) 팔 판
阪 阜, 12(木) 언덕 판

팔

八 八, 2(木) 여덟 팔

패

×貝 貝, 7(金) 조개 패
佩 人, 8(金) 찰 패
×敗 攴, 11(木) 패할 패

浿 水, 11(木) 물가 패
牌 片, 12(木) 패 패
覇 襾, 19(水) 으뜸 패

팽

彭 彡, 12(木) 성 팽
澎 水, 16(土) 물소리 팽

편

片 片, 4(火) 조각 패
便 人, 9(水) 편안할 편
扁 戶, 9(水) 작을 편

偏 人, 11(木) 치우칠 편
篇 竹, 15(土) 책 편
編 糸, 15(土) 엮을 편

遍 辵, 16(土) 두루 편

평

平 干, 5(土) 평평할 평
坪 土, 8(金) 들 평
枰 木, 9(水) 바둑판 평

評 言, 12(木) 평론할 평

폐			
肺 × 肉, 10(水) 허파 폐	閉 × 門, 11(木) 닫을 폐	廢 广, 15(土) 폐할 폐
弊 廾, 15(土) 해질 폐	幣 巾, 15(土) 돈 폐	陛 阜, 15(土) 섬돌 폐
蔽 艸, 18(金) 가릴 폐		

포			
布 巾, 5(土) 베 포	包 勹, 5(土) 쌀 포	抱 手, 9(水) 안을 포
砲 石, 10(水) 대포 포	浦 水, 11(木) 물가 포	胞 肉, 11(木) 태 포
捕 手, 11(木) 잡을 포	飽 食, 14(火) 배부를 포	葡 艸, 15(土) 포도 포
褒 衣, 15(土) 포장 포		

폭			
幅 巾, 12(木) 폭 폭	暴 日, 15(土) 사나울 폭	爆 火, 19(水) 불터질 폭

표			
杓 木, 7(金) 자루 표	表 衣, 9(水) 겉 표	豹 × 豸, 10(水) 표범 표
票 示, 11(木) 표 표	彪 彡, 11(木) 칡범 표	漂 水, 15(土) 뜰 표
標 木, 15(土) 표할 표	驃 馬, 21(木) 날렐 표	

품		
品 口, 9(水) 품수 품	稟 禾, 13(火) 여쭐 품

풍			
風 風, 9(水) 바람 풍	楓 木, 13(火) 단풍나무 풍	豊 豆, 18(金) 풍년 풍

피	皮 皮, 5(土) 가죽 피	彼 彳, 8(金) 저 피	疲 疒, 10(水) 피곤할 피
	被 衣, 11(木) 입을 피	避 辵, 20(水) 피할 피	
필	匹 匚, 4(火) 짝 필	必 心, 5(土) 반드시 필	泌 水, 9(水) 물좁게 흐를 필
	珌 玉, 10(水) 칼장식 필	畢 田, 11(木) 마칠 필	苾 艸, 11(木) 향기날 필
	筆 竹, 12(木) 붓 필	弼 弓, 12(木) 도울 필	馝 香, 14(火) 향기날 필
하	下 一, 3(火) 아래 하	何 人, 7(金) 어찌 하	河 水, 9(水) 물 하
	昰 日, 9(水) 클 하	夏 夊, 10(水) 여름 하	賀 貝, 12(木) 하례 하
	荷 艸, 13(火) 연꽃 하	廈 广, 13(火) 큰집 하	霞 雨, 17(金) 노을 하
학	學 子, 16(土) 배울 학	鶴 鳥, 21(木) 학 학	
한	旱 日, 7(金) 가물 한	汗 水, 7(金) 땀 한	✕ 恨 心, 10(水) 한할 한
	閑 門, 12(木) 한가할 한	寒 宀, 12(木) 찰 한	✕ 閒 門, 12(木) 겨를 한
	限 阜, 14(火) 한정 한	漢 水, 15(土) 한수 한	翰 羽, 16(土) 날개 한
	韓 韋, 17(金) 한나라 한	澣 水, 17(金) 옷빨 한	瀚 水, 20(水) 질펀할 한

할	割 刀, 12(木) 나눌 할	轄 車, 17(金) 다스릴 할	
함	含 口, 7(金) 머금을 함	函 凵, 8(金) 함 함	咸 口, 9(水) 다 함
	涵 水, 12(木) 젖을 함	×陷 阜, 16(土) 빠질 함	艦 舟, 20(水) 싸움배 함
합	×合 口, 6(土) 합할 합		
항	亢 亠, 4(火) 목 항	抗 手, 8(金) 항거할 항	沆 水, 8(金) 큰물 항
	巷 己, 9(水) 거리 항	姮 女, 9(水) 계집이름 항	恒 心, 10(水) 항상 항
	航 舟, 10(水) 배 항	項 頁, 12(木) 목 항	港 水, 13(火) 항구 항
해	亥 亠, 6(土) 돼지 해	×害 宀, 10(水) 해할 해	奚 大, 10(水) 어찌 해
	海 水, 11(木) 바다 해	偕 人, 11(木) 함께할 해	解 角, 13(火) 풀 해
	該 言, 13(火) 해당할 해	楷 木, 13(火) 본뜰 해	諧 言, 16(土) 화할 해
핵	核 木, 10(水) 씨 핵		
행	行 行, 6(土) 행할 행	杏 木, 7(金) 살구 행	幸 干, 8(金) 다행 행
향	×享 亠, 8(金) 누릴 향	向 口, 6(土) 향할 향	香 香, 9(水) 향기 향

향	珦 玉, 11(木) 옥이름 향	鄕 邑, 17(金) 시골 향	響 音, 22(木) 소리 향
허	許 言, 11(木) 허락할 허	虛 ×虍, 12(木) 빌 허	墟 土, 15(土) 언덕 허
헌	軒 車, 10(水) 초헌 헌	憲 心, 16(土) 법 헌	獻 犬, 20(水) 드릴 헌
험	險 阜, 21(木) 험할 험	驗 馬, 23(火) 증험할 험	
혁	革 革, 9(水) 가죽 혁	赫 赤, 14(火) 빛날 혁	爀 火, 18(金) 빛날 혁
현	玄 玄, 5(土) 검을 현	見 見, 7(金) 나타날 현	弦 弓, 8(金) 활시위 현
	泫 水, 9(水) 물깊을 현	炫 火, 9(水) 밝을 현	峴 山, 10(水) 고개 현
	玹 玉, 10(水) 옥돌 현	絃 糸, 11(木) 악기줄 현	晛 日, 11(木) 햇살 현
	現 玉, 12(木) 나타날 현	鉉 金, 13(火) 솥귀 현	賢 貝, 15(土) 어질 현
	縣 糸, 16(土) 고을 현	懸 心, 20(水) 매달 현	顯 頁, 23(火) 나타날 현
혈	穴 穴, 5(土) 구멍 혈	血 血, 6(土) 피 혈	
협	協 十, 8(金) 화할 협	俠 人, 9(水) 호협할 협	峽 山, 10(水) 산골 협
	浹 水, 11(木) 두루 미칠 협	挾 手, 11(木) 낄 협	脅 肉, 12(木) 갈빗대 협

형			
兄	儿, 5(土) 형님 형	刑	刀, 6(土) 형벌 형	形	彡, 7(金) 형상 형
亨	亠, 7(金) 형통할 형	型	土, 9(水) 골 형	洞	水, 9(水) 찰 형
炯	火, 9(水) 빛날 형	邢	邑, 11(木) 나라이름 형	珩	玉, 11(木) 노리개 형
瑩	玉, 15(土) 밝을 형	× 螢	虫, 16(土) 반딧불 형	衡	行, 16(土) 저울대 형
濙	水, 19(水) 물맑을 형	馨	香, 20(水) 꽃다울 형	

혜			
兮	八, 4(火) 어조사 혜	彗	⼧, 11(木) 비 혜	惠	心, 12(木) 은혜 혜
慧	心, 15(土) 지혜 혜	蕙	艸, 18(金) 난초 혜	譓	言, 22(木) 살필 혜

호			
戶	戶, 4(火) 집 호	互	二, 4(火) 어그러질 호	乎	丿, 5(土) 어조사 호
× 好	女, 6(土) 좋을 호	△ 虎	虍, 8(金) 범 호	呼	口, 8(金) 부를 호
昊	日, 8(金) 하늘 호	祜	示, 10(水) 복 호	胡	肉, 11(木) 어찌 호
浩	水, 11(木) 넓고 큰 호	毫	毛, 11(木) 터럭 호	晧	日, 11(木) 해돋을 호
扈	戶, 11(木) 호위할 호	壺	士, 12(木) 병 호	皓	白, 12(木) 흴 호
淏	水, 12(木) 맑을 호	號	虍, 13(火) 부를 호	湖	水, 13(火) 호수 호

호	琥 玉, 13(火) 호박 호	豪 豕, 14(火) 호걸 호	瑚 玉, 14(火) 산호 호
	澔 水, 16(土) 클 호	壕 土, 17(金) 땅이름 호	濠 水, 18(金) 호수 호
	鎬 金, 18(金) 호경 호	護 言, 21(木) 호위할 호	顥 頁, 21(木) 풍류 호
	護 音, 23(火) 구할 호	灝 水, 25(土) 넓을 호	

혹	或 戈, 8(金) 혹 혹	惑 心, 12(木) 의심낼 혹	

혼	昏 日, 8(金) 어두울 혼	婚 女, 11(木) 혼인할 혼	混 水, 12(木) 섞일 혼
	渾 水, 13(火) 흐릴 혼	魂 鬼, 14(火) 혼 혼	

홀	忽 心, 8(金) 소홀히 할 홀	惚 心, 12(木) 황홀할 홀	

홍	弘 弓, 5(土) 클 홍	紅 糸, 9(水) 붉을 홍	泓 水, 9(水) 물깊을 홍
	× 虹 虫, 9(水) 무지개 홍	洪 水, 10(水) 큰물 홍	烘 火, 10(水) 횃불 홍
	鴻 鳥, 17(金) 기러기 홍		

화	火 火, 4(火) 불 화	△化 匕, 4(火) 될 화	禾 禾, 5(土) 벼 화
	和 口, 8(金) 화할 화	△花 艸, 10(木) 꽃 화	×貨 貝, 11(木) 재물 화

畵	田, 12(木) 그림 화	話	言, 13(火) 말할 화	華	艸, 14(火) 빛날 화
× 禍	示, 14(火) 재난 화	嬅	女, 15(土) 고울 화	樺	木, 16(土) 벗나무 화

획 確 石, 15(土) 확실할 확　穫 禾, 19(水) 곡식거둘 확　擴 手, 19(水) 넓힐 확

환 丸 丶, 3(火) 둥글 환　幻 幺, 4(火) 허깨비 환　奐 大, 9(水) 클 환

桓 木, 10(水) 씩씩할 환　晥 日, 11(木) 환할 환　患 心, 11(木) 근심 환

喚 口, 12(木) 부를 환　換 手, 13(火) 바꿀 환　渙 水, 13(火) 흩어질 환

煥 火, 13(火) 빛날 환　環 玉, 18(金) 고리 환　還 辵, 20(水) 돌아올 환

鐶 金, 21(木) 고리 환　歡 欠, 22(木) 기쁠 환

활 活 水, 10(水) 살 활　闊 門, 17(金) 넓을 활

황 ×
皇 白, 9(水) 임금 황　況 水, 9(水) 하물며 황　晃 日, 10(水) 밝을 황

△
凰 几, 11(木) 봉황새 황　荒 艸, 12(木) 거칠 황　黃 黃, 12(木) 누루 황

堭 土, 12(木) 전각 황　媓 女, 12(木) 이름 황　煌 火, 13(火) 빛날 황

滉 水, 14(火) 물깊을 황　楻 木, 14(火) 책상 황　璜 玉, 17(金) 반달옥 황

회

回 口, 6(土) 돌아올 회

灰 火, 6(土) 재 회

廻 廴, 9(水) 돌아올 회

恢 心, 10(水) 클 회

悔 心, 11(木) 뉘우칠 회

晦 日, 11(木) 그믐 회

會 日, 13(火) 모을 회

檜 木, 17(金) 전나무 회

澮 水, 17(金) 물도랑 회

繪 糸, 19(水) 그림 회

懷 心, 20(水) 품을 회

획

劃 刀, 14(火) 새길 획

獲 犬, 18(金) 얻을 획

횡

橫 木, 16(土) 가로 횡

효

爻 爻, 4(火) 형상 효

孝 子, 7(金) 효도 효

效 攵, 10(水) 본받을 효

淆 水, 11(木) 물가 효

曉 日, 16(土) 새벽 효

驍 馬, 22(木) 날랠 효

후

后 口, 6(土) 황후 후

後 彳, 9(水) 뒤 후

厚 厂, 9(水) 두터울 후

侯 人, 9(水) 제후 후

垕 土, 9(水) 두터울 후

候 人, 10(水) 기후 후

喉 口, 12(木) 목구멍 후

逅 辵, 13(火) 만날 후

훈

訓 言, 10(水) 가르칠 훈

焄 火, 11(木) 향내 훈

塡 土, 13(火) 질나팔 훈

熏 火, 14(火) 불사를 훈

勳 力, 16(土) 공훈 훈

壎 土, 17(金) 질나팔 훈

燻 火, 18(金) 불기운 훈 薰 艸, 20(水) 향풀 훈

훤 喧 口, 12(木) 지껄일 훤 暄 日, 13(火) 날밝을 훤 萱 艸, 15(土) 원추리 훤

훼 毀 殳, 13(火) 헐 훼

휘 揮 手, 13(火) 휘두를 휘 彙 彐, 13(火) 무리 휘 暉 日, 13(火) 햇빛 휘

輝 火, 13(火) 빛날 휘 輝 車, 15(土) 빛날 휘 徽 彳, 17(金) 아름다울 휘

휴 休 人, 6(土) 쉴 휴 烋 火, 10(水) 아름다울 휴 携 手, 14(火) 끌 휴

흉 凶 ㄴ, 4(火) 흉할 흉 (×) 胸 肉, 12(木) 가슴 흉 (×)

흑 黑 黑, 12(木) 검을 흑

흔 欣 欠, 8(金) 기쁠 흔 炘 火, 8(金) 화끈거릴 흔 昕 日, 8(金) 날돋을 흔

흘 屹 山, 6(土) 산우뚝할 흘

흠 欽 欠, 12(木) 공경할 흠

흡 吸 口, 7(金) 마실 흡 洽 水, 10(水) 화할 흡 恰 心, 10(水) 마치 흡

翕 羽, 12(木) 합할 흡

홍 興 臼, 15(土)
일 홍

희 希 巾, 7(金)
바랄 희

姬 女, 9(水)
계집 희

晞 日, 11(木)
마를 희

喜 口, 12(木)
기쁠 희

稀 禾, 12(木)
드물 희

熙 火, 13(火)
빛날 희

僖 人, 14(火)
즐거울 희

凞 火, 14(火)
빛날 희

嬉 女, 15(土)
희롱할 희

戲 戈, 16(土)
희롱할 희

噫 口, 16(土)
탄식할 희

熺 火, 16(土)
밝을 희

熹 火, 16(土)
밝을 희

憙 心, 16(土)
기쁠 희

義 羊, 16(土)
복희씨 희

禧 示, 17(金)
복 희

曦 日, 20(水)
햇빛 희

爔 火, 21(木)
불 희

힐 詰 言, 13(火)
꾸짖을 힐

8. 인명용 한자 획수별 오행 색인

범례

획수   오행
↓   ↓
1획 (木)

㊏ 乙 새 을
↓
한자음 오행

1획 (木)

㊏ 乙 새 을   一 한 일

2획 (木)

㊋ 乃 이에 내   ×刀 칼 도   力 힘 력(역)

   了 마칠 료(요)

㊏ 又 또 우   二 두 이   入 들 입

2획 (木)

ⓣ 人 사람 인

ⓖ 丁 고무래 정

ⓦ 卜 점 복

3획 (火)

ⓜ	干 방패 간	巾 수건 건	工 장인 공
	口 입 구	久 오랠 구	弓 활 궁
	己 몸 기		
ⓕ	女 계집 녀	大 큰 대	土 흙 토
ⓣ	也 어조사 야	于 어조사 우	已 이미 이
	刃 칼날 인	下 아래 하	丸 둥글 환
ⓖ	巳 뱀 사	士 선비 사	山 뫼 산
	三 석 삼	上 윗 상	夕 저녁 석
	小 작을 소	子 아들 자	丈 길 장
	叉 깍지낄 차	千 일천 천	川 내 천
	寸 마디 촌		

㊌ 万 일만 만 | 亡 망할 망 | 凡 무릇 범

4획 (火)

㊍ 介 클 개 | 犬 개 견 | 公 귀 공
孔 구멍 공 | 戈 창 과 | 斤 날 근
今 이제 금 | 及 및 급 | 夬 쾌이름 쾌
㊋ 内 안 내 | 丹 붉을 단 | 斗 말 두
屯 모일 둔 | 太 클 태

㊏ 牙 어금니 아 | 厄 재앙 액 | 予 나 여
午 낮 오 | 曰 가로 왈 | 夭 어여쁠 요
牛 소 우 | 友 벗 우 | 尤 더욱 우
云 이를 운 | 元 으뜸 원 | 月 달 월
尹 다스릴 윤 | 允 진실로 윤 | 引 이끌 인
仁 어질 인 | 日 날 일 | 壬 북방 임
亢 목 항 | 兮 어조사 혜 | 戶 집 호
互 어글어질 호 | 火 불 화 | 化 될 화
幻 허깨비 환 | 爻 형상 효 | 凶 흉할 흉

4획 (火)

金
四 녁 사
手 손 수
心 마음 심
切 끊을 절
中 가운데 중
之 갈 지
丑 소 축

少 적을 소
升 되 승
什 열사람 십(집)
井 우물 정
支 지탱할 지
尺 자 척

水 물 수
氏 성 씨
才 재주 재
弔 조상 조
止 그칠 지
天 하늘 천

水
毛 터럭 모
文 글월 문
方 모 방
夫 지아비 부
比 견줄 비
匹 짝 필

木 나무 목
勿 말 물
卞 법 변
分 나눌 분
巴 땅이름 파

无 없을 무
反 돌아올 반
父 아비 부
不 아닐 불
片 조각 편

5획 (土)

木
可 옳을 가
加 더할 가
刊 새길 간

甘 달 감	甲 갑옷 갑	去 갈 거
巨 클 거	古 예 고	叩 두드릴 고
功 공 공	瓜 외 과	巧 교할 교
句 글귀 구	丘 언덕 구	叫 부를 규
㊋ 奴 종 노	旦 아침 단	代 대신 대
冬 겨울 동	令 하여금 령	立 설 립
他 다를 타	台 별이름 태	
㊏ 央 가운데 앙	永 길 영	令 하여금 영
玉 구슬 옥	瓦 기와 와	王 임금 왕
外 바깥 외	用 쓸 용	右 오른쪽 우
由 행할 유	幼 어릴 유	以 써 이
立 설 입	玄 검을 현	穴 구멍 혈
兄 형님 형	乎 어조사 호	弘 클 홍
禾 벼 화		
㊎ 仕 살필 사	史 사기 사	司 맡을 사
生 낳을 생	石 돌 석	仙 신선 선
世 인간 세	召 부를 소	囚 가둘 수

5획 (土)

金
示 보일 시　市 저자 시　矢 살 시
申 납 신　失 잃을 실　仔 자세할 자
田 밭 전　占 점칠 점　正 바를 정
左 왼 좌　主 임금 주　只 다만 지
且 또 차　冊 책 책　斥 내칠 척
仟 천사람 천　出 날 출　充 채울 충

水
末 끝 말　母 어미 모　矛 세모진창 모
目 눈 목　卯 토끼 묘　戊 천간 무
未 아닐 미　民 백성 민　半 절반 반
白 흰 백　丙 남쪽 병　本 근본 본
付 줄 부　北 북녘 북　弗 아닐 불
氷 얼음 빙　平 평할 평　布 배 포
包 쌀 포　皮 가죽 피　必 반드시 필

6획 (土)

木
各 각각 각　艮 간방 간　价 착할 개

件 사건 건	曲 굽을 곡	共 한가지 공
光 빛 광	匡 도울 광	交 사귈 교
圭 홀 규	亘 뻗칠 긍	企 바랄 기
吉 길할 길		
㉛ 年 해 년	多 많을 다	乭 이름 돌
同 한가지 동	列 베풀 렬	×劣 용렬할 렬
老 늙을 로	六 여섯 륙	×吏 관리 리
打 칠 타	宅 집 택	吐 토할 토
㉣ 安 편안 안	仰 우러를 앙	×羊 양 양
如 같을 여	亦 또 역	伍 다섯 오
宇 집 우	羽 깃 우	旭 빛날 욱
×危 위태할 위	有 있을 유	×肉 고기 육
×衣 옷 의	×耳 귀 이	而 말이을 이
夷 평평할 이	伊 저 이	弛 놓을 이
因 인할 인	印 도장 인	任 맡길 임
×合 합할 합	亥 돼지 해	行 행할 행
向 향할 향	血 피 혈	刑 형벌 형

6획 (土)

㉯				
(土)	好 좋을 호 ˣ	灰 재 회	回 돌아올 회	
	后 황후 후	休 쉴 휴	屹 산 우뚝할 흘	
(金)	寺 절 사	死 죽을 사 ˣ	糸 가는실 사	
	色 빛 색 ˣ	西 서쪽 서	先 먼저 선	
	舌 혀 설	守 지킬 수	收 모을 수	
	旬 열흘 순	戌 개 술	丞 도울 승	
	式 법 식	臣 신하 신	字 글자 자	
	自 스스로 자	匠 장인 장	庄 전장 장	
	在 있을 재	再 두번 재	全 온전 전	
	汀 물가 정	兆 조짐 조	早 일찍 조	
	存 있을 존	朱 붉을 주	舟 배 주	
	州 고을 주	竹 대 죽	仲 버금 중	
	汁 진액 즙	地 땅 지	至 이를 지	
	旨 뜻할 지	次 버금 차	此 이 차	
	尖 뾰족할 첨	冲 화할 충		
(水)	妄 망녕할 망 ˣ	名 이름 명	牟 클 모	

米 쌀 미	朴 순박할 박	百 일백 백
伐 칠 벌	×犯 범할 범	帆 배돛 범
氾 들 범	幷 어우를 병	×伏 엎드릴 복
妃 왕비 비		

7획 (金)

㊍	角 뿔 각	却 물리칠 각	杆 방패 간
	江 물 강	杠 외나무다리 강	改 고칠 개
	更 다시 갱 고칠 경	×坑 묻을 갱	車 수레 거(차)
	見 볼 견	系 맬 계	戒 경계할 계
	告 고할 고	谷 골 곡	困 곤할 곤
	攻 칠 공	宏 클 굉	求 구할 구
	究 궁구할 구	局 판 국	君 임금 군
	均 고를 균	克 이길 극	忌 꺼릴 기
	杞 구기자 기	崎 높을 기	圻 지경 기
㊋	男 사내 남	努 힘쓸 노	但 다만 단
	豆 콩 두	杜 막을 두	×卵 알 란

7획 (金)

ⓕ 冷 찰 랭
伶 영리할 령
利 이로울 리
托 밀 탁
× 兔 토끼 토

良 어질 량(양)
弄 희롱할 롱
李 오얏 리
吞 삼킬 탄

呂 성 려(여)
里 마을 리
妥 편안할 타
兌 곧을 태

ⓣ 我 나 아
言 말씀 언
呂 성 여(려)
吾 나 오
完 완전 완
酉 닭 유
矣 어조사 의
何 어찌 하
含 머금을 함
形 형상 형
吸 마실 흡

冶 쇠붙릴 야
余 나 여
役 부릴 역
汚 더러울 오
佑 도울 우
吟 읊을 음
忍 참을 인
旱 가물 한
杏 살구 행
亨 형통할 형
希 바랄 희

良 어질 양(량)
汝 너 여
延 맞을 연
吳 오나라 오
位 자리 위
邑 고을 읍
妊 아아밸 임
汗 땀 한
見 나타날 현
孝 효도 효

㊎ 私 사사로운 사 似 같을 사 杉 삼엄할 삼

床 평상 상 序 차례 서 汐 썰물 석

成 이를 성 束 묶을 속 宋 송나라 송

秀 빼어날 수 巡 돌 순 身× 몸 신

辛 매울 신 伸 펼 신 作 지을 작

灼 사를 작 壯 장할 장 杖 몽둥이 장

材 재목 재 災× 재앙 재 低 낮을 저

赤 붉을 적 甸 경기 전 廷 조정 정

玎 옥소리 정 町 밭지경 정 呈 드러낼 정

弟 아우 제 助 도울 조 足× 발 족

坐× 앉을 좌 佐 도울 좌 住 머무를 주

走× 달릴 주 志 뜻 지 池 연못 지

址 터 지 辰 별 진 車 수레 차(거)

初 처음 초 村 마을 촌 吹 불 취

七 일곱 칠

㊌ 忙 바쁠 망 忘× 잊을 망 每 매양 매

免 면할 면 妙 묘할 묘 尾 꼬리 미

7획 (金)

水 伴 짝 반
妨 해로울 방 (×)
坊 막을 방

彷 방황할 방
佰 맏 백
汎 띠울 범

枛 나무이름 범
別 다를 별
兵 군사 병

步 걸을 보
甫 클 보
否 아니 부 (×)

孚 믿을 부
佛 부처 불 (×)
庇 덮을 비

判 쪼갤 판
坂 언덕 판
貝 조개 패 (×)

杓 자루 표

8획 (金)

木 佳 아름다울 가
刻 새길 각
侃 굳셀 간

玕 예쁜돌 간
岡 산등성이 강
居 살 거

杰 호걸 걸
決 결단할 결
京 서울 경

庚 천간 경
坰 들 경
炅 빛날 경

季 끝 계
固 굳을 고
考 생각할 고 (×)

姑 시어미 고 (×)
孤 외로울 고 (×)
坤 땅 곤

昆 맏 곤
空 빌 공 (×)
供 이바지할 공

果 실과 과 　　　　官 벼슬 관 　　　　侊 클 광

具 갖출 구 　　　　坵 언덕 구 　　　　玖 검은돌 구

屈 굽을 굴 　　　　卷 책 권 　　　　券 문서 권

金 쇠 금 　　　　汲 물길을 급 　　　　其 그 기

技 재주 기 　　　　奇 기이할 기 　　　　玘 패옥 기

汽 물끓는 기 　　　　沂 물이름 기 　　　　佶 바를 길

快 쾌할 쾌

㊋ 奈 어찌 나(내) 　　　　季 해 년 　　　　念 생각할 념

坮 집터 대 　　　　到 이를 도 　　　　毒 독할 독

東 동녘 동 　　　　枓 기둥머리 두 　　　　兩 둘 량(양)

來 올 래 　　　　姈 계집 영리할 령 　　　　例 견줄 례(예)

彔 나무깎을 록 　　　　侖 산이름 륜(윤) 　　　　林 수풀 림

卓 높을 탁 　　　　坦 평탄할 탄 　　　　汰 씻길 태

投 던질 투

㊏ 兒 아이 아 　　　　亞 버금 아 　　　　岳 뫼 악

岸 언덕 안 　　　　岩 바위 암 　　　　昻 밝을 앙

厓 언덕 애 　　　　夜 밤 야 　　　　兩 둘 양(량)

8획 (金)

(土)

於 늘 어	抑 누를 억	奄 문득 엄
易 바꿀 역(이)	沇 물졸졸흐를연	炎 불꽃 염
例 견줄 예(례)	旿 낮밝을 오	沃 기름질 옥
臥 누울 와	往 갈 왕	旺 왕성할 왕
汪 못 왕	枉 굽을 왕	雨 비 우
玗 옥돌 우	沄 끓을 운	沅 물이름 원
委 버릴 위	乳 젖 유	侑 짝 유
侖 뭉치 윤(륜)	依 의지할 의	宜 마땅 의
易 쉬울 이(역)	函 함 함	抗 항거할 항
沆 큰물 항	幸 다행 행	享 누릴 향
弦 활시위 현	協 화할 협	呼 부를 호
虎 범 호	昊 하늘 호	或 혹 혹
昏 날저물 혼	忽 문득 홀	和 화할 화
欣 기쁠 흔	炘 화끈거릴 흔	昕 날돋을 흔

(金)

使 하여금 사	舍 집 사	事 일 사
社 모일 사	沙 모래 사	祀 제사 사

尙 오히려 상	狀 형상 상	抒 풀 서
昔 옛 석	析 나눌 석	姓 성 성
所 바 소	松 솔 송	刷 인쇄할 쇄
受 받을 수	垂 드릴 수	叔 아재비 숙
承 이을 승	昇 오를 승	始 비로소 시
侍 모실 시	沁 물적실 심	姉 손윗누이 자
刺 찌를 자	長 길 장	爭 다툴 쟁
底 밑 저	的 밝을 적	典 법 전
佺 신선이름 전	折 꺾을 절	店 가게 점
政 정사 정	定 정할 정	征 칠 정
姃 여자단정할정	制 제도 제	卒 군사 졸
宗 마루 종	宙 집 주	周 두루 주
枝 가지 지	知 알 지	沚 모래 지
直 곧을 직	昌 창성 창	采 일 채
妻 아내 처	坧 기지 척	妾 첩 첩
帖 문서 첩	靑 푸를 청	抄 주릴 초
忠 충성 충	沖 화할 충	取 취할 취

8획 (金)

金 沈 잠길 침   枕 베개 침

水 妹 손아래누이 매   孟 맏 맹   盲 어둘 맹
命 목숨 명   明 밝을 명   牧 기를 목
沐 목욕 목   沒 잠길 몰   武 굳셀 무
門 문 문   汶 더럽힐 문   炆 연기날 문
物 만물 물   味 맛 미   旻 가을하늘 민
旼 화할 민   岷 산이름 민   房 방 방
昉 밝을 방   放 놓을 방   杯 잔 배
佰 맏 백   帛 비단 백   幷 어우를 병
竝 어우를 병   併 나란히할 병   秉 잡을 병
服 입을 복   奉 받들 봉   扶 도울 부
府 마을 부   奔 분주할 분   汾 물결쳐흐를 분
朋 벗 붕   非 아닐 비   批 손으로칠 비
卑 낮을 비   枇 비파 비   坡 언덕 파
板 널 판   版 조각 판   八 여덟 팔
佩 찰 패   坪 들 평   彼 저 피

9획 (水)

(木)
架 시렁 가
姦 간사할 간
皆 다 개
建 세울 건
癸 북방 계
係 이을 계
枯 마를 고
怪 기이할 괴
狗 개 구
奎 별 규
急 급할 급
祈 빌 기

看 볼 간
竿 대줄기 간
客 손 객
俓 곧을 경
界 지경 계
契 계약할 계
科 과거 과
九 아홉 구
軍 군사 군
昀 밝개간 균
矜 교만할 긍
姞 성 길

肝 간 간
姜 성 강
拒 막을 거
勁 굳셀 경
計 셀 계
故 연고 고
冠 갓 관
拘 잡을 구
軌 굴대 궤
剋 이길 극
紀 벼리 기

(火)
奈 벗 내(나)
怒 성낼 노
畓 논 답
突 우뚝할 돌

南 남녘 남
泥 진흙 니
待 기다릴 대
亮 밝을 량(양)

耐 견딜 내
段 조각 단
度 법 도(탁)
侶 짝 려(여)

9획 (水)

Ⓕ 聆 밝을 령

俚 속될 리(이)

怠 게으를 태

Ⓣ 押 누를 압

耶 어조사 야

彦 클 언

沿 쫓을 연

研 갈 연

映 빛날 영

玩 구경 완

勇 날랠 용

怨 ×원망할 원

韋 다룬가죽 위

幽 그윽할 유

玧 귀막는 옥 윤

音 소리 음

柳 버들 류

炭 숯 탄

殆 ×위태할 태

殃 앙화 앙

約 맺을 약

侶 짝 여(려)

衍 넓을 연

染 물들 염

盈 찰 영

畏 꺼릴 외

禹 펼 우

垣 낮은담 원

油 기름 유

宥 용서할 유

律 법 율(률)

泣 울 읍

律 법 률(율)

泰 클 태

垞 언덕 택

哀 ×슬플 애

亮 밝을 양(량)

疫 ×염병 역

妍 고울 연

泳 헤엄칠 영

屋 집 옥

要 구할 요

昱 빛밝을 욱

威 위엄 위

柔 부드러울 유

兪 그럴 유

垠 언덕 은

怡 화할 이

俚	속될 이(리)	姻	혼인할 인	姙	아이밸 임
河	물 하	昰	클 하	咸	다 함
巷	거리 항	姮	계집이름 항	香	향기 향
革	가죽 혁	泫	물깊을 현	炫	밝을 현
俠	협기 협	型	골 형	洄	찰 형
炯	빛날 형	紅	붉을 홍	泓	물깊을 홍
×虹	무지개 홍	奐	클 환	×皇	임금 황
況	하물며 황	廻	돌아올 회	後	뒤 후
厚	두터울 후	侯	제후 후	垕	두터울 후
姬	계집 희				
金 思	생각 사	查	사실 사	泗	내이름 사
砂	모래 사	削	깎을 삭	相	서로 상
庠	학교 상	叙	차례 서	宣	베풀 선
性	성품 성	省	살필 성	△星	별 성
昭	밝을 소	沼	굽은못 소	炤	밝을 소
俗	풍속 속	首	머리 수	帥	주장할 수
盾	방패 순	是	이 시	施	베풀 시

9획 (水)

㊎
柴 땔나무 시	食 밥 식	信 믿을 신
室 집 실	甚 심할 심	姿 맵시 자
昨 어제 작	芍 작약 작	哉 비로소 재
抵 밑 저	前 앞 전	点 점 점
貞 곧을 정	亭 정자 정	訂 고칠 정
柾 나무바를 정	帝 임금 제	拙 옹졸할 졸
注 물댈 주	柱 기둥 주	奏 아뢸 주
炷 심지 주	俊 준걸 준	重 무거울 중
卽 곧 즉	祉 복 지	姪 조카 질
昶 밝을 창	拓 열 척	泉 샘 천
招 부를 초	肖 같을 초	促 재촉할 촉
秋 가을 추	抽 뺄 추	春 봄 춘
治 다스릴 치	峙 산우뚝할 치	則 법칙 칙
勅 경계할 칙	侵 침노할 침	

㊌
罔 없을 망	勉 힘쓸 면	面 얼굴 면
某 아무 모	冒 무릅쓸 모	拇 엄지손가락 무

美 아름다울 미	眉 눈썹 미	玟 옥돌 민
泊 쉴 박	拍 손뼉칠 박	叛 ×배반할 반
拔 뺄 발	拜 ×절 배	盃 잔 배
柏 잣 백	法 법 법	炳 빛날 병
柄 자루 병	屛 병풍 병	昞 빛날 병
保 보전 보	封 봉할 봉	負 ×짐질 부
赴 다다를 부	盆 동이 분	拂 떨어질 불
飛 날 비	波 물결 파	把 잡을 파
便 편안할 편	扁 작을 편	枰 장기판 평
抱 품을 포	表 겉 표	品 품수 품
風 바람 풍	泌 개천물 필	

10획 (水)

(木) 家 집 가	珏 쌍옥 각	恪 정성 각
剛 굳셀 강	個 낱 개	虔 공경할 건
格 격식 격	肩 ×어깨 견	缺 이지러질 결
兼 겸할 겸	耕 밭갈 경	徑 목찌를 경

10획 (水)

㉰ 惊 굳셀 경 　　 耿 빛날 경 　　 桂 계수나무 계

烓 화덕 계 　　 高 높을 고 　　 庫 곳집 고

哭 울 곡 (×) 　　 骨 뼈 골 　　 恭 공손할 공

恐 두려울 공 　　 貢 바칠 공 　　 括 헤아릴 괄

洸 물솟을 광 　　 桄 베틀 광 　　 校 학교 교

俱 함께 구 　　 矩 법 구 　　 宮 집 궁

躬 몸 궁 (×) 　　 拳 주먹 권 　　 鬼 귀신 귀 (×)

根 뿌리 근 　　 衾 이불 금 　　 級 등급 급

肯 즐길 긍 　　 記 기록 기 　　 起 일어날 기

氣 기운 기 　　 豈 어찌 기 　　 耆 늙을 기

桔 도라지 길

㉫ 娜 아리따울 나 　　 納 들일 납 　　 娘 아가씨 낭

紐 맺을 뉴(유) 　　 唐 나라 당 　　 玳 대모 대

島 섬 도 　　 徒 무리 도 　　 倒 거꾸러질 도 (×)

挑 서로볼 도 　　 桃 복숭아 도 　　 洞 고을 동

桐 오동나무 동 　　 凍 꽁꽁얼 동 　　 洛 물 락

凉 서늘할 량(양)　　倆 공교할 량(양)　　旅 나그네 려(여)

烈 매울 렬　　洌 맑을 렬　　玲 옥소리 령

料 헤아릴료(요)　　留 머무를 류(유)　　倫 차례 륜(윤)

栗 밤 률(율)　　倬 클 탁　　託 부탁할 탁

耽 흘겨볼 탐　　討 다스릴 토　　特 특별할 특

㉯ 芽 싹 아　　娥 예쁠 아　　峨 산이높을 아

案 상고할 안　　晏 늦을 안　　按 누를 안

ˣ弱 약할 약　　洋 물 양　　凉 서늘할 양(량)

倆 공교할 양(량)　　俺 문득 엄　　旅 나그네 여(려)

宴 잔치 연　　烟 연기 연　　娟 예쁠 연

芮 뾰족할 예　　ˣ烏 까마귀 오　　ˣ娛 기쁠 오

翁 늙을 옹　　垸 바를 완　　料 헤아릴 요(료)

ˣ辱 욕될 욕　　容 얼굴 용　　埇 길돋을 용

祐 도울 우　　迂 굽을 우　　或 무성할 욱

原 근본 원　　員 둥글 원　　袁 성 원

洹 흐를 원　　留 머무를 유(류)　　洧 물이름 유

紐 맺을 유(뉴)　　ˣ育 기를 육　　倫 차례 윤(륜)

10획 (水)

㊏ 栗 밤 율(률)　　恩 은혜 은　　殷 은나라 은

倚 의지할 의　　益 더할 익　　夏 여름 하

×恨 한할 한　　恒 항상 항　　航 배 항

×害 해할 해　　奚 어찌 해　　核 씨 핵

軒 초헌 헌　　峴 고개 현　　玹 옥돌 현

峽 산골 협　　祜 복 호　　洪 넓을 홍

烘 횃불 홍　　花 꽃 화　　桓 씩씩할 환

活 살 활　　晃 밝을 황　　恢 클 회

效 본받을 효　　候 기후 후　　訓 가르칠 훈

休 아름다울 휴　　洽 화할 흡　　恰 마침 흡

㊎ 射 쏠 사　　師 스승 사　　紗 깁 사

娑 춤출 사　　朔 초하루 삭　　珊 산호 산

桑 뽕나무 상　　索 찾을 색　　書 글 서

徐 천천히 서　　恕 용서할 서　　席 자리 석

秙 섬 석　　扇 부채 선　　城 재 성

娍 헌걸찰 성　　洗 씻을 세　　素 횔 소

笑 웃음 소	孫 손자 손	衰 쇠할 쇠
釗 힘쓸 쇠	修 닦을 수	殊 다를 수
洙 물가 수	純 생사 순	殉 죽을 순
洵 믿을 순	拾 주을 습	乘 오를 승
時 때 시	息 쉴 식	栻 점판 식
神 신령할 신	迅 빠를 신	訊 물을 신
十 열 십	者 놈 자	玆 이 자
恣 방자할 자	酌 술 작	奘 클 장
財 재물 재	栽 심을 재	宰 재상 재
展 펼 전	栓 나무못 전	庭 뜰 정
祖 할아버지 조	租 부세 조	晁 아침 조
祚 복 조	倧 신인 종	座 자리 좌
酒 술 주	株 뿌리 주	洲 섬 주
峻 높을 준	埈 가파를 준	准 법 준
症 병증세 증	烝 찔 증	指 손가락 지
紙 종이 지	持 잡을 지	祇 공경할 지
芝 버섯 지	眞 참 진	珍 보배 진

10획 (水)

㊎
晉 나갈 진   津 나루 진   秦 진나라 진
秩 차례 질   疾 병 질   借 빌릴 차
差 어긋날 차 倉 창고 창   哲 밝을 철
祝 빌 축   畜 가축 축   衷 절충할 충
琉 귀고리 충 臭 냄새 취   値 만날 치
致 이를 치   恥 부끄러울 치 針 바늘 침
秤 저울 칭

㊌
馬 말 마   埋 묻을 매   眠 졸음 면
冥 어둘 명   畝 밭이랑 무 紋 무늬 문
珉 옥돌 민   珀 호박 박   般 돌아올 반
畔 밭도랑 반 芳 꽃다울 방 倣 본받을 방
倍 갑절 배   配 짝 배   栢 잣 백
病 병들 병   竝 어우를 병 峯 봉우리 봉
俸 녹 봉   芙 연꽃 부   紛 어지러울 분
粉 가루 분   芬 향기 분   肥 살찔 비
秘 숨길 비   破 깨질 파   派 물결 파

芭 파초 파
豹 표범 표

肺 허파 폐
疲 피곤할 피

砲 큰대포 포
珌 칼장식 필

11획 (木)

㈜ 假 거짓 가
康 편안 강
盖 덮을 개
堅 굳을 견
竟 마칠 경
涇 통할 경
苦 괴로울 고
崑 산이름 곤
梡 우나라제기 관
救 구원할 구
國 나라 국
規 법 규
基 터 기

勘 생각할 감
堈 언덕 강
乾 하늘 건
牽 이끌 견
頃 이랑 경
械 기계 계
皐 언덕 고
琪 둥근옥 공
珖 옥피리 광
區 감출 구
圈 짐승우리 권
珪 서옥 규
旣 이미 기

強 강할 강
崗 산등성이 강
健 건강할 건
訣 이별할 결
梗 도라지 경
啓 열 계
高 높을 고
貫 꿰일 관
教 가르칠 교
苟 겨우 구
眷 돌아볼 권
近 가까울 근
寄 부탁할 기

11획 (木)

(木) 飢 주릴 기

琦 옥 기

崎 산험할 기

(火) 那 어찌 나

堂 집 당

帶 띠 대

袋 자루 대

豚 돼지 돈

動 움직일 동

得 얻을 득

珞 목에치장할 락

浪 물결 랑

朗 달밝을 랑

崍 산이름 래

略 간략할 략

梁 대들보 량(양)

鹿 사슴 록

累 얽어맬 루

流 흐를 류(유)

崙 산이름 륜(윤)

率 헤아릴 률(율)

梨 참배 리

离 밝을 리

笠 갓 립

粒 쌀알 립

貪 탐할 탐

胎 애밸 태

桶 통 통

堆 언덕 퇴

(土) 堊 흰흙 악

眼 눈 안

庵 암자 암

崖 낭떠러지 애

野 들 야

若 같을 약

梁 대들보 양(량)

魚 고기 어

御 거느릴 어

焉 어조사 언

域 지경 역

軟 부드러울 연

涓 물방울 연

悅 기뻐할 열

英 꽃부리 영

迎 맞을 영

悟 깨달을 오

梧 오동 오

晤 밝을 오　　浣 옷빨 완　　婠 몸맵씨 예쁠 완

婉 예쁠 완　　欲 탐낼 욕　　浴 목욕 욕

庸 떳떳할 용　　涌 날뛸 용　　偶 우연 우

釪 요령 우　　苑 나라동산 원　　偉 클 위

胃 밥통 위　　尉 벼슬이름 위　　唯 오직 유

悠 멀 유　　流 흐를 유(류)　　堉 기름진땅 육

胤 씨 윤　　崙 산이름 윤(륜)　　率 헤아릴 율(률)

異 다를 이　　移 옮길 이　　珥 귀고리 이

翊 도울 익　　寅 동방 인　　海 바다 해

偕 함께할 해　　珦 옥이름 향　　許 허락할 허

絃 악기줄 현　　晛 햇살 현　　挾 낄 협

浹 관철할 협　　邢 나라이름 형　　珩 노리개 형

彗 비 혜　　胡 어찌 호　　浩 클 호

毫 터럭 호　　晧 해돋을 호　　扈 호위할 호

婚 혼인할 혼　　貨 재물 화　　患 근심 환

晥 환할 환　　凰 봉황새 황　　悔 뉘우칠 회

晦 그믐 회　　淆 물가 효　　焄 향내 훈

11획 (木)

土 晞 마를 희

金 蛇 뱀 사
徙 옮길 사
參 석 삼
祥 상서 상
庶 뭇 서
雪 눈 설
涉 건널 섭
消 꺼질 소
疏 트일 소
宿 잘 숙
術 재주 술
埴 진흙 식
悉 알 실
雀 참새 작
張 베풀 장

邪 간사할 사
産 낳을 산
常 항상 상
爽 틀릴 상
船 배 선
設 베풀 설
晟 밝을 성
紹 이을 소
率 거느릴 솔
孰 누구 숙
崇 높을 숭
晨 새벽 신
紫 실다듬을 자
章 글 장
帳 장막 장

斜 비낄 사
殺 죽일 살
商 장사할 상
敍 펼 서
旋 돌이킬 선
髙 높을 설
細 가늘 세
巢 새집 소
訟 송사할 송
珣 옥그릇 순
習 익힐 습
紳 큰띠 신
瓷 오지그릇 자
將 장수 장
梓 책판 재

苧 모시 저　　笛 피리 적　　寂 고요할 적

專 오로지 전　　頂 이마 정　　停 머무를 정

桯 걸상 정　　偵 엿볼 정　　挺 뺄 정

第 차례 제　　祭 제사 제　　悌 개재할 제

梯 사다리 제　　鳥 새 조　　條 곁가지 조

組 인끈 조　　彫 새길 조　　窕 고요할 조

釣 낚시 조　　曹 무리 조　　族 겨레 족

終 마침 종　　從 쫓을 종　　晝 낮 주

冑 투구 주　　珠 구슬 주　　浚 취할 준

晙 밝을 준　　焌 불붙을 준　　埻 과녁 준

茁 풀싹 줄　　趾 발 지　　振 떨칠 진

執 잡을 집　　捉 잡을 착　　參 참여할 참

唱 노래할 창　　窓 창 창　　彩 채색 채

埰 식음 채　　寀 동관 채　　責 빚 책

處 곳 처　　戚 친척 척　　阡 밭두길 천

崔 성 최　　側 곁 측　　浸 젖을 침

麻 삼 마　　曼 멀 만　　晚 늦을 만

11획 (木)

㊌

望 바랄 망	△梅 매화 매	麥 보리 맥
冕 면류관 면	苗 싹 묘	茂 무성할 무
務 힘쓸 무	問 물을 문	敏 민첩할 민
×密 빽빽할 밀	班 나눌 반	返 돌아올 반
訪 꾀일 방	邦 나라 방	培 북돋을 배
背 등 배	范 벌 범	瓶 병 병
烽 봉화 봉	婦 며느리 부	×浮 뜰 부
符 병부 부	副 버금 부	×崩 산무너질 붕
×婢 계집종 비	×貧 가난할 빈	彬 빛날 빈
販 팔 판	×敗 패할 패	浿 물가 패
偏 치우칠 편	×閉 닫을 폐	胞 태 포
浦 물가 포	捕 잡을 포	票 표 표
彪 칙범 표	被 입을 피	畢 마칠 필
苾 향기날 필		

12획 (木)

(木)
街 거리 가	殼 껍질 각	間 사이 간
敢 감히 감	堪 도가니 감	強 강할 강
開 열 개	凱 화할 개	距 떨어질 거
傑 호걸 걸	結 맺을 결	景 별 경
卿 벼슬 경	硬 굳을 경	控 끌 공
款 두드릴 관	掛 걸릴 괘	喬 큰나무 교
球 옥경쇠 구	邱 언덕 구	厥 그 궐 (×)
貴 귀할 귀	鈞 서른근 균	筋 힘줄 근
給 줄 급	期 기약 기	幾 거의 기
欺 속일 기 (×)	棄 버릴 기 (×)	淇 물이름 기
棋 뿌리 기		

(火)
捺 손으로누를 날	能 능할 능	茶 차 다
單 홀로 단	短 짧을 단 (×)	淡 물맑을 담
答 대답 답	貸 빌릴 대	盜 도적 도 (×)
堵 담 도	棹 노 도	敦 도타울 돈
惇 정성 돈	童 아이 동	棟 들보 동

12획 (木)

㉙ 鈍 둔할 둔   等 무리 등   登 오를 등

絡 연락할 락   琅 옥이름 랑   掠 노략할 략

量 헤아릴 량(양)   裂 찢을 렬   勞 수고로울 로

×淚 눈물 루   琉 유리돌 류(유)   理 마일 리

晫 환할 탁   探 정탐할 탐   邰 나라이름 태

統 거느릴 통   痛 아플 통

㉚ 雅 바를 아   ×惡 악할 악   雁 기러기 안

涯 물가 애   液 진 액   量 헤아릴 양(량)

掩 거둘 엄   然 그럴 연   硯 벼루 연

淵 못 연   ×裂 찢을 열   詠 읊을 영

珸 옥빛 오   琓 서옥 완   堯 높을 요

茸 녹용 용   寓 붙일 우   堣 땅이름 우

雲 구름 운   雄 수컷 웅   媛 예쁜계집 원

越 넘을 월   爲 할 위   圍 둘레 위

庾 노적 유   喩 깨우칠 유   琉 유리돌 유(류)

閏 윤달 윤   鈗 창 윤   ×淫 음탕할 음

貳 두 이	壹 한 일	剩 남을 잉
厦 큰집 하	賀 하례 하	閑 한가할 한
寒 찰 한	×閒 겨를 한	割 나눌 할
涵 젖을 함	項 목 항	×虛 빌 허
現 나타날 현	脅 갈빗대 협	惠 은혜 혜
皓 흴 호	淏 맑을 호	壺 병 호
惑 의심낼 혹	混 섞일 혼	惚 황홀할 홀
畵 그림 화	喚 부를 환	黃 누루 황
荒 거칠 황	堭 전각 황	媓 이름 황
喉 목구멍 후	勛 공훈 훈	喧 지껄일 훤
×胸 가슴 흉	黑 검을 흑	欽 공경할 흠
翕 합할 흡	喜 기쁠 희	稀 드물 희
⦿金 ×絲 실 사	詞 맡을 사	捨 놓을 사
×詐 거짓 사	斯 이 사	奢 사치할 사
×散 흩어질 산	傘 우산 산	森 삼엄할 삼
×喪 죽을 상	×象 코끼리 상	翔 날을 상
舒 펼 서	棲 쉴 서	壻 사위 서

12획 (木)

㊎

惜 가엾을 석	淅 쌀일 석	晳 분석할 석
善 착할 선	琁 돌 선	盛 성할 성
珹 옥 성	稅 거둘 세	訴 소송 소
掃 쓸 소	疎 상소 소	邵 높을 소
粟 조 속	巽 낮을 손	授 줄 수
須 잠깐 수	琇 옥돌 수	淑 맑을 숙
順 순할 순	循 의지할 순	荀 풀이름 순
筍 죽순 순	舜 순임금 순	淳 맑을 순
焞 밝을 순	述 이을 술	勝 이길 승
視 볼 시	植 심을 식	殖 날 식
寔 진실로 식	深 깊을 심	尋 찾을 심
殘 쇠잔할 잔	場 마당 장	粧 단장할 장
掌 손바닥 장	裁 판결할 재	貯 쌓을 저
邸 집 저	迪 나아갈 적	絶 끊을 절
接 접할 접	情 뜻 정	淨 깨끗할 정
程 법 정	珵 패옥 정	幀 화분 정

晶 맑을 정	晸 햇빛들 정	珽 돌 정
淀 배댈 정	堤 막을 제	朝 아침 조
措 둘 조	詔 조서 조	尊 높을 존
淙 물소리 종	棕 종려나무 종	悰 즐거울 종
註 기록할 주	竣 마칠 준	畯 농부 준
衆 무리 중	曾 일찍 증	智 지혜 지
軫 별이름 진	集 모을 집	着 입을 착
創 날에다칠 창	敞 넓을 창	採 딸 채
策 꾀 책	悽 슬플 처	淺 얕을 천
喆 밝을 철	添 더할 첨	捷 빠를 첩
淸 맑을 청	晴 갤 청	替 대신할 체
草 풀 초	超 뛰어넘을 초	焦 그을릴 초
最 가장 최	推 밀 추	軸 굴레 축
就 이룰 취		
㊌ 茫 아득할 망	買 살 매	媒 중매 매
脈 맥 맥	猛 날랠 맹	棉 솜 면
無 없을 무	貿 무역할 무	珷 옥돌 무

12획 (木)

㊌

閔 성 민	迫ˣ 핍박할 박	博 넓을 박
發 필 발	防ˣ 막을 방	傍 의지할 방
排 밀 배	番 차례 번	棅 자루 병
報 갚을 보	普 넓을 보	堡 막을 보
復 돌아올 복(부)	捧 받들 봉	棒 몽둥이 봉
富 부자 부	傅 스승 부	復 다시 부(복)
悲ˣ 슬플 비	備 갖출 비	費 비용 비
扉 사립문 비	斌 빛날 빈	阪 언덕 판
牌 패 패	彭 성 팽	評 평론할 평
幅 폭 폭	筆 붓 필	弼 도울 필

13획 (火)

㊍

暇 한가할 가	嫁ˣ 시집갈 가	賈 값 가
脚ˣ 다리 각	幹 줄기 간	揀 가릴 간
渴ˣ 목마를 갈	減 감할 감	感 느낄 감
鉀 갑옷 갑	渠 개천 거	楗 문지방 건

揭 높이들 게　　絹 비단 견　　經 글 경

敬 공경할 경　　傾 기울 경　　莖 줄기 경

鼓 북 고　　琨 구슬 곤　　誇 자랑할 과

琯 옥저 관　　塊 땅덩이 괴　　郊 들 교

較 비교할 교　　鳩 비둘기 구　　群 무리 군

窟 굽을 굴　　揆 헤아릴 규　　極 가운데 극

勤 부지런할 근　　僅 겨우 근　　禁 금할 금

禽 새 금　　琴 거문고 금　　琪 옥이름 기

祺 길할 기　　琦 옥 기　　嗜 즐길 기

㉙ 暖 따뜻할 난　　煖 더울 난　　楠 물이름 남

湳 물이름 남　　農 농사 농　　惱 번뇌할 뇌

當 마땅 당　　塘 못 당　　跳 뛸 도

逃 달아날 도　　渡 건널 도　　塗 진흙 도

督 감독할 독　　頓 졸 돈　　酪 타락 락

亂 어지러울 란　　廊 행랑 랑　　煉 쇠불릴 련

廉 청렴 렴(염)　　零 떨어질 령(영)　　路 길 로

祿 옷소리 록　　雷 우레 뢰　　裏 속 리(이)

13획 (火)

(火)
莉 꽃 리(이)　琳 아름다운옥 림　琢 옥다듬을 탁
琸 사람이름 탁　脫 벗을 탈　塔 탑 탑
湯 물끓을 탕　退 물러갈 퇴

(土)
阿 언덕 아　衙 마을 아　暗 어두울 암
愛 사랑 애　揚 날릴 양　楊 버들 양
業 업 업　逆 거스를 역　暘 해반짝날 역
煙 연기 연　鉛 납 연　筵 대자리 연
煉 쇠불릴 연(련)　琰 비취옥 염　漢 물맑을 영
煐 빛날 영　暎 비칠 영　楹 기둥 영
預 미리 예　嗚 탄식할 오　傲 거만할 오
奧 깊을 오　鈺 보배 옥　媼 할미 온
雍 화할 옹　莞 빙그레 완　琬 서옥 완
湧 날뛸 용　愚 어리석을 우　煜 빛날 욱
郁 문채날 욱　項 이름 욱　園 동산 원
圓 둥글 원　援 구원할 원　嫄 여자이름 원
暐 밝을 위　渭 끓일 위　猶 같을 유

裕	넉넉할 유	愈	나을 유	楡	느릅나무 유
猷	꾀 유	飮	마실 음	義	옳을 의
意	뜻 의	裏	속 이(리)	莉	꽃 이(리)
賃	빌 임	稔	풍년들 임	荷	연꽃 하
廈	큰집 하	港	항구 항	解	풀 해
該	해당할 해	楷	본뜰 해	鉉	솥귀 현
號	부를 호	湖	호수 호	琥	호박 호
渾	흐릴 혼	話	말할 화	換	바꿀 환
渙	물부를 환	煥	빛날 환	煌	빛날 황
會	모을 회	逅	만날 후	塤	질나팔 훈
暄	날밝을 훤	毀	헐 훼	揮	휘두를 휘
彙	무리 휘	暉	햇빛 휘	輝	빛날 휘
熙	빛날 희	詰	꾸짖을 힐		
㊎ 揷	꽂을 삽	想	생각할 상	傷	상할 상
詳	자세할 상	湘	삶을 상	塞	변방 새
嗇	인색할 색	署	더울 서	鉐	놋쇠 석
渲	물적실 선	愃	쾌할 선	羨	부러워할 선

13획 (火)

金

聖 성인 성	惺 깨달을 성	勢 권세 세
勢 해 세	送 보낼 송	頌 칭송할 송
愁 근심 수	睡 졸음 수	肅 엄숙할 숙
琡 옥이름 숙	脣 입술 순	詩 시 시
試 시험할 시	軾 수레난간 식	新 새 신
莘 세 신	湜 물맑을 식	雌 암컷 자
資 재물 자	莊 씩씩할 장	裝 꾸밀 장
載 실을 재	溨 맑을 재	賊 도적 적
跡 발자국 적	電 번개 전	傳 전할 전
詮 갖출 전	琠 옥이름 전	塡 막힐 전
殿 대궐 전	湞 물이름 정	楨 쥐똥나무 정
鼎 솥 정	綎 인끈 정	鉦 징 정
靖 편안할 정	提 당길 제	照 비칠 조
琮 옥 종	湊 물이름 주	雋 높을 준
稙 올벼 직	楫 돛대 집	粲 선명할 찬
債 빚 채	僉 여럿 첨	楚 나라 초

催 재촉할 최　　追 쫓을 추　　楸 바둑판 추
椿 대추나무 춘　　×測 측량할 측　　稚 어릴 치
×雉 꿩 치　　馳 달릴 치

㊌ 莫 말 막　　盟 맹세 맹　　募 부를 모
睦 화목할 목　　描 그릴 묘　　×迷 미혹할 미
微 작을 미　　渼 물결무늬 미　　×飯 밥 반
頒 반포할 반　　鉢 바리때 발　　渤 바다 발
湃 물소리 배　　煩 번민할 번　　軿 가벼운 수레 병
補 도울 보　　×蜂 벌 봉　　琫 칼집옥 봉
附 붙일 부　　×碑 비석 비　　琵 비파 비
聘 청할 빙　　琶 비파 파　　稟 여쭐 품
楓 단풍나무 풍　　豊 풍년 풍

14획 (火)

㊍ 歌 노래 가　　嘉 아름다울 가　　閣 층집 각
監 볼 감　　降 질그릇 강　　綱 벼리 강
箇 낱 개　　愷 즐길 개　　輕 가벼울 경

14획 (火)

(木)

境 지경 경	逕 동안뜰 경	溪 시내 계
誡 경계할 계	敲 두드릴 고	寡 적을 과
菓 실과 과	廓 클 곽	管 대나무통 관
愧 부끄러워할 괴	僑 부지할 교	構 지을 구
溝 개천 구	菊 국화 국	郡 고을 군
閨 계집 규	菌 버섯 균	墐 진흙 근
嫤 고울 근	兢 조심할 긍	旗 기 기
綺 집 기	箕 기 기	暿 볕기운 기
緊 요긴할 긴		

(火)

寧 편안할 녕	端 실마리 단	團 둥글 단
對 대답할 대	臺 집 대	圖 그림 도
途 길 도	銅 구리 동	郎 사내 랑
萊 쑥 래	連 이을 련(연)	領 거느릴 령
綠 초록빛 록	僚 동관 료(요)	屢 여러 루
綸 벼리 륜(윤)	綾 비단 릉	菱 마음 릉
誕 날 탄	奪 빼앗을 탈	態 태도 태

通 통할 통	透 통할 투	
㊏ 菴 쑥 암	語 말씀 어	與 더불 여
連 연할 연(련)	說 기쁠 열(설)	榮 영화 영
瑛 옥빛 영	睿 밝을 예	×誤 그릇 오
×獄 옥 옥	溫 따뜻할 온	搖 흔들 요
僚 벗 료(요)	溶 녹일 용	榕 용나무 용
踊 날뛸 용	瑀 옥돌 우	△熊 곰 웅
源 근원 원	瑗 도리옥 원	愿 삼갈 원
×僞 거짓 위	瑋 보배 위	維 이을 유
誘 가르칠 유	瑜 아름다운 옥 유	綸 벼리 윤(륜)
銀 은 은	×疑 의심할 의	爾 너 이
認 알 인	溢 넘칠 일	馹 역말 일
限 한정 한	赫 빛날 혁	豪 호걸 호
瑚 산호 호	魂 혼 혼	華 빛날 화
×禍 재난 화	滉 물깊을 황	榥 책상 황
劃 새길 획	熏 사를 훈	携 끌 휴
僖 즐거울 희		

14획 (火)

(金)

算 셈할 산	酸 신맛 산	嘗 맛볼 상
×裳 치마 상	像 형상 상	瑞 상서 서
誓 맹세할 서	碩 클 석	瑄 크고둥근옥 선
銑 분쇠 선	說 말씀 설(열)	誠 정성 성
瑆 옥빛 성	韶 이을 소	速 빠를 속
×損 덜 손	誦 욀 송	壽 목숨 수
需 구할 수	銖 저울눈 수	粹 순수할 수
塾 글 숙	瑟 비파 슬	僧 중 승
飾 꾸밀 식	愼 삼갈 신	實 열매 실
慈 인자할 자	滋 맛 자	奬 권면할 장
銓 저울질 전	精 세밀할 정	禎 상서 정
製 지을 제	齊 모두 제	瑅 옥이름 제
趙 조나라 조	肇 비로소 조	造 지을 조
種 씨 종	綜 모을 종	×罪 허물 죄
準 법 준	誌 기록할 지	×盡 다할 진
塵 티끌 진	察 살필 찰	滄 서늘할 창

暢 화창할 창
菜 나물 채
逐 쫓을 축
翠 비취 취
寢 잘 침
水 幕 장막 막
綿 솜 면
銘 새길 명
夢 꿈 몽
聞 들을 문
閥 문벌 벌
輔 도울 보
鳳 새 봉
鼻 코 비
飽 배부를 포

菖 창포 창
綴 맺을 철
瑃 옥이름 춘
聚 모을 취
稱 일컬을 칭
網 그물 망
滅 멸할 멸
溟 바다 명
墓 무덤 묘
蜜 꿀 밀
碧 푸를 벽
福 복 복
腐 썩을 부
賓 손님 빈
馝 향기날 필

彰 밝을 창
銃 총 총
萃 모을 췌
置 둘 치
萌 풀싹 맹
鳴 울 명
貌 모양 모
舞 춤출 무
裵 성 배
餠 불린 금덩이 병
逢 만날 봉
溥 클 부
頗 자못 파

15획 (土)

木 價 값 가

葛 칡 갈

槪 대개 개

劍 칼 검

熲 빛날 경

課 차례 과

寬 너그러울 관

銶 끌 구

劇 연극 극

畿 경기 기

稼 심을 가

慷 슬플 강

漑 물댈 개

慶 경사 경

稿 맷집 고

郭 성 곽

廣 넓을 광

窮 궁할 궁

漌 맑을 근

駕 멍에 가

慨 슬플 개

儉 검소할 검

儆 경계할 경

穀 곡식 곡

慣 익숙할 관

嬌 아름다울 교

達 큰길 규

槿 무궁화 근

火 樂 즐길 락(요)

魯 노둔할 로

樓 다락 루

緞 신뒤축 단

德 큰 덕

董 동독할 동

落 떨어질 락

論 의논 론

漏 샐 루

談 말씀 담

稻 벼 도

瑯 옥이름 랑

瑯 옥이름 랑

腦 머릿골 뇌

凜 찰 름

踏 밟을 답

墩 돈대 돈

諒 믿을 량(양)

樑 대들보 량(양)　慮 생각 려(여)　黎 무리 려

閭 이문 려　　練 익힐 련(연)　劉 성 류(유)

輪 바퀴 류(윤)　履 가죽신 리　墮 떨어질 타

歎 탄식할 탄　　彈 탄환 탄

㊉ 鴈 기러기 안　養 기를 양　　樣 모양 양

諒 믿을 양(량)　漾 물결일 양　樑 대들보 양(량)

×漁 고기잡을 어　億 억 억　　慮 생각 여(려)

演 펼 연　　　緣 인연 연　　練 익힐 연(련)

熱 더울 열　　閱 읽을 열　　葉 잎새 엽

影 그림자 영　瑩 밝을 영　　銳 날카로울 예

瑥 이름 온　　緩 더딜 완　　腰 허리 요

瑤 아름다운옥 요　樂 좋아할 요(락)　×慾 욕심 욕

瑢 옥소리 용　×憂 근심 우　　郵 우편 우

院 집 원　　　緯 씨 위　　　衛 모실 위

慰 위로할 위　劉 성 유(류)　輪 바퀴 윤(륜)

闆 화평할 은　儀 거동 의　　誼 옳을 의

毅 굳셀 의　　逸 편안할 일　漢 한수 한

15획 (土)

(土)
墟 언덕 허
慧 지혜 혜
勳 공 훈
興 일 흥

賢 어질 현
嬅 고울 화
萱 원추리 훤
嬉 희롱할 희

螢 밝을 형
確 확실할 확
輝 빛날 휘

(金)
賜 줄 사
箱 상자 상
奭 클 석
嬋 고울 선
熟 익을 숙
陞 오를 승
暫 잠깐 잠
腸 창자 장
暲 밝을 장
滴 물방울 적
漸 점점 점
靚 단장할 정

寫 베낄 사
署 관청 서
線 줄 선
誰 누구 수
諄 도울 순
審 살필 심
箴 바늘 잠
漳 물이름 장
著 지을 저
摘 딸 적
蝶 나비 접
除 제할 제

賞 상줄 상
緒 실마리 서
墡 백토 선
數 셈 수
醇 전국술 순
磁 자석 자
葬 장사 장
樟 예장나무 장
敵 대적할 적
節 마디 절
鋌 쇳덩이 정
調 고를 조

週 주일 주
駐 머물 주
儁 준걸 준

增 더할 증
摯 잡을 지
稷 피 직

進 나아갈 진
陣 진 진
瑨 옥돌 진

瑱 옥이름 진
震 진동할 진
質 바탕 질

徵 부를 징
慘 슬플 참
廠 헛간 창

陟 오를 척
賤 천할 천
踐 밟을 천

徹 통할 철
請 청할 청
締 맺을 체

樞 지도리 추
衝 충돌할 충
醉 술취할 취

趣 뜻 취
層 층대 층
齒 이 치

漆 옷칠 칠

㊌ 瑪 옥돌 마
漠 아득할 막
萬 일만 만

滿 가득할 만
慢 방자할 만
漫 부질없을 만

賣 팔 매
暮 저물 모
模 모범 모

慕 사모할 모
摸 본뜰 모
廟 사당 묘

墨 먹 묵
盤 소반 반
磐 반석 반

髮 터럭 발
輩 무리 배
罰 벌줄 벌

範 모범 범
腹 배 복
褙 거듭 복

15획 (土)

鋒 칼날 봉
部 나눌 부
賦 줄 부

敷 베풀 부
墳× 무덤 분
篇 책 편

編 엮을 편
廢 폐할 폐
弊 해질 폐

幣 돈 폐
陛 섬돌 폐
葡 포도 포

襃 포장 포
暴 사나울 폭
標 표할 표

漂 뜰 표

16획 (土)

(木)

諫 간할 간
墾 개간할 간
鋼 강철 강

彊 굳셀 강
蓋 덮을 개
劍 칼 검

憩 쉴 게
潔 맑을 결
憬 멀 경

曔 밝을 경
錕 구리 곤
過× 지날 과

舘 보습 관
橋 다리 교
龜 거북 구(귀)

窺 엿볼 규
橘× 귤 귤
瑾 붉은옥 근

錦 비단 금
器 그릇 기
機 베틀 기

琪 옥 기
錤 호미 기
錡 세발가마 기

冀 하고자할 기

㉛ 諾 허락 낙
盧 성 로
錄 기록할 록

賴 힘입을 뢰
陵 능할 릉
壇 단 단

達 사무칠 달
潭 연못 담
糖 엿 당

道 길 도
都 도읍 도
陶 질그릇 도

導 인도 도
篤 도타울 독
曒 아침해 돈

燉 성할 돈
潼 물이름 동
×頭 머리 두

遁 피할 둔
燈 등불 등
歷 지날 력(역)

曆 책력 력(역)
憐 사랑할 련(연)
璉 호련 련(연)

龍 용 룡(용)
陸 육지 륙
璃 유리 리

潾 물맑을 린
霖 장마 림

㉯ ×餓 굶을 아
謁 보일 알
鴨 집오리 압

鴦 원앙새 앙
諺 상말 언
嶪 산높을 업

×餘 남을 여
歷 지날 역(력)
曆 책력 역(력)

燃 불탈 연
燕 연나라 연
憐 사랑할 연(련)

璉 호련 연(련)
燁 빛날 엽
曄 빛날 엽

豫 먼저 예
叡 밝을 예
穩 편안할 온

16획 (土)

(土)

雍 막을 옹	龍 용 용(룡)	蓉 연꽃 용
遇 만날 우	運 운수 운	澐 큰물 운
謂 이를 위	衛 모실 위	違 어길 위
遊 놀 유	儒 선비 유	潤 윤택할 윤
融 화할 융	陰 그늘 음	凝 엉길 응
彝 떳떳할 이	學 배울 학	翰 깃 한
陷× 빠질 함	諧 화합 해	憲 법 헌
縣 고을 현	螢× 반딧불 형	衡 저울대 형
澔 채색빛날 호	樺 벗나무 화	橫 가로비낄 횡
曉 새벽 효	勳 공훈 훈	戲 희롱할 희
噫 탄식할 희	熺 밝을 희	熹 밝을 희
憙 기쁠 희	羲 복희 희	

(金)

錫 주석 석	璇 옥이름 선	暹 햇살오를 섬
醒 술깰 성	燒 불사를 소	樹 나무 수
輸 실어낼 수	遂 이룰 수	錞 사발종 순
潜 잠길 잠	墻 담 장	璋 구슬 장

縡 비단 재	錚 징 쟁	積 쌓을 적
戰 싸울 전	錢 돈 전	靜 고요할 정
整 정돈할 정	錠 촛대 정	諸 모두 제
潮 조수 조	瑽 옥차는소리 종	遒 굳셀 주
憎 미워할 증	蒸 찔 증	陳 베풀 진
潗 샘날 집	輯 모을 집	澄 맑을 징
錯 어긋날 착	撰 갖출 찬	蒼 푸를 창
澈 물맑을 철	撤 걷을 철	諦 살필 체
樵 땔나무 초	錐 송곳 추	錘 저울 추
蓄 쌓아놓을 축	築 쌓을 축	賰 넉넉할 춘
熾 맹렬할 치	親 친할 친	
㉘ 磨 칼 마	謀 꾀 모	穆 화할 목
蒙 어릴 몽	撫 어루만질 무	默 잠잠할 묵
憫 불쌍할 민	撲 부딪칠 박	潘 성 반
潑 활발할 발	陪 모실 배	壁 벽 벽
辨 분별할 변	憤 분할 분	奮 떨칠 분
頻 자주 빈	憑 의지할 빙	播 심을 파

16획 (土)

㊌ 罷 마칠 파　　澎 물소리 팽　　遍 두루 편

17획 (金)

㊍ 懇 간절 간　　瞰 굽어볼 감　　講 외울 강

橿 박달나무 강　　據 웅거할 거　　鍵 자물쇠 건

檢 교정할 검　　擊 칠 격　　激 물결부딪칠 격

檄 격서 격　　遣 보낼 견　　謙 겸손할 겸

璟 옥빛 경　　擎 받들 경　　檠 등잔대 경

階 섬돌 계　　館 객사 관　　矯 바로잡을 교

膠 아교 교　　購 살 구　　鞠 구부릴 국

磯 자갈 기　　璣 구슬 기

㊋ 濃 두터울 농　　檀 박달나무 단　　鍛 단련할 단

擔 짐 담　　隊 떼 대　　鍍 도금할 도

蹈 밟을 도　　獨 홀로 독　　謄 베낄 등

勵 힘쓸 려(여)　　鍊 단련할 련(연)　　聯 이을 련(연)

蓮 연밥 련(연)　　斂 거둘 렴　　嶺 고개 령

隆 성낼 륭
×
濁 흐릴 탁

璘 옥무늬 린
澤 못 택

臨 임할 림
擇 가릴 택

(土) 嶽 큰메 악
襄 도울 양
輿 수레바탕 여
聯 이을 연(련)
鍈 방울소리 영
遙 멀 요
隅 모퉁이 우
轅 진문 원
霞 노을 하
轄 다스릴 할
鴻 기러기 홍
檜 전나무 회
徽 아름다울 휘

壓 누를 압
憶 생각할 억
勵 힘쓸 여(려)
蓮 연밥 연(련)
嬰 어릴 영
謠 노래 요
蔚 고을이름 울
應 응할 응
韓 한나라 한
鄕 시골 향
闊 넓을 활
澮 물도랑 회
禧 복 희

陽 볕 양
檍 박달나무 억
鍊 단련할 연(련)
營 지을 영
擁 안을 옹
優 넉넉할 우
遠 멀 원
謚 웃을 익
澣 옷빨 한
壕 땅이름 호
璜 반달옥 황
壎 불기운 훈

(金) 謝 사례할 사
償 갚을 상

蔘 인삼 삼
鮮 생선 선

霜 서리 상
禪 고요할 선

17획 (金)

㊎
燮 불꽃 섭	聲 소리 성	遡 거스를 소
蔬 나물 소	遜 겸손할 손	雖 비록 수
隋 수나라 수	穗 이삭 수	瞬 잠깐 순
膝 무릎 슬	爵 벼슬 작	齋 집 재
績 길쌈 적	點 점 점	燥 마를 조
操 잡을 조	縱 세로 종	鍾 쇠북 종
駿 준마 준	甑 시루 증	璡 옥이름 진
燦 빛날 찬	澯 맑을 찬	蔡 채나라 채
遞 역말 체	燭 촛불 촉	總 합할 총
聰 귀밝을 총	醜 더러울 추	鄒 추나라 추
縮 쭈그러질 축	蟄 잠잘 칩	

㊌
蔓 덩쿨 만	錨 닻 묘	彌 많을 미
璞 옥덩어리 박	繁 성할 번	蓬 쑥 봉
膚 피부 부	嬪 계집벼슬이름 빈	

18획 (金)

㊍ 簡 편지 간　　舉 들 거　　隔 막힐 격

　　鵑 두견새 견　　鎌 낫 겸　　舊 옛 구

　　軀 몸 구　　闕 대궐 궐　　歸 돌아갈 귀

　　隙 틈 극　　謹 삼갈 근　　騎 말탈 기

　　騏 천리마 기

㊋ 斷 끊을 단　　擡 들 대　　戴 덤받을 대

　　濤 큰물 도　　燾 덮을 도　　濫 물넘칠 람

　　糧 양식 량(양)　　禮 예도 례(예)　　濯 씻을 탁

　　擢 뽑을 탁

㊏ 顏 얼굴 안　　額 이마 액　　糧 양식 양(량)

　　禮 예도 예(례)　　曜 빛날 요　　鎔 녹일 용

　　魏 위나라 위　　醫 의원 의　　擬 비낄 의

　　翼 날개 익　　鎰 무게단위 일　　爀 빛날 혁

　　蕙 난초 혜　　濠 호수 호　　鎬 호경 호

　　環 고리 환　　獲 얻을 획　　燻 불기운 훈

㊎ 雙 쌍 쌍　　曙 새벽 서　　膳 반찬 선

18획 (金)

(金) 繕 기울 선   鎖 사슬 쇄   ×繡 수놓을 수

濕 젖을 습   雜 섞일 잡   適 마침 적

蹟 사적 적   轉 구를 전   題 글 제

濟 건널 제   遭 만날 조   濬 깊을 준

職 벼슬 직   織 짤 직   鎭 진압할 진

璨 옥광채 찬   瞻 쳐다볼 첨   ×礎 주춧돌 초

蕉 파초 초   叢 모을 총   ×蟲 벌레 충

(水) 謨 꾀 모   翻 뒤집을 번   璧 둥근옥 벽

馥 향기 복   濱 물가 빈   蔽 가릴 폐

△豐 풍년 풍

19획 (水)

(木) 鏡 거울 경   鯨 고래 경   關 빗장 관

曠 빌 광   壞 무너뜨릴 괴   襟 옷깃 금

麒 기린 기   譏 나무랄 기

(火) ×難 어려울 난   譚 말씀 담   膽 쓸개 담

禱 빌 도

獵 사냥할 렵

(土) 麗 고을 여(려)

韻 운 운

類 같을 유(류)

穫 곡식거둘 확

(金) 辭 말씀 사

蟾 달그림자 섬

繩 노 승

× 鵲 까치 작

鄭 나라 정

遵 쫓을 준

× 贈 줄 증

贊 도울 찬

轍 바퀴자국 철

(水) 鏋 금 만

× 薄 얇을 박

鄧 등나라 등

類 같을 류(유)

艶 탐스러울 염

願 원할 원

膺 가슴 응

擴 넓힐 확

選 가릴 선

× 獸 짐승 수

識 알 식

障 막힐 장

際 제사 제

櫛 빗 즐

遲 더딜 지

遷 옮길 천

寵 사랑할 총

霧 안개 무

簿 문서 부

麗 고을 려(여)

× 離 떠날 리

鏞 큰쇠 용

遺 끼칠 유

瀅 물맑을 형

繪 그림 회

璿 아름다운옥 선

璹 옥그릇 숙

薪 섶 신

薔 장미화 장

疇 밭 주

證 증거 증

× 懲 징계할 징

薦 천거할 천

△ 薇 고비 미

鵬 봉새 붕

19획 (水)

水 覇 으뜸 패　　爆 불터질 폭

20획 (水)

木 覺 깨달을 각　　遽 역말 거　　競 다툴 경
　 警 경계할 경　　瓊 붉은옥 경　　繼 이을 계
　 勸 권할 권

火 黨 무리 당　　羅 벌릴 라　　露 이슬 로
　 爐 화로 로　　瀧 적실 롱　　騰 오를 등
　 齡 나이 령　　隣 이웃 린(인)　　鬪 싸움 투

土 壤 고운흙 양　　孃 아가씨 양　　嚴 엄할 엄
　 譯 번역할 역　　耀 빛날 요　　議 의논할 의
　 隣 이웃 인(린)　　瀚 질펀할 한　　艦 싸움배 함
　 獻 드릴 헌　　懸 매달 현　　馨 꽃다울 형
　 還 돌아올 환　　懷 품을 회　　薰 훈발 훈
　 曦 햇빛 희

金 薩 보살 살　　釋 놓을 석　　騷 소동 소
　 藏 감출 장　　籍 호적 적　　鐘 쇠북 종

瓆 이름 질 　　纂 모을 찬 　　觸 찌를 촉

(水) 寶 보배 보 　　譜 족보 보 　　譬 비유할 비

避 피할 피

21획 (木)

(木) 鷄 닭 계 　　顧 돌아볼 고 　　驅 몰 구

(火) 瀾 큰물결 란 　　爛 찬란할 란 　　欄 난간 란

覽 볼 람 　　鐺 쇠사슬 당 　　藤 덩굴 등

瓏 환할 롱 　　鐸 방울 탁

(土) 鶯 꾀꼬리 앵 　　藥 약 약 　　躍 뛸 약

瀯 물소리 영 　　藝 재주 예 　　譽 기릴 예

饒 배부를 요 　　瀷 흐를 익 　　鶴 학 학

險 험할 험 　　護 호위할 호 　　顥 풍류 호

鐶 고리 환 　　爔 불 회

(金) 續 이을 속 　　屬 붙일 속 　　隨 쫓을 수

纘 이을 찬 　　鐵 쇠 철

(水) 飜 뒤집을 번 　　闢 열 벽 　　辯 말잘할 변

21획 (木)

水 驃 날렐 표

22획 (木)

木 鑑 거울 감 　　灌 물댈 관 　　鷗 갈매기 구
　 懼 두려울 구 　　權 권세 권

火 瓓 옥문채난,옥무늬란 　籠 농 롱 　　讀 글읽을 독

土 隱 숨을 은 　　響 소리 향 　　譓 살필 혜
　 歡 기쁠 환 　　驍 날렐 효

金 攝 잡을 섭 　　蘇 차조기 소 　　襲 엄습할 습
　 鑄 부을 주 　　讚 도울 찬 　　聽 들을 청

水 邊 갓 변

23획 (火)

木 驚 놀랄 경 　　瓘 서옥 관 　　鑛 쇳덩이 광
火 鷺 백로 로 　　戀 사모할 련(연) 　麟 기린 린
　 灘 여울 탄

ⓣ 巖 바위 암　ⓣ 驛 역말 역　ⓣ 戀 ×사모할 연(련)

　　 驗 증험할 험　　 顯 나타날 현　　 護 구할 호

ⓖ 纖 가늘 섬　　 髓 골 수　　 體 ×몸 체

ⓦ 變 변할 변

24획 (火)

ⓗ 靈 신령 령

ⓣ 讓 사양할 양　　 艶 탐스러울 염　　 鹽 소금 염

　　 鷹 매 응

ⓖ 蠶 누에 잠　　 臟 오장 장　　 瓚 옥잔 찬

25획 (土)

ⓜ 觀 볼 관

ⓣ 灝 끝없을 호

ⓖ 廳 관청 청

ⓦ 蠻 ×오랑캐 만

26획 (土)

金 讚 도울 찬

27획 (金)

木 驥 천리마 기

金 鑽 뚫을 찬

9. 복있는 이름용 한자

(1) 이름에 사용할 수 있는 글자

● 이름은 한문과 한글로 자유롭게 선택하여 지을 수 있다. 그러나 한문은 사용할 수 있는 글자가 앞에 예로 든 글자 2,854자로 한 정되어 있으므로 그 외 한문글자를 사용하여 이름을 지었을 경 우에는 호적에 한문으로 올릴 수 없고 한문의 음을 따서 한글로 등재하여야 한다. 이 2,854자의 이름용 한자는 국민교육용 한자 와 사회 일반에서 비교적 많이 쓰는 글자를 골라서 만든 것이므 로 그에 따르지 않을 수 없다.

● 이름을 한문으로 지을 경우 한문은 표의문자(表意文字)로 글자 자체에 뜻이 내포되어 있어,
첫째 이름 글자의 뜻을 좋은 것으로 선택하여야 하고
둘째 글자 획수의 수리오행의 배합이 잘되고 발음이 좋으며
셋째 글자 자체의 오행이 서로 상생을 이루는 것이 좋은 이름이 고 복된 이름이라는 것을 책의 모두에 밝힌 바 있다.

그러므로 그 모든 것을 감안하여 이름을 지어야 하나 전문가가
아니면 너무 번거롭고 쉽게 이름짓기 어려우므로 이 책은 그 수고
를 덜어주고 복된 이름을 아이에게 지어줄 수 있도록 이름짓는
요령과 이름 색인표를 미리 다 만들어 놓았으므로 글자의 선택에
크게 신경쓰지 않아도 된다. 그리고 부모, 형제, 친척이 좋은 이름
이라고 항상 불러주며 자녀가 복되게 자랄 것을 믿도록 한다.

● 이름짓는 요령에 나와 있듯이
  - 성에 따라 수리 획수와 오행이 좋은 글자를 미리 정해 놓았으
    므로 그 항목을 보고
  - 그 획수에 따라서 획수 글자표를 보고 한자를 선택하고
  - 발음과 뜻을 감안하여 쉽게 이름을 지을 수 있다.
  - 그리고 그 의미가 흉하거나 불길하고 어떤 한정된 의미가 있
    는 것은 제외하면 된다.

(2) 시대에 따라 변화하는 써도 되는 글자

● 옛 성명학서(姓名學書)에는 이름에 쓰기 곤란한 글자는 불용문
  자(不用文字)라고 하였으나 세월이 지나고 시대 흐름에 따라
  그 뜻이 별로 문제되지 않으므로 써도 괜찮은 글자가 있다.

1) 지금은 써도 되는 옛 불용문자(不用文字)

옛날의 의미를 참고로 알아본다(지금은 문제 없는 것으로 본다.).

● 계절

춘(春) : 의지가 약하여 일이 중도에 좌절되고 단명한 예가 있다.

하(夏) : 하는 일에 파란이 많고 일이 잘 이루어지지 않는다.

추(秋) : 불행하고 단명하다. 성(姓)씨인 경우는 제외된다.

동(冬) : 남의 일은 도와 주나 본인 일은 이루어지지 않는다.

● 장자 이름

대(大) : 동생이 쓰면 형이 불행하다. 이유는 동생이 형이 되기
　　　　때문이다.

장(長) : 동생이 쓰면 형이 불행하다. 모든 일이 중도에 좌절
　　　　된다.

태(泰) : 동생이 쓰면 형이 불행하다.

완(完) : 장자는 쓰나 차자가 쓰면 형이 불행하다.

원(元) : 글자의 뜻이 으뜸이므로 장자에 쓰는 글자이다.

● 동물 · 짐승

용(龍) : 상상의 동물인 바 눈으로 보지 못하여 허망한 일이 많
　　　　다.

호(虎) : 단명한 예가 있고 고독하다.

학(鶴) : 청수(淸秀)하여 남이 알아주나 재물복이 적다.

● 천체 · 자연

일(日) : 매사에 장애가 많고 신체 고장으로 자유가 없다.

월(月) : 달처럼 중천에 외롭게 떠 있으니 고독하다(기생들이 많
　　　　이 썼다).

성(星) : 불운에 처하고 고독한 과부의 예도 있다.

지(地) : 기초가 약하여 재액이 있고 오기도 있다.

산(山) : 슬픔이 있고 성질이 고지식하여 불화가 잦다.

경(庚) : 인덕이 적고 불구폐질(不具廢疾)의 염려가 있다.

철(鐵) : 가난한 예도 있고 고독하며 천대받는 예도 있다.

송(松) : 투지는 강하나 고독이 있고 재물 손실이 있다.

설(雪) : 일이 속히 이루어지고 속히 패하는 예가 있다.

은(銀) : 마음은 착하나 인덕이 적고 일에 굴곡이 많다.

● 기타

이(伊) : 일본에서 잘 쓰는 자이므로 우리가 쓰면 고독하고 천하
　　　　다.

명(命) : 의지할 데가 없고 나를 해치는 사람이 있다.

용(用) : 글자의 자형(字形)이 분산되는 상이므로 일이 분산되는
　　　　예가 많다.

● 반대의 의미

구(귀)(龜) : 천년을 산다는 거북의 뜻이나 단명한 예가 있다.

신(新) : 뜻이 새것이나 반대로 되며 일이 유시무종(有始無終)이
　　　　다.

진(眞) : 뜻은 진짜이나 반대로 되며 일이 허사로 되고 불행하다.

효(孝) : 뜻의 반대로 부모의 인연이 박하다.

복(福) : 뜻의 반대로 과부나 홀아비가 되는 예가 있고 재앙이
　　　　있을 수 있다.

희(喜) : 뜻의 반대로 고독하며 파재수(破財數)가 있다.

길(吉) : 부모의 덕이 적고 일이 잘 안 되는 예도 있다.

인(仁) : 고질이 있으며 재난이 닥치는 수도 있다.

초(初) : 불행이 잇달아 오고 일에 장애가 있다.

영(榮) : 수심이 많고 고배를 마시는 예가 있고 일이 잘 안 이루
     어진다.

승(勝) : 재앙이 닥쳐오고 일에 실패하여 좌절한다.

민(敏) : 성질이 날카로워 불화가 잦고 일이 성사가 잘 안 된다.

홍(紅) : 단명한 예가 있고 일이 잘 이루어지지 않는 수도 있다.

소(笑) : 뜻밖의 재난이 있고 일이 잘 안 이루어진다.

명(明) : 머리는 명석하나 파란이 자주 닥친다.

● 또한 중국에서는 왕을 천자(天子)라 부르고 우리나라에서는 왕
 이든 누구든 하늘 천(天)자를 쓰지 못하게 한 예도 있어 그 시
 대의 상황을 반영하는 글자도 있으나 지금은 그에 구애될 필요
 가 없다.

(3) 여자이름과 남자이름

글자에는 힘이 강한 의미의 글자와 약한 의미를 가진 글자가 있
다.

 강한 의미 : 태(泰), 광(光), 호(豪) 등.

 약한 의미 : 평(平), 양(羊), 화(華) 등.

 그리고 이름에 있어 여자이름이 강하면 팔자가 세다느니 남자이
름이 약하면 여자다워 큰 일을 못한다는 말도 있으나 꼭 그렇다고

말하긴 곤란하다.

그러나 예부터 여자이름에 봄 춘(春)자나 꽃 화(花) 또는 아들 자(子) 등을 넣어 춘심(春心), 화자(花子), 춘월(春月), 명월(明月), 향란(香蘭)이라고 일본식 이름을 많이 지어 호스티스나 술집 또는 서비스업에 종사하는 사람들이 많이 썼으므로 신분을 상징하는 듯 해서 최근에는 기피하려는 경향이 있고 작명가들이 또한 거들어 아주 나쁜 이름처럼 느끼고 있으나 기실 그렇게 불길한 이름은 아니다. 그러나 보다 더 중요한 것은 사회 통념이 문제이니 이런 글자는 피하는 것이 좋다.

- 여자 이름

자(子) : 천하게 되고 불화와 불행이 잦다.

희(姬) : 여자는 남자를 도와주기만 하여 자기 기가 손상된다.

순(順) : 천하고 고독하며 고민이 많고 단명수도 있다.

화(花) : 고독하고 단명한 예가 있다(기생들에게 많다)

미(美) : 성품은 좋으나 허영심이 많고 고독한 예도 있다.

도(桃) : 인내력이 약하고 재물 손실이 있고 질병이 있는 예도 있다.

매(梅) : 기생들이 많이 쓰는 글자로 이별수가 많다.

실(實) : 파란이 있고 과부 되는 수도 있다.

여(女) : 천하고 고독하며 불길하다.

옥(玉) : 일이 산산조각나는 상이니 파패수가 있고 과부 되는 예도 있다.

진(珍) : 일이 중도에 마가 끼고 과부 되는 수도 있다.

귀(貴) : 일에 마가 많고 과부 되는 수도 있다.

금(錦) : 고독하며 일이 잘 성사되지 않는다.
국(菊) : 고독한 예도 있고 일의 성사가 쉽지 않다.

● 남자 이름
돌(乭) : 남자의 하천한 이름이며 불행하다(예 : 쇠돌이)
남(南) : 여자가 쓰면 무의무탁하며 과부가 되는 수도 있다.
석(石) : 하천한 사람이 많이 썼으며 일이 중도에 좌절된다.
천(千) : 부모의 덕이 적고 불행하다. 성씨(姓氏)인 경우는 제외
　　　　된다.

(4) 두 가지 음으로 쓰이는 글자

更 다시 갱 / 고칠 경	車 수레 거(차)	金 성 김 / 쇠 금
奈 어찌 내(나)	奈 벗 내(나)	紐 맺을 뉴(유)
度 법 도 / 헤아릴 탁	樂 즐길 락(요)	良 어질 량(양)
兩 둘 량(양)	量 헤아릴 량(양)	凉 서늘할 량(양)
梁 들보 량(양)	糧 양식 량(양)	諒 믿을 량(양)
亮 밝을 량(양)	倆 공교할 량(양)	樑 들보 량(양)

力 힘 력(역)

曆 책력 력(역)

旅 나그네 여(려)

麗 고을 여(려)

慮 생각 여(려)

勵 힘쓸 여(려)

呂 성 여(려)

侶 짝 여(려)

歷 지날 역(력)

易 바꿀 역
쉬울 이

連 연할 연(련)

練 익힐 연(련)

鍊 단련할 연(련)

憐 사랑할 연(련)

聯 이을 연(련)

戀 사모할 연(련)

蓮 연밥 연(련)

例 견줄 예(례)

禮 예도 예(례)

料 헤아릴 요(료)

了 마칠 요(료)

僚 동관 요(료)

龍 용 용(룡)

留 머무를 유(류)

流 흐를 유(류)

類 같을 유(류)

琉 유리돌 유(류)

劉 성 유(류)

倫 차례 윤(륜)

輪 바퀴 윤(륜)

侖 뭉치 윤(륜)

崙 산이름 윤(륜)

綸 벼리 윤(륜)

律 법 율(률)

栗 밤 율(률)

率 헤아릴 율(률)

裏 속 이(리)

俚 속될 이(리)

莉 꽃 이(리)

隣 이웃 인(린)

什 열사람 십(집)

(5) 혼동되기 쉬운 글자

● 글자의 외형이 비슷하여 혼동되기 쉬운 글자가 있어 유의하여
야 한다.

戊 천간 무	己 몸 기	未 아닐 미
戌 개 술	巳 뱀 사	末 끝 말
土 흙 토	藤 덩굴 등	
士 선비 사	膝 무릎 슬	

● 한문글자에 있어 두 가지 음으로 쓰이나 대법원이 정한 성명용
글자에는 한 가지로만 쓰여 혼동되기 쉬운 글자도 있다.

10. 이름에 쓰기 곤란한 한자

글자의 뜻이 불길하거나 그 의미가 좋지 않은 글자.

대법원 규칙으로 정한 성명용 한자에 들어 있으나 그 글자 중에는 국민교육용 한자도 들어 있어 그 뜻이나 의미가 흉한 글자가 있어 이름자로 쓰기가 곤란한 글자가 있다. 다음 글자는 바로 그러한 의미가 있는데 대법원 성명 한자 위에 ×표시를 해 두었으므로 참고하면 된다.

그리고 △표시는 옛날에 쓰기 부적당하다고 했으나 이름자로 써도 괜찮은 글자이다.

● × 표시 글자

假 거짓 가	嫁 시집갈 가	駕 멍에 가
脚 다리 각	肝 간 간	姦 간사할 간
渴 목마를 갈	慷 슬플 강	客 손 객
坑 묻을 갱	巾 수건 건	犬 개 견

肩 어깨 견	鵑 두견새 견	驚 놀랄 경
鷄 닭 계	故 연고 고	苦 쓸 고
考 생각할 고	姑 시어머니 고	孤 외로울 고
哭 울 곡	空 빌 공	過 지날 과
瓜 외 과	怪 괴이할 괴	郊 들 교
鷗 갈매기 구	狗 개 구	鳩 비둘기 구
窮 다할 궁	躬 몸 궁	厥 그 궐
鬼 귀신 귀	菌 버섯 균	橘 귤 귤
禽 새 금	欺 속일 기	棄 버릴 기
飢 주릴 기	嗜 즐길 기	難 어려울 난
內 안 내	怒 성낼 노	奴 종 노
腦 머리골 뇌	惱 번뇌할 뇌	泥 진흙 니
短 짧을 단	刀 칼 도	倒 거꾸러질 도
逃 달아날 도	盜 도적 도	毒 독할 독
豚 돼지 돈	頭 머리 두	落 떨어질 락
卵 알 란	亂 어지러울 란	糧 양식 량(양)

戀 사모할 련(연)	裂 찢을 렬	劣 용렬할 렬
鷺 백로 로	鹿 사슴 록	累 더할 루
淚 눈물 루	吏 관리 리	離 떠날 리
淋 물뿌림 림	粒 쌀알 립	馬 말 마
麻 삼 마	幕 장막 막	蠻 오랑캐 만
亡 망할 망	忘 잊을 망	妄 망녕될 망
買 살 매	眠 졸음 면	鳴 울 명
冥 어둘 명	暮 저물 모	慕 사모할 모
沒 빠질 몰	墓 무덤 묘	舞 춤출 무
墨 먹 묵	迷 미혹할 미	密 빽빽할 밀
蜜 꿀 밀	迫 핍박할 박	薄 엷을 박
飯 밥 반	叛 배반할 반	髮 터럭 발
房 방 방	防 막을 방	妨 해로울 방
拜 절 배	配 짝 배	罰 벌줄 벌
犯 범할 범	病 병들 병	伏 엎드릴 복
服 입을 복	蜂 벌 봉	父 아비 부

否 아닐 부

負 짐질 부

佛 부처 불

悲 슬플 비

碑 비석 비

巳 뱀 사

蛇 뱀 사

産 낳을 산

傷 상할 상

裳 치마 상

船 배 선

損 덜 손

獸 짐승 수

脣 입술 순

示 보일 시

失 잃을 실

浮 뜰 부

墳 무덤 분

崩 산무너질 붕

鼻 코 비

肥 살찔 비

死 죽을 사

邪 간사할 사

散 흩어질 산

賞 상줄 상

象 코끼리 상

訴 소송할 소

訟 송사할 송

繡 수놓을 수

膝 무릎 슬

食 밥 식

餓 굶을 아

腐 썩을 부

不 아니 불

非 아닐 비

婢 계집종 비

貧 가난 빈

絲 실 사

詐 거짓 사

殺 죽일 살

喪 죽을 상

色 빛 색

笑 웃음 소

愁 근심 수

殉 죽을 순

市 저자 시

身 몸 신

惡 악할 악

哀 슬플 애	厄 재앙 액	弱 약할 약
羊 양 양	魚 고기 어	漁 고기잡을 어
餘 남을 여	疫 염병 역	戀 사모할 연(련)
炎 불꽃 염	誤 그릇될 오	烏 까마귀 오
娛 기쁠 오	獄 옥 옥	王 임금 왕
慾 욕심 욕	辱 욕될 욕	牛 소 우
憂 근심 우	怨 원망 원	危 위태할 위
胃 밥통 위	僞 거짓 위	肉 고기 육
育 기를 육	淫 음탕할 음	衣 옷 의
疑 의심할 의	耳 귀 이	人 사람 인
刺 찌를 자	雀 참새 작	鵲 까치 작
葬 장사 장	災 재앙 재	賊 도둑 적
絶 끊을 절	蝶 나비 접	井 우물 정
早 일찍 조	鳥 새 조	弔 조상 조
足 발 족	族 겨레 족	卒 군사 졸
座 앉을 좌	罪 허물 죄	走 달릴 주

憎 미워할 증	贈 줄 증	止 그칠 지
紙 종이 지	盡 다할 진	質 바탕 질
疾 병 질	懲 징계할 징	窓 창 창
債 빚 채	悽 슬플 처	賤 천할 천
踐 밟을 천	體 몸 체	礎 주춧돌 초
燭 촛불 촉	醜 추할 추	蟲 벌레 충
醉 술취할 취	測 측량할 측	齒 이 치
雉 꿩 치	濁 흐릴 탁	歎 탄식할 탄
殆 위태할 태	土 흙 토	兎 토끼 토
破 깨질 파	貝 조개 패	敗 패할 패
閉 닫을 폐	肺 허파 폐	豹 표범 표
恨 한할 한	閒 한가할 한	陷 빠질 함
合 합할 합	害 해할 해	享 누릴 향
虛 빌 허	螢 반딧불 형	好 좋을 호
虹 무지개 홍	貨 재물 화	禍 재화 화
皇 임금 황	凶 흉할 흉	胸 가슴 흉

● 흉한 의미나 이상한 이름

글자의 배합도 잘 되었으나 전체적인 이름글자의 발음이나 말뜻
이 우리 사회 통념상 좋지 않고 어렸을 때 학교에서 학생들간에 별
명이 되거나 놀림을 받아 곤란한 이름이 있다.

김창녀(金昌女)

주태백(朱太白)

김치국(金治國)

고재봉(高在奉)

나죽자(羅竹子)

이석기(李碩基 : 이새끼) 등.

11. 운명 철학 상식의 이해

(1) 기본적인 오행(五行)의 성능(性能)

● (ㄱ, ㅋ) 木性
甲乙(갑을) : 寅卯(인묘 ; 범, 토끼), 인성(仁性)
동방(東方), 어금닛소리, 갑은 재목이고 을은 살아 있는 초목이
다. 인성(仁性)이 있고 대인 관계에 친화력이 있고 관용적이다. 기
략이 풍부하여 발전적인 반면 야심적 경향이 있다.
여자는 남성적 기상이 있다.

● (ㄴ, ㄷ, ㄹ, ㅌ) 火性
丙丁(병정) 巳午(사오 ; 뱀, 말), 예성(禮性)
병은 태양, 정은 촛불이다. 남방(南方)을 의미하고 혀에서 나오
는 소리이다.
뜨겁고 조급한 감이 있으며 활기와 자신감이 있고 의리를 중시
한다. 그러나 쉽게 불화를 자초한다.

● (ㅇ, ㅎ) 土性

戊己(무기), 辰戌丑未(진술축미 ; 용, 개, 소, 양), 신성(信性)

戊는 산이고, 己는 정원이다. 중앙을 의미하고 목구멍에서 나오는 소리이며 중후하고 대지와 같이 변화가 적다. 단, 진취적 기상이 적다. 가끔 타인 때문에 손해 본다.

● (ㅅ, ㅈ, ㅊ) 金性

庚辛(경신), 申酉(신유 ; 원숭이, 닭), 의성(義性)

경은 쇠붙이이고 신은 주옥(珠玉)이다. 서방(西方)을 말하고 앞니에서 나오는 소리이다.

날카로워 알력, 격렬, 냉담하여 친하기 쉽지 않다. 냉정하고 과묵하나 가끔 투쟁적이다.

● (ㅁ, ㅂ, ㅍ) 水性

壬癸(임계), 亥子(해자 ; 돼지, 쥐), 지성(智性)

임은 바다, 계는 이슬비이다. 북방(北方)을 말하고 입술에서 나는 소리이며 명랑하고 화창한 느낌이 있고 재주가 우수하고 담백하고 근면하다. 내향적 기질이 있어 파괴성이 있다.

숫자와 음양 오행

1	2	3	4	5	6	7	8	9	10
陽	陰	陽	陰	陽	陰	陽	陰	陽	陰
木	木	火	火	土	土	金	金	水	水
甲	乙	丙	丁	戊	己	庚	辛	壬	癸

子	丑	寅	卯	辰	巳	午	未	申	酉	戌	亥
쥐	소	범	토끼	용	뱀	말	양	잔나비	닭	개	돼지
띠	띠	띠	띠	띠	띠	띠	띠	띠	띠	띠	띠

(2) 오행의 상생 상극

1) 오행의 상생

木 생→ 火 생→ 土 생→ 金 생→ 水 생→ 木
(나무로 불을 만들고) (불로 흙(재)을 만들고) (흙으로 금을 만들고) (금으로 물을 만들고) (물로 나무를 만든다)

木 火 土 金 水(木생火생土생金생水생木)는 그대로 상생의 순서
이다.

① 木생火 : 나무(木)는 연소하여 불(火)을 만든다.

　　　　　감수성이 강하고 정열적인데 지속성이 약하고 극단
　　　　　적인 면이 있어 친화력이 적다.

② 火생土 : 불(火)은 타서 재로 되어 흙(土)을 만든다.

　　　　　친절하고 사교적이나 물질이 흩어지고 저축이 적다.

③ 土생金 : 흙(土)은 굳어져 쇠(金)를 만든다.

　　　　　온화하고 정직하나 적극적이기보다 소극적이다. 투

(3) 태어난 해의 육갑 간지

甲	1894 甲午	1904 甲辰	1914 甲寅	1924 甲子	1934 甲戌	1944 甲申	1954 甲午	1964 甲辰	1974 甲寅	1984 甲子	1994 甲戌	2004 甲申	2014 甲午
乙	1895 乙未	1905 乙巳	1915 乙卯	1925 乙丑	1935 乙亥	1945 乙酉	1955 乙未	1965 乙巳	1975 乙卯	1985 乙丑	1995 乙亥	2005 乙酉	2015 乙未
丙	1896 丙申	1906 丙午	1916 丙辰	1926 丙寅	1936 丙子	1946 丙戌	1956 丙申	1966 丙午	1976 丙辰	1986 丙寅	1996 丙子	2006 丙戌	2016 丙申
丁	1897 丁酉	1907 丁未	1917 丁巳	1927 丁卯	1937 丁丑	1947 丁亥	1957 丁酉	1967 丁未	1977 丁巳	1987 丁卯	1997 丁丑	2007 丁亥	2017 丁酉
戊	1898 戊戌	1908 戊申	1918 戊午	1928 戊辰	1938 戊寅	1948 戊子	1958 戊戌	1968 戊申	1978 戊午	1988 戊辰	1998 戊寅	2008 戊子	2018 戊戌
己	1899 己亥	1909 己酉	1919 己未	1929 己巳	1939 己卯	1949 己丑	1959 己亥	1969 己酉	1979 己未	1989 己巳	1999 己卯	2009 己丑	2019 己亥
庚	1900 庚子	1910 庚戌	1920 庚辛	1930 庚午	1940 庚辰	1950 庚寅	1960 庚子	1970 庚戌	1980 庚申	1990 庚午	2000 庚辰	2010 庚寅	2020 庚子
辛	1901 辛丑	1911 辛亥	1921 辛酉	1931 辛未	1941 辛巳	1951 辛卯	1961 辛丑	1971 辛亥	1981 辛酉	1991 辛未	2001 辛巳	2011 辛卯	2021 辛丑
壬	1902 壬寅	1912 壬子	1922 壬戌	1932 壬申	1942 壬午	1952 壬辰	1962 壬寅	1972 壬子	1982 壬戌	1992 壬申	2002 壬午	2012 壬辰	2022 壬寅
癸	1903 癸卯	1913 癸丑	1923 癸亥	1933 癸酉	1943 癸未	1953 癸巳	1963 癸卯	1973 癸丑	1983 癸亥	1993 癸酉	2003 癸未	2013 癸巳	2023 癸卯

기를 싫어한다.

④ 金생水 : 쇠(金)는 물(水)을 만든다.

명랑쾌활하고 지적이며 사교성이 적고 이기적이다.

⑤ 水생木 : 물(水)은 공급되어 나무(木)를 키워 만든다.

감수성이 강하고 이해력이 깊다. 현실적이기보다 환
상적이다.

(4) 띠별 상생 상극

상생(相生) : 태어난 해의 띠별로 잘 어울리고 돕는 것.

① 신자진(申(잔나비), 子(쥐), 辰(용)) 三合

申 : 잔나비띠
子 : 쥐띠 ⎫ 는 서로 합이 된다.
辰 : 용띠 ⎭

② 사유축(巳(뱀), 酉(닭), 丑(소)) 三合

巳 : 뱀띠
酉 : 닭띠 ⎫ 는 서로 합이 된다.
丑 : 소띠 ⎭

③ 인오술(寅(범), 午(말), 戌(개)) 三合

寅 : 범띠
午 : 말띠 ⎫ 는 서로 합이 된다.
戌 : 개띠 ⎭

④ 해묘미(亥(돼지), 卯(토끼), 未(양)) 三合

亥 : 돼지띠
卯 : 토끼띠 ⎫
未 : 양띠 ⎭ 는 서로 합을 이룬다.

⑤ 자축(子(쥐), 丑(소)) 合土
  子 : 쥐띠, 丑 : 소띠도 합이 된다.
⑥ 인해(寅(범), 亥(돼지)) 合木
  寅 : 범띠, 亥 : 돼지띠도 합이 된다.
⑦ 묘술(卯(토끼), 戌(개)) 合火
  卯 : 토끼띠, 戌 : 개띠도 합이 된다.
⑧ 진유((辰(용), 酉(닭)) 合金
  辰 : 용띠, 酉 : 닭띠는 합이 된다.
⑨ 오미((午(말), 未(양)) 合火
  午 : 말띠, 未 : 양띠도 합을 이룬다.

(5) 띠별 상극 원진

1) 상극
  ① 자오 상충(子午相沖)
    쥐띠와 말띠는 서로 상극이다.
  ② 축미 상충(丑未相沖)
    소띠와 양띠는 서로 상극이다.
  ③ 인신 상충(寅申相沖)
    범띠와 잔나비띠는 서로 상극이다.
  ④ 묘유 상충(卯酉相沖)
    토끼띠와 닭띠는 서로 상극이다.

⑤ 진술 상충(辰戌相沖)

용띠와 개띠는 서로 상극이다.

⑥ 사해 상충(巳亥相沖)

뱀띠와 돼지띠는 서로 상극이다.

2) 원진

① 자미(子未)

쥐띠와 양띠는 서로 싫어한다.

② 축오(丑午)

소띠와 말띠는 서로 싫어한다.

③ 인유(寅酉)

호랑이띠와 닭띠는 서로 싫어한다.

④ 사술(巳戌)

뱀띠와 개띠는 서로 싫어한다.

3) 오행의 상극(相剋)

木 극→ 土(나무는 흙을 이기고) 극→ 水(흙은 물을 이기고) 극→ 火(물은 불을 이기고) 극→ 金(불은 금을 이기고) 극→ 木(금은 나무를 이긴다)

木극土극水극火극金극木은 서로 상극하는 오행이다.

① 木극土 : 나무(木)는 뿌리가 흙(土)을 가르니 목극토요,
호기심이 강하고 새로운 것을 추구하며 안정감이
적다.

② 土극水 : 흙(土)은 제방을 쌓아 물(水)을 가두니 토극수요,
물질적, 현실적으로 종교를 부정하고 언행이 거칠
다.

③ 水극火 : 물(水)은 불(火)을 끄니 수극화요,
투쟁심이 강하고 신경과민으로 불굴의 기상이 있고
현실적이다.

④ 火극金 : 불(火)은 쇠(金)를 녹이니 화극금이요,
의지 확고하고 인내력이 있으나 강직 성급하여 반
작용이 있다.

⑤ 金극木 : 쇠(金)는 나무(木)를 자르니 금극목이다.
다정다감하나 의리를 중히 여기고 고집이 있어 때
로 마찰도 있으나 활동적이다.

4) 동일 오행의 작용

木과 木 火와 火 土와 土 金과 金 水와 水

① 木과 木 : 견실한 성격으로 지모가 있고 외유내강한 성격
이다.

② 火와 火 : 열심히 노력하고 타산적이다. 성급하고 의심이 많
으며 냉혹하다.

③ 土와 土 : 소극적인 성향이 있고 보수적이며 온화 침착하나
진취성이 적다.

④ 金과 金 : 외유내강형이며 침착하고 지혜의 칼과 같은 면이

있다.

⑤ **水와 水** : 독특한 성격으로 자기 주장이 강하고 타인으로 손
해를 입고 화를 잘 낸다.

(6) 성씨의 상생 상극

1) 상생(서로 돕고 협조하는 성 · 잘 어울리는 상대)

① 木 生 火

● 목(木)의 성 (ㄱ, ㅋ 발음의 성)
가 賈, 간 簡, 갈 葛, 감 甘, 강 漮, 강 姜, 강 剛,
강 强, 강 彊, 개 介, 견 堅, 견 甄, 경 慶, 경 景,
계 桂, 고 高, 곡 曲, 골 骨, 공 孔, 공 公, 곽 郭,
교 橋, 구 丘, 구 具, 구 邱, 국 菊, 국 鞠, 국 國,
군 君, 궉 鴌, 권 權, 근 斤, 금 琴, 기 箕, 기 奇,
길 吉, 김 金

● 화(火)의 성(ㄴ, ㄷ, ㄹ, ㅌ 발음의 성)
남 南, 남궁 南宮, 내 乃, 내 奈
단 單, 단 段, 단 端, 담 譚, 당 唐, 대 大, 도 陶,
도 都, 도 道, 독고 獨孤, 돈 頓, 돈 敦, 동 童,
동 董, 동방 東方, 두 頭, 두 杜
라 羅, 락 樂, 랑 浪, 량 梁, 량 樑, 려 呂, 련 連,
로 路, 로 魯, 로 盧, 뢰 賴, 뢰 雷, 룡 龍, 루 樓,

류 柳, 류 劉, 륙 陸, 리 李, 림 林
탁 卓, 탄 彈, 태 太

② 火 生 土
화(火)의 성이 토(土)의 성을 돕고 서로 잘 조화된다.

● 화(火)의 성(ㄴ, ㄷ, ㄹ, ㅌ 발음의 성)
남 南, 남궁 南宮, 내 乃, 내 奈
단 單, 단 段, 단 端, 담 譚, 당 唐, 대 大, 도 陶,
도 都, 도 道, 독고 獨孤, 돈 頓, 돈 敦, 동 童,
동 董, 동방 東方, 두 頭, 두 杜
라 羅, 락 樂, 랑 浪, 량 梁, 량 樑, 려 呂, 련 連,
로 路, 로 魯, 로 盧, 뢰 賴, 뢰 雷, 룡 龍, 루 樓,
류 柳, 류 劉, 륙 陸, 리 李, 림 林
탁 卓, 탄 彈, 태 太

● 토(土)의 성(ㅇ, ㅎ 발음의 성)
아 阿, 안 安, 애 艾, 야 夜, 양 楊, 양 襄, 어 魚,
엄 嚴, 여 余, 여 汝, 연 延, 연 燕, 영 榮, 영 影,
예 芮, 오 吳, 옥 玉, 온 溫, 옹 邕, 옹 雍, 왕 王,
요 姚, 우 于, 우 禹, 운 芸, 운 雲, 원 元, 원 苑,
원 袁, 위 魏, 위 韋, 유 庚, 윤 尹, 은 殷, 음 陰,
이 異, 이 伊, 인 印, 임 任
하 河, 하 夏, 학 郝, 한 漢, 한 韓, 함 咸, 해 海,
허 許, 현 玄, 형 邢, 호 鎬, 호 扈, 호 胡, 홍 洪,

화 化, 환 桓, 황 黃, 황보 皇甫, 후 候, 흥 興

③ 土 生 金
토(土)의 성이 금(金)의 성을 돕는다.

● 토(土)의 성(ㅇ, ㅎ 발음의 성)
아 阿, 안 安, 애 艾, 야 夜, 양 楊, 양 襄, 어 魚,
엄 嚴, 여 余, 여 汝, 연 延, 연 燕, 영 榮, 영 影,
예 芮, 오 吳, 옥 玉, 온 溫, 옹 邕, 옹 雍, 왕 王,
요 姚, 우 于, 우 禹, 운 芸, 운 雲, 원 元, 원 苑,
원 袁, 위 魏, 위 韋, 유 庾, 윤 尹, 은 殷, 음 陰,
이 異, 이 伊, 인 印, 임 任
하 河, 하 夏, 학 郝, 한 漢, 한 韓, 함 咸, 해 海,
허 許, 현 玄, 형 邢, 호 鎬, 호 扈, 호 胡, 홍 洪,
화 化, 환 桓, 황 黃, 황보 皇甫, 후 候, 흥 興

● 금(金)의 성(ㅅ, ㅈ, ㅊ 발음의 성)
사 史, 사 謝, 사 舍, 사공 司空, 삼 森, 상 尙,
서 徐, 서 西, 서문 西門, 석 石, 석 昔, 선 宣,
선우 鮮于, 설 薛, 설 偰, 섭 葉, 성 成, 성 星,
소 蘇, 소봉 小峰, 손 孫, 송 宋, 수 水, 수 洙,
순 淳, 순 舜, 순 筍, 순 荀, 순 順, 승 乘, 승 昇,
시 柴, 시 施, 신 申, 신 辛, 신 愼, 심 沈, 십 辻
자 慈, 장 莊, 장 張, 장 蔣, 장곡 長谷, 전 錢,
전 全, 전 田, 점 占, 정 丁, 정 程, 정 鄭, 제 諸,

제 齊, 제갈 諸葛, 조 曺, 조 趙, 종 鍾, 좌 左,
주 朱, 주 周, 준 俊, 지 池, 지 智, 진 眞, 진 秦,
진 晋, 진 陣
차 車, 창 昌, 채 采, 채 菜, 채 蔡, 천 千, 천 天,
초 楚, 초 肖, 초 初, 최 崔, 추 秋, 추 鄒

④ 金 生 水
금(金)의 성이 수(水)의 성과 조화된다.

● 금(金)의 성(ㅅ, ㅈ, ㅊ 발음의 성)
사 史, 사 謝, 사 舍, 사공 司空, 삼 森, 상 尙,
서 徐, 서 西, 서문 西門, 석 石, 석 昔, 선 宣,
선우 鮮于, 설 薛, 설 偰, 섭 葉, 성 成, 성 星,
소 蘇, 소봉 小峰, 손 孫, 송 宋, 수 水, 수 洙,
순 淳, 순 舜, 순 筍, 순 荀, 순 順, 승 乘, 승 昇,
시 柴, 시 施, 신 申, 신 辛, 신 愼, 심 沈, 십 辻
자 慈, 장 莊, 장 張, 장 蔣, 장곡 長谷, 전 錢,
전 全, 전 田, 점 占, 정 丁, 정 程, 정 鄭, 제 諸,
제 齊, 제갈 諸葛, 조 曺, 조 趙, 종 鍾, 좌 左,
주 朱, 주 周, 준 俊, 지 池, 지 智, 진 眞, 진 秦,
진 晋, 진 陣
차 車, 창 昌, 채 采, 채 菜, 채 蔡, 천 千, 천 天,
초 楚, 초 肖, 초 初, 최 崔, 추 秋, 추 鄒

● 水의 성(ㅁ, ㅂ, ㅍ 발음의 성)

마 馬, 마 麻, 만 萬, 망전 罔田, 망절 網切,
매 梅, 맹 孟, 명 明, 모 毛, 모 牟, 목 睦, 묘 苗,
묵 墨, 문 文, 미 米, 민 閔
박 朴, 반 潘, 반 班, 방 方, 방 房, 방 邦, 백 白,
범 范, 범 凡, 변 卞, 변 邊, 봉 奉, 봉 鳳, 부 夫,
부 傅, 빈 彬, 빈 賓, 빙 氷,
판 判, 팽 彭, 편 片, 편 扁, 포 包, 표 表, 풍 馮,
피 皮, 필 弼

⑤ 水生木
수(水)의 성이 목(木)의 성을 돕고 잘 조화된다.

● 水의 성(ㅁ, ㅂ, ㅍ 발음의 성)
마 馬, 마 麻, 만 萬, 망전 罔田, 망절 網切,
매 梅, 맹 孟, 명 明, 모 毛, 모 牟, 목 睦, 묘 苗,
묵 墨, 문 文, 미 米, 민 閔
박 朴, 반 潘, 반 班, 방 方, 방 房, 방 邦, 백 白,
범 范, 범 凡, 변 卞, 변 邊, 봉 奉, 봉 鳳, 부 夫,
부 傅, 빈 彬, 빈 賓, 빙 氷,
판 判, 팽 彭, 편 片, 편 扁, 포 包, 표 表, 풍 馮,
피 皮, 필 弼

● 목(木)의 성 (ㄱ, ㅋ 발음의 성)
가 賈, 간 簡, 갈 葛, 감 甘, 강 康, 강 姜, 강 剛,
강 强, 강 彊, 개 介, 견 堅, 견 甄, 경 慶, 경 景,

계 桂, 고 高, 곡 曲, 골 骨, 공 孔, 공 公, 곽 郭,
교 橋, 구 丘, 구 具, 구 邱, 국 菊, 국 鞠, 국 國,
군 君, 궉 鵬, 권 權, 근 斤, 금 琴, 기 箕, 기 奇,
길 吉, 김 金

2) 상극 (서로 불협화음, 거부감, 잘 어울리지 않는 상대)

① 木 극 土
목(木)의 성과 토(土)의 성은 조화되지 않는다.

● 목(木)의 성 (ㄱ, ㅋ 발음의 성)
가 賈, 간 簡, 갈 葛, 감 甘, 강 濂, 강 姜, 강 剛,
강 强, 강 彊, 개 介, 견 堅, 견 甄, 경 慶, 경 景,
계 桂, 고 高, 곡 曲, 골 骨, 공 孔, 공 公, 곽 郭,
교 橋, 구 丘, 구 具, 구 邱, 국 菊, 국 鞠, 국 國,
군 君, 궉 鵬, 권 權, 근 斤, 금 琴, 기 箕, 기 奇,
길 吉, 김 金

● 토(土)의 성(ㅇ, ㅎ 발음의 성)
아 阿, 안 安, 애 艾, 야 夜, 양 楊, 양 襄, 어 魚,
엄 嚴, 여 余, 여 汝, 연 延, 연 燕, 영 榮, 영 影,
예 芮, 오 吳, 옥 玉, 온 溫, 옹 邕, 옹 雍, 왕 王,
요 姚, 우 于, 우 禹, 운 芸, 운 雲, 원 元, 원 苑,
원 袁, 위 魏, 위 韋, 유 庚, 윤 尹, 은 殷, 음 陰,
이 異, 이 伊, 인 印, 임 任

하 河, 하 夏, 학 郝, 한 漢, 한 韓, 함 咸, 해 海,
허 許, 현 玄, 형 邢, 호 鎬, 호 扈, 호 胡, 홍 洪,
화 化, 환 桓, 황 黃, 황보 皇甫, 후 候, 흥 興

② 土 극 水
토(土)의 성과 수(水)의 성은 거부반응을 일으킨다.

● 토(土)의 성(ㅇ, ㅎ 발음의 성)
아 阿, 안 安, 애 艾, 야 夜, 양 楊, 양 襄, 어 魚,
엄 嚴, 여 余, 여 汝, 연 延, 연 燕, 영 榮, 영 影,
예 芮, 오 吳, 옥 玉, 온 溫, 옹 邕, 옹 雍, 왕 王,
요 姚, 우 于, 우 禹, 운 芸, 운 雲, 원 元, 원 苑,
원 袁, 위 魏, 위 韋, 유 庚, 윤 尹, 은 殷, 음 陰,
이 異, 이 伊, 인 印, 임 任
하 河, 하 夏, 학 郝, 한 漢, 한 韓, 함 咸, 해 海,
허 許, 현 玄, 형 邢, 호 鎬, 호 扈, 호 胡, 홍 洪,
화 化, 환 桓, 황 黃, 황보 皇甫, 후 候, 흥 興

● 水의 성(ㅁ, ㅂ, ㅍ 발음의 성)
마 馬, 마 麻, 만 萬, 망전 罔田, 망절 網切,
매 梅, 맹 孟, 명 明, 모 毛, 모 牟, 목 睦, 묘 苗,
묵 墨, 문 文, 미 米, 민 閔
박 朴, 반 潘, 반 班, 방 方, 방 房, 방 邦, 백 白,
범 范, 범 凡, 변 卞, 변 邊, 봉 奉, 봉 鳳, 부 夫,
부 傅, 빈 彬, 빈 賓, 빙 氷,

판 判, 팽 彭, 편 片, 편 扁, 포 包, 표 表, 풍 馮,
피 皮, 필 弼

③ 水 극 火
수(水)의 성은 화(火)의 성의 불을 끄는 것과 같이 상극이다.

● 水의 성(ㅁ, ㅂ, ㅍ 발음의 성)
마 馬, 마 麻, 만 萬, 망전 罔田, 망절 網切,
매 梅, 맹 孟, 명 明, 모 毛, 모 牟, 목 睦, 묘 苗,
묵 墨, 문 文, 미 米, 민 閔
박 朴, 반 潘, 반 班, 방 方, 방 房, 방 邦, 백 白,
범 范, 범 凡, 변 卞, 변 邊, 봉 奉, 봉 鳳, 부 夫,
부 傅, 빈 彬, 빈 賓, 빙 氷,
판 判, 팽 彭, 편 片, 편 扁, 포 包, 표 表, 풍 馮,
피 皮, 필 弼

● 화(火)의 성(ㄴ, ㄷ, ㄹ, ㅌ 발음의 성)
남 南, 남궁 南宮, 내 乃, 내 奈
단 單, 단 段, 단 端, 담 譚, 당 唐, 대 大, 도 陶,
도 都, 도 道, 독고 獨孤, 돈 頓, 돈 敦, 동 童,
동 董, 동방 東方, 두 頭, 두 杜
라 羅, 락 欒, 랑 浪, 량 梁, 량 樑, 려 呂, 련 連,
로 路, 로 魯, 로 盧, 뢰 賴, 뢰 雷, 룡 龍, 루 樓,
류 柳, 류 劉, 륙 陸, 리 李, 림 林
탁 卓, 탄 彈, 태 太

④ 火 극 金
화(火)의 성과 금(金)의 성은 상극이다.

● 화(火)의 성(ㄴ, ㄷ, ㄹ, ㅌ 발음의 성)
남 南, 남궁 南宮, 내 乃, 내 奈
단 單, 단 段, 단 端, 담 譚, 당 唐, 대 大, 도 陶,
도 都, 도 道, 독고 獨孤, 돈 頓, 돈 敦, 동 童,
동 董, 동방 東方, 두 頭, 두 杜
라 羅, 락 樂, 랑 浪, 량 梁, 량 樑, 려 呂, 련 連,
로 路, 로 魯, 로 盧, 뢰 賴, 뢰 雷, 룡 龍, 루 樓,
류 柳, 류 劉, 륙 陸, 리 李, 림 林
탁 卓, 탄 彈, 태 太

● 금(金)의 성(ㅅ, ㅈ, ㅊ 발음의 성)
사 史, 사 謝, 사 舍, 사공 司空, 삼 森, 상 尚,
서 徐, 서 西, 서문 西門, 석 石, 석 昔, 선 宣,
선우 鮮于, 설 薛, 설 偰, 섭 葉, 성 成, 성 星,
소 蘇, 소봉 小峰, 손 孫, 송 宋, 수 水, 수 洙,
순 淳, 순 舜, 순 筍, 순 荀, 순 順, 승 乘, 승 昇,
시 柴, 시 施, 신 申, 신 辛, 신 愼, 심 沈, 십 辻
자 慈, 장 莊, 장 張, 장 蔣, 장곡 長谷, 전 錢,
전 全, 전 田, 점 占, 정 丁, 정 程, 정 鄭, 제 諸,
제 齊, 제갈 諸葛, 조 曺, 조 趙, 종 鍾, 좌 左,
주 朱, 주 周, 준 俊, 지 池, 지 智, 진 眞, 진 秦,
진 晋, 진 陣

차 車, 창 昌, 채 采, 채 菜, 채 蔡, 천 千, 천 天,
초 楚, 초 肖, 초 初, 최 崔, 추 秋, 추 鄒

⑤ 金 극 木
금(金)의 성과 목(木)의 성은 쇠로 나무를 짜르듯이 상극이
다.

● 금(金)의 성(ㅅ, ㅈ, ㅊ 발음의 성)
사 史, 사 謝, 사 舍, 사공 司空, 삼 森, 상 尙,
서 徐, 서 西, 서문 西門, 석 石, 석 昔, 선 宣,
선우 鮮于, 설 薛, 설 偰, 섭 葉, 성 成, 성 星,
소 蘇, 소봉 小峰, 손 孫, 송 宋, 수 水, 수 洙,
순 淳, 순 舜, 순 筍, 순 荀, 순 順, 승 乘, 승 昇,
시 柴, 시 施, 신 申, 신 辛, 신 愼, 심 沈, 십 辻
자 慈, 장 莊, 장 張, 장 蔣, 장곡 長谷, 전 錢,
전 全, 전 田, 점 占, 정 丁, 정 程, 정 鄭, 제 諸,
제 齊, 제갈 諸葛, 조 曹, 조 趙, 종 鍾, 좌 左,
주 朱, 주 周, 준 俊, 지 池, 지 智, 진 眞, 진 秦,
진 晋, 진 陣
차 車, 창 昌, 채 采, 채 菜, 채 蔡, 천 千, 천 天,
초 楚, 초 肖, 초 初, 최 崔, 추 秋, 추 鄒

● 목(木)의 성 (ㄱ, ㅋ 발음의 성)
가 賈, 간 簡, 갈 葛, 감 甘, 강 濂, 강 姜, 강 剛,
강 强, 강 彊, 개 介, 견 堅, 견 甄, 경 慶, 경 景,

계 桂, 고 高, 곡 曲, 골 骨, 공 孔, 공 公, 곽 郭,
교 橋, 구 丘, 구 具, 구 邱, 국 菊, 국 鞠, 국 國,
군 君, 궉 鴌, 권 權, 근 斤, 금 琴, 기 箕, 기 奇,
길 吉, 김 金

(7) 한자의 소리와 오행

자음	ㄱ, ㅋ	ㄴ,ㄷ,ㄹ,ㅌ	ㅇ, ㅎ	ㅅ, ㅈ, ㅊ	ㅁ, ㅂ, ㅍ
소리획	1, 2획	3, 4획	5, 6획	7, 8획	9, 10획
오행	木	火	土	金	水
오음	각(角)	치(緻)	궁(宮)	상(商)	우(羽)
발음	牙音 어금닛소리	舌音 혓소리	喉音 목구멍소리	齒音 앞니소리	脣音 입술소리

예

木 ㄱ, ㅋ	한자성	高	孔				
	한글	고	공				
火 ㄴ, ㄷ, ㄹ, ㅌ	한자성	南	李	太	杜		
	한글	남	리	태	두		
土 ㅇ, ㅎ	한자성	漢	尹	吳	黃		
	한글	한	윤	오	황		
金 ㅅ, ㅈ, ㅊ	한자성	千	申	趙			
	한글	천	신	조			
水 ㅁ, ㅂ, ㅍ	한자성	文	朴	卜	卞	毛	片
	한글	문	박	복	변	모	편

(8) 성별 오행표

木 (ㄱ, ㅋ 발음의 성)

가 賈, 간 簡, 갈 葛, 감 甘, 강 㵂, 강 姜, 강 剛,
강 强, 강 疆, 개 介, 견 堅, 견 甄, 경 慶, 경 景,
계 桂, 고 高, 곡 曲, 골 骨, 공 孔, 공 公, 곽 郭,
교 橋, 구 丘, 구 具, 구 邱, 국 菊, 국 鞠, 국 國,
군 君, 궉 鴌, 권 權, 근 斤, 금 琴, 기 箕, 기 奇,
길 吉, 김 金

火 (ㄴ, ㄷ, ㄹ, ㅌ 발음의 성)

남 南, 남궁 南宮, 내 乃, 내 奈
단 單, 단 段, 단 端, 담 譚, 당 唐, 대 大, 도 陶,
도 都, 도 道, 독고 獨孤, 돈 頓, 돈 敦, 동 童,
동 董, 동방 東方, 두 頭, 두 杜
라 羅, 락 樂, 랑 浪, 량 梁, 량 樑, 려 呂, 련 連,
로 路, 로 魯, 로 盧, 뢰 賴, 뢰 雷, 룡 龍, 루 樓,
류 柳, 류 劉, 록 陸, 리 李, 림 林
탁 卓, 탄 彈, 태 太

土 (ㅇ, ㅎ 발음의 성)

아 阿, 안 安, 애 艾, 야 夜, 양 楊, 양 襄, 어 魚,
엄 嚴, 여 余, 여 汝, 연 延, 연 燕, 영 榮, 영 影,
예 芮, 오 吳, 옥 玉, 온 溫, 옹 邕, 옹 雍, 왕 王,

요 姚, 우 于, 우 禹, 운 芸, 운 雲, 원 元, 원 苑,
원 袁, 위 魏, 위 韋, 유 庾, 윤 尹, 은 殷, 음 陰,
이 異, 이 伊, 인 印, 임 任
하 河, 하 夏, 학 郝, 한 漢, 한 韓, 함 咸, 해 海,
허 許, 현 玄, 형 邢, 호 鎬, 호 扈, 호 胡, 홍 洪,
화 化, 환 桓, 황 黃, 황보 皇甫, 후 候, 흥 興

金 (ㅅ, ㅈ, ㅊ 발음의 성)

사 史, 사 謝, 사 舍, 사공 司空, 삼 森, 상 尙, 서 徐,
서 西, 서문 西門, 석 石, 석 昔, 선 宣, 선우 鮮于,
설 薛, 설 偰, 섭 葉, 성 成, 성 星, 소 蘇, 소봉 小峰,
손 孫, 송 宋, 수 水, 수 洙, 순 淳, 순 舜, 순 筍,
순 順, 승 乘, 승 昇, 시 柴, 시 施, 신 申, 신 辛,
신 愼, 심 沈, 십 辻
자 慈, 장 莊, 장 張, 장 蔣, 장곡 長谷, 전 錢, 전 全,
전 田, 점 占, 정 丁, 정 程, 정 鄭, 제 諸, 제 齊,
제갈 諸葛, 조 曹, 조 趙, 종 鍾, 좌 左, 주 朱, 주 周,
준 俊, 지 池, 지 智, 진 眞, 진 秦, 진 晋, 진 陣,
차 車, 창 昌, 채 采, 채 菜, 채 蔡, 천 千, 천 天,
초 楚, 초 肖, 초 初, 최 崔, 추 秋, 추 鄒

水 (ㅁ, ㅂ, ㅍ 발음의 성)

마 馬, 마 麻, 만 萬, 망전 罔田, 망절 網切, 매 梅,
맹 孟, 명 明, 모 毛, 모 牟, 목 睦, 묘 苗, 묵 墨,

문 文, 미 米, 민 閔
박 朴, 반 潘, 반 班, 방 方, 방 房, 방 邦, 백 白,
범 范, 범 凡, 변 卞, 변 邊, 봉 奉, 봉 鳳, 부 夫,
부 傅, 빈 彬, 빈 賓, 빙 氷,
판 判, 팽 彭, 편 片, 편 扁, 포 包, 표 表, 풍 馮,
피 皮, 필 弼

(9) 오행의 상극 배합과 질병

1) 오행과 관련된 질병

오행 (五行)	오장 (五臟)	기관 (器官)	신체 부분 (身體 部分)	병　　증 (病　　症)
木	간 (肝)	간장 · 위장	간장, 머리, 수족, 신경계통, 혈관, 위장	간장병, 정신병, 담, 두 통, 황달, 중풍, 견통, 수 족의 병, 눈병
火	심 (心)	심장 · 뇌·눈	심장, 소장, 안목 (眼目), 어깨, 얼 굴, 복부, 이빨	심장병, 심근경색, 안목 (眼目)의 병, 각기, 뇌일 혈, 복통, 얼굴과 이 관 계병
土	비위 (脾胃)	비위· 근골· 소화기관	위장, 비위, 복부, 등, 가슴, 피부	위장병, 위확장, 위궤양, 복부병, 등·가슴병, 흉 부질환
金	폐 (肺)	폐 · 호흡기	폐, 대장, 호흡기, 근골(筋骨), 배꼽, 다리	폐병, 결핵, 대장병, 배 꼽, 다리의 병, 해수기 침, 축농증, 천식
水	신장 (腎臟)	신장· 방광	신장, 방광, 자궁, 귀, 발, 다리, 국부	신장병, 방광염, 귀병, 부인병, 각기병, 복통

2) 오행의 상극과 질병

● 金극木…간장 질환, 신경계통병
　　　　간장병, 정신병, 담, 두통, 뇌염, 황달, 중풍, 어깨·손의
　　　　질병 부상
● 水극火…심장질환, 시력 관계 질병
　　　　소장 질환, 안목(眼目)병, 어깨병, 심장, 심근경색, 얼굴
　　　　과 이 관계병, 복부 통증
● 木극土…위장·비장 관계 질환
　　　　위암, 위확장, 위궤양, 복부병, 등·가슴병, 흉부 질환
● 火극金…폐와 호흡기 관계 질환
　　　　폐병, 결핵, 대장병, 근골(筋骨)병, 배꼽, 다리의 병, 해
　　　　수기침
● 土극水…신장·방광 관계 질환
　　　　신장염, 방광염, 발·다리병, 부인병, 복통

3) 오행 배합과 질병

● 木火木……신경성 질환
● 木土木……위·비위의 병, 간장 질환, 위암
● 木土水……위병
● 火土水……신장병, 방광 질환
● 火金火……폐병, 호흡기 질환
● 火金水……심장 질환
● 火金木……호흡기, 폐, 대장 질환

- 火水火······신장, 방광 질환, 심장 쇼크사
- 土火水······신장, 자궁 질환
- 土土水······신장염, 자궁암, 자살
- 土水土······위병, 신장, 방광, 자궁병
- 土水水······심장, 외상, 비위의 병
- 金木金······간암, 뇌일혈, 정신병
- 金火金······간질환, 폐, 대장질환
- 金火水······심장, 안과질환
- 金土水······혈액순환, 부조화, 외상
- 金金水······신장, 혈액의 병
- 水火土······안과 질환
- 水火水······심장, 안과 질병, 쇼크사
- 水土水······신장, 심장병, 위장병
- 水水火······안과, 심장 질환, 쇼크사
- 水水土······혈액 순환 장애, 위장병

제2장
복있는 한자이름

1. 운명 철학상 좋은 이름

(1) 이름 획수의 천인지 삼원

옛말에 영웅은 천인지 삼합의 때를 만나야 한다는 말이 있다.

여기서 천은 하늘(天), 인은 사람(人), 지는 땅(地)을 일컫는다. 즉,
하늘과 땅, 사람과의 조화를 이루어야 비로소 영웅이 된다는 것이다.
이와 비슷하게 이름의 풀이에 있어서도 천격(天格) 지격(地格) 인격
(仁格)의 삼원의 배치를 알아야 이름풀이를 이해할 수 있다.

예

```
                   外格 18
              ┌─────────────┐
 가성    성       이        름
 (1) + 金      大         城        總格
    ⌒ 8   ⌒ 3     ⌒  10

     9      11      13        21
     水      木      火        木

     天      人      地
     格      格      格
```

설명 이름은 위와 같이 천격(天格), 인격(人格), 지격(地格)의 삼합과 외격
(外格), 총격(總格)으로 구성된다.

248 복있는 이름짓기 사전

(1) 천격(天格) = 1(가성) + 성

천격은 일자(一字) 성자(姓字)의 획수에 태극수(太極數) 1을 가성(假性)으로 합친 수를 천격으로 한다.

이자(二字) 성에는 1의 가성을 붙이지 않고 이자 성의 두 글자의 획수를 합한 것을 그대로 천격으로 한다.

🖂 남궁(南宮) 9 + 10 = 19는 19획을 그대로 천격으로 한다.

위의 예의 가성 1 + 성 金 = 9(水) = 천격

인격(人格) = 성 + 이름 첫자

일자 성의 성 + 이름 첫자 = 인격(人格)이라고 한 위의 예의 성 金과 이름 첫 자 大를 합한 8 + 3 = 11획(木) = 인격이 된다.

(2) 이름의 천인지(天人地) 배열표

$$天 = 성 + 1획$$
$$人 = 성 + 이름 첫자 획수$$
$$地 = 이름 첫자 + 이름 둘째자 획수$$

성의 오행(天)	성22(姓)의 획수(天)
木 (1, 2획)	10획, 11획, 20획, 21획, 31획
火 (3, 4획)	2획, 3획, 12획, 13획, 22획
土 (5, 6획)	4획, 5획, 14획, 15획, 25획
金 (7, 8획)	6획, 7획, 16획, 17획
水 (9, 10획)	8획, 9획, 18획, 19획

(3) 성씨별 복있는 이름 획수 배열표

● 2획 성의 복있는 이름 배열표

乃 내, 卜 복, 丁 정

(夭 = 성 + 1 = 3 = 火)

성·이름 획수	오행 분류	설 명
2 1 10	火 火 木	상생으로 대길(남녀 공통)
2 3 10	火 土 火	상생으로 대길(남녀 공통)
2 4 9	火 土 火	상생으로 대길
2 9 4	火 木 火	상생으로 대길(남녀 공통)
2 9 12	火 木 木	상생으로 대길
2 9 14	火 木 火	상생으로 대길
2 11 10	火 火 木	상생으로 대길
2 13 10	火 土 火	상생으로 대길
2 13 22	火 土 土	상생으로 대길
2 14 9	火 土 火	상생으로 대길
2 19 4	火 木 火	상생으로 대길
2 19 16	火 木 土	인과 지(이름)가 상생이 아님(여자에 불리)

● 3획 성의 복있는 이름 배열표

干 간, 弓 궁, 大 대, 凡 범, 于 우, 子 자, 千 천

(天 = 성 + 1 = 4 = 火)

성·이름 획수	오행 분류	설　　　명
3　3　12	火 土 土	상생으로 대길(남녀 공통)
3　3　15	火 土 金	상생으로 대길
3　8　5	火 木 火	상생으로 대길
3　8　24	火 木 木	상생으로 대길(남녀 공통)
3 10 22	火 火 木	상생으로 대길(남녀 공통)
3 12　6	火 土 金	상생으로 대길
3 13　2	火 土 土	상생으로 대길
3 13　5	火 土 金	상생으로 대길
3 13　8	火 土 木	인과 지(이름)가 상생이 아님(여자에 불리)
3 13 22	火 土 土	상생으로 대길
3 18 14	火 木 木	상생으로 대길
3 20 12	火 火 木	상생으로 대길

● 4획 성의 복있는 이름 배열표

介 개, 孔 공, 公 공, 斤 근, 毛 모, 文 문, 方 방, 卞 변,
夫 부, 水 수, 元 원, 尹 윤, 天 천, 太 태, 片 편, 化 화
(天 = 성 + 1 = 4 + 1 = 5 = 土)

성·이름 획수	오행 분류	설　　　명
4　3 14	土 金 金	상생으로 대길
4　9　2	土 火 木	상생으로 대길(남녀 공통)
4　9　4	土 火 火	상생으로 대길(남녀 공통)
4　9 12	土 火 木	상생으로 대길
4　9 22	土 火 木	상생으로 대길

성·이름 획수	오행 분류	설 명
4 12 5	土 土 金	상생으로 대길
4 12 13	土 土 土	토합으로 길격
4 13 4	土 金 金	상생으로 대길
4 13 12	土 金 土	상생으로 대길
4 14 11	土 金 土	상생으로 대길
4 19 12	土 火 木	상생으로 대길
4 20 15	土 火 土	상생으로 대길

● 5획 성의 복있는 이름 배열표

甘 감, 丘 구, 白 백, 丕 비, 氷 빙, 史 사, 石 석,
申 신, 玉 옥, 王 왕, 乙支 을지, 田 전, 占 점,
左 좌, 平 평, 包 포, 皮 피, 玄 현
(天 = 성 + 1 = 5 + 1 = 6 = 土)

성·이름 획수	오행 분류	설 명
5 2 6	土 金 金	상생으로 대길
5 8 5	土 火 火	상생으로 대길(남녀 공통)
5 8 8	土 火 土	상생으로 대길
5 8 16	土 火 火	상생으로 대길
5 8 24	土 火 木	상생으로 대길(남녀 공통)
5 10 3	土 土 火	상생으로 대길
5 10 6	土 土 土	토합으로 길격
5 10 14	土 土 火	상생으로 대길
5 12 4	土 金 土	상생으로 대길

성·이름 획수	오행 분류	설 명
5 12 6	土 金 金	상생으로 대길
5 18 14	土 火 木	상생으로 대길
5 20 4	土 土 火	상생으로 대길

● 6획 성의 복있는 이름 배열표

曲 곡, 吉 길, 牟 모, 米 미, 朴 박, 西 서, 先 선,
安 안, 伊 이, 印 인, 任 임, 全 전, 朱 주, 后 후
(天 = 성 + 1 = 6 + 1 = 7 = 金)

성·이름 획수	오행 분류	설 명
6 9 6	金 土 土	상생으로 대길
6 9 9	金 土 金	상생으로 대길
6 9 14	金 土 火	상생으로 대길
6 9 16	金 土 土	상생으로 대길(남녀 공통)
6 10 5	金 土 土	상생으로 대길
6 10 7	金 土 金	상생으로 대길
6 10 15	金 土 土	상생으로 대길(남녀 공통)
6 11 4	金 金 土	상생으로 대길
6 11 14	金 金 土	상생으로 대길(남녀 공통)
6 12 23	金 金 土	상생으로 대길(남녀 공통)
6 19 4	金 土 火	상생으로 대길
6 19 16	金 土 土	상생으로 대길(남녀 공통)

● 7획 성의 복있는 이름 배열표

君 군, 杜 두, 呂 려, 李 리, 成 성, 宋 송, 辛 신,
汝 여, 余 여, 延 연, 吳 오, 池 지, 車 차, 初 초,
判 판, 何 하

(天 = 성 + 1 = 7 + 1 = 8 = 金)

성·이름 획수	오행 분류	설 명
7 8 10	金 土 金	상생으로 대길(남녀 공통)
7 8 16	金 土 火	상생으로 대길(남녀 공통)
7 8 17	金 土 土	상생으로 대길(남녀 공통)
7 9 8	金 土 金	상생으로 대길
7 9 15	金 土 火	상생으로 대길(남녀 공통)
7 9 16	金 土 土	상생으로 대길
7 10 6	金 金 土	상생으로 대길
7 11 5	金 金 土	상생으로 대길
7 11 14	金 金 土	상생으로 대길(남녀 공통)
7 22 10	金 水 木	상생으로 대길
7 30 15	金 金 土	상생으로 대길(남녀 공통)

● 8획 성의 복있는 이름 배열표

具 구, 奇 기, 金 김, 奈 내, 林 림, 孟 맹, 明 명,
房 방, 奉 봉, 舍 사, 尙 상, 昔 석, 松 송, 昇 승,
承 승, 沈 심, 艾 애, 夜 야, 宗 종, 周 주, 昌 창,
采 채, 卓 탁

(天 = 성 + 1 = 8 + 1 = 9 = 水)

성·이름 획수	오행 분류	설 명
8 3 12	水 木 土	인과 지(이름)가 상생이 아님(여자에 불리)
8 7 6	水 土 火	천과 인이 상생이 아님(여자에 불리)
8 7 9	水 土 土	천과 인이 상생이 아님(여자에 불리)
8 7 10	水 土 金	천과 인이 상생이 아님(여자에 불리)
8 7 16	水 土 火	천과 인이 상생이 아님
8 8 15	水 土 火	천과 인이 상생이 아님
8 8 16	水 土 火	천과 인이 상생이 아님
8 9 6	水 金 土	상생으로 대길(남녀 공통)
8 9 7	水 金 土	상생으로 대길(남녀 공통)
8 10 5	水 金 土	상생으로 대길(남녀 공통)
8 10 6	水 金 土	상생으로 대길(남녀 공통)
8 10 15	水 金 土	상생으로 대길(남녀 공통)
8 13 12	水 木 土	인과 지(이름)가 상생이 아님(여자에 불리)
8 23 10	水 木 火	상생으로 대길
8 24 7	水 木 木	상생으로 대길

● 9획 성의 복있는 이름 배열표

姜 강, 南 남, 段 단, 柳 류, 宣 선, 星 성, 施 시, 柴 시,
辻 십, 泳 영, 姚 요, 禹 우, 韋 위, 兪 유, 俊 준, 肖 초,
秋 추, 扁 편, 表 표, 河 하, 咸 함, 後 후

(天 = 성 + 1 = 9 + 1 = 10 = 水)

성·이름 획수	오행 분류	설 명
9 2 4	水 木 土	인과 지(이름) 상생 아님
9 2 14	水 木 土	인과 지(이름) 상생 아님
9 6 17	水 土 火	천과 인 상생 아님
9 7 16	水 土 火	천과 인 상생 아님
9 8 7	水 金 土	상생으로 대길(남녀 공통)
9 8 8	水 金 土	상생으로 대길(남녀 공통)
9 9 6	水 金 土	상생으로 대길(남녀 공통)
9 12 4	水 木 土	인과 지 상생 아님
9 12 20	水 木 木	상생으로 대길
9 20 12	水 水 木	상생으로 대길
9 22 10	水 木 木	상생으로 대길(남녀 공통)

● 10획 성의 복있는 이름 배열표

剛 강, 桂 계, 高 고, 馬 마, 徐 서, 孫 손, 洙 수,
乘 승, 芮 예, 邕 옹, 袁 원, 原 원, 芸 운, 殷 은,
秦 진, 晋 진, 眞 진, 倉 창, 夏 하, 花 화, 洪 홍,
桓 환, 候 후

(天 = 성 + 1 = 10 + 1 = 11 = 木)

성·이름 획수	오행 분류	설 명
10 1 12	木 木 火	상생으로 대길
10 1 14	木 木 土	인과 지(이름) 상생 아님
10 3 10	木 火 火	상생으로 대길
10 3 12	木 火 土	상생으로 대길(남녀 공통)

성·이름 획수	오행 분류	설 명
10 8 7	木 金 土	천과 인 상생 아님
10 11 2	木 木 火	상생으로 대길
10 11 4	木 木 土	인과 지(이름) 상생 아님
10 11 10	木 木 木	대길
10 11 12	木 木 火	상생으로 대길
10 11 14	木 木 土	인과 지 상생 아님
10 11 20	木 木 木	대길
10 13 12	木 火 土	상생으로 대길
10 14 7	木 火 木	상생으로 대길
10 14 11	木 火 土	상생으로 대길
10 14 17	木 火 木	상생으로 대길(남녀 공통)
10 15 20	木 土 土	천과 인 상생 아님
10 19 12	木 水 木	상생으로 대길
10 21 4	木 木 土	인과 지(이름) 상생 아님
10 11	木 木 木	대길
10 14	木 火 土	상생으로 대길(남녀 공통)

● 11획 성의 복있는 이름 배열표

康 강, 强 강, 堅 견, 國 국, 浪 랑, 梁 량, 麻 마,
梅 매, 苗 묘, 班 반, 邦 방, 范 범, 彬 빈, 偰 설,
魚 어, 章 장, 張 장, 曹(曺) 조, 崔 최, 海 해,
許 허, 邢 형, 扈 호, 胡 호,
(天 = 성 + 1 = 11 + 1 = 12 = 木)

성·이름 획수	오행 분류	설　　　명
11 2 4	木 火 土	상생으로 대길(남녀 공통)
11 4 20	木 土 火	상생으로 대길(남녀 공통)
11 10 14	木 木 火	상생으로 대길(남녀 공통)
11 10 20	木 木 水	상생으로 대길(남녀 공통)
11 12 12	木 火 火	상생으로 대길(남녀 공통)
11 14 4	木 土 金	천과 인 상생 아님
11 14 10	木 土 火	천과 인 상생 아님
11 14 23	木 土 金	천과 인 상생 아님
11 20 4	木 木 火	상생으로 대길(남녀 공통)
11 13	木 火 火	상생으로 대길(남녀 공통)
11 21 20	木 木 木	대길
11 18	木 水 水	상생으로 대길

● 12획 성의 복있는 이름 배열표

景 경, 邱 구, 單 단, 敦 돈, 東方 동방, 閔 민, 傅 부,
森 삼, 邵 소, 荀 순, 舜 순, 順 순, 淳 순, 曾 승,
雁 안, 雲 운, 庚 유, 異 이, 壹 일, 邸 저, 程 정,
智 지, 彭 팽, 馮 픙, 弼 필, 黃 황

(天 = 성 + 1 = 12 + 1 = 13 = 火)

성·이름 획수	오행 분류	설　　　명
12 1 10	火 火 木	상생으로 대길
12 3 10	火 土 火	상생으로 대길(남녀 공통)
12 3 14	火 土 金	상생으로 대길(남녀 공통)

성·이름 획수	오행 분류	설 명
12 4 9	火 土 火	상생으로 대길
12 4 13	火 土 金	상생으로 대길(남녀 공통)
12 9 4	火 木 火	상생으로 대길
12 9 12	火 木 木	상생으로 대길
12 9 14	火 木 火	상생으로 대길
12 9 16	火 木 土	상생으로 대길
12 11 10	火 火 木	상생으로 대길
12 12 4	火 火 土	상생으로 대길
12 12 12	火 火 火	상생으로 대길
12 13 4	火 土 金	상생으로 대길
12 20 15	火 木 土	인과 지(이름) 상생 아님
12 23 12	火 土 土	상생으로 대길

- 13획 성의 복있는 이름 배열표
  賈 가, 琴 금, 頓 돈, 廉 렴, 路 로, 雷 뢰, 岡田 망전,
  睦 목, 司空 사공, 小峰 소봉, 阿 아, 楊 양, 溫 온,
  雍 옹, 莊 장, 楚 초, 椿 춘, 湯 탕
  (天 = 성 + 1 = 13 + 1 = 14 = 火)

성·이름 획수	오행 분류	설 명
13 3 15	火 土 金	상생으로 대길(남녀 공통)
13 8 8	火 木 土	인과 지(이름) 상생 아님
13 8 16	火 木 火	상생으로 대길
13 12 4	火 土 土	상생으로 대길

성·이름 획수	오행 분류	설 명
13 12 6	火 土 金	상생으로 대길(남녀 공통)
13 12 12	火 土 火	상생으로 대길(남녀 공통)
13 12 23	火 土 土	상생으로 대길(남녀 공통)
13 18 6	火 木 火	상생으로 대길(남녀 공통)
13 18 14	火 木 木	상생으로 대길(남녀 공통)
13 18 17	火 木 土	인과 지(이름) 상생 아님(남녀 공통)

● 14획 성의 복있는 이름 배열표

甄 견, 公孫 공손, 菊 국, 箕 기, 端 단, 連 련,
裵 배, 鳳 봉, 西門 서문, 碩 석, 愼 신, 榮 영,
慈 자, 齊 제, 趙 조, 菜 채, 郝 학, 禎 정
(天 = 성 + 1 = 14 + 1 = 15 = 土)

성·이름 획수	오행 분류	설 명
14 3 12	土 金 土	상생으로 대길
14 3 15	土 金 金	상생으로 대길(남녀 공통)
14 3 22	土 金 土	상생으로 대길
14 4 11	土 金 土	상생으로 대길
14 9 6	土 火 土	상생으로 대길
14 9 12	土 火 木	상생으로 대길
14 10 11	土 火 木	상생으로 대길
14 10 15	土 火 土	상생으로 대길
14 11 4	土 土 土	상생으로 대길
14 11 7	土 土 金	상생으로 대길(남녀 공통)
14 11 12	土 土 火	상생으로 대길

● 15획 성의 복있는 이름 배열표

萬 갈, 慶 경, 郭 곽, 鳸 궉, 樑 량, 魯 로, 樓 루,
劉 류, 萬 만, 墨 묵, 賓 빈, 葉 섭, 影 영, 長谷 장곡,
諸 제, 彈 탄, 漢 한, 興 흥, 董 동
(天 = 성 + 1 = 15 + 1 = 16 = 土)

성·이름 획수	오행 분류	설 명
15 2 14	土 金 土	상생으로 대길(남녀 공통)
15 3 14	土 金 金	상생으로 대길(남녀 공통)
15 8 24	土 火 木	상생으로 대길
15 9 7	土 火 土	상생으로 대길(남녀 공통)
15 9 8	土 火 金	상생으로 대길
15 9 14	土 火 火	상생으로 대길
15 9 16	土 火 土	상생으로 대길
15 9 17	土 火 土	상생으로 대길
15 9 23	土 火 木	상생으로 대길(남녀 공통)
15 10 7	土 土 金	상생으로 대길(남녀 공통)
15 20 4	土 土 火	상생으로 대길
15 22 15	土 金 金	상생으로 대길(남녀 공통)

● 16획 성의 복있는 이름 배열표

彊 강, 橋 교, 都 도, 陶 도, 道 도, 頭 두, 盧 로,
龍 룡, 陸 륙, 潘 반, 燕 연, 陰 음, 錢 전, 陣 진,
皇甫 황보
(天 = 성 + 1 = 16 + 1 = 17 = 金)

성·이름 획수	오행 분류	설　　　명
16　2　14	金 金 土	상생으로 대길(남녀 공통)
16　9　4	金 土 火	상생으로 대길
16　9　6	金 土 土	상생으로 대길(남녀 공통)
16　9　7	金 土 土	상생으로 대길(남녀 공통)
16　9　15	金 土 火	상생으로 대길
16　9　16	金 土 土	상생으로 대길(남녀 공통)
16　13　4	金 木 金	상생 아님
16　13　8	金 水 木	상생으로 대길
16　19　4	金 土 火	상생으로 대길
16　19　5	金 土 火	상생으로 대길
16　19　6	金 土 土	상생으로 대길(남녀 공통)
16　21　4	金 金 土	상생으로 대길(남녀 공통)

● 17획 성의 복있는 이름 배열표

鞠 국, 謝 사, 襄 양, 蔣 장, 鍾 종, 蔡 채, 鄒 추, 韓 한
(天 ＝ 성 ＋ 1 ＝ 17 ＋ 1 ＝ 18 ＝ 金)

성·이름 획수	오행 분류	설　　　명
17　8　7	金 土 土	상생으로 대길(남녀 공통)
17　8　10	金 土 金	상생으로 대길(남녀 공통)
17　8　16	金 土 火	상생으로 대길(남녀 공통)
17　12　6	金 水 金	상생 아님
17　18　6	金 土 火	상생으로 대길(남녀 공통)
17　18　17	金 土 土	상생으로 대길(남녀 공통)
17　20　15	金 金 土	상생으로 대길(남녀 공통)

● 18획 성의 복있는 이름 배열표

簡 간, 董 동, 顔 안, 魏 위, 鎬 호

(天 = 성 + 1 = 18 + 1 = 19 = 水)

성·이름 획수	오행 분류	설 명
18 3 12	水 木 土	인과 지(이름) 상생 아님
18 7 6	水 土 火	천과 인 상생 아님(남녀 공통)
18 7 10	水 土 金	천과 인 상생 아님(남녀 공통)
18 7 16	水 土 火	천과 인 상생 아님
18 11 6	水 水 金	상생으로 대길
18 11 10	水 水 木	상생으로 대길
18 14 7	水 木 木	상생으로 대길
18 14 15	水 木 水	상생으로 대길(남녀 공통)
18 19 10	水 金 水	상생으로 대길(남녀 공통)

● 19획 성의 복있는 이름 배열표

關 관, 南宮 남궁, 譚 담, 網切 망절, 龐 방, 薛 설, 鄭 정

(天 = 성 + 1 = 19 + 1 = 20 = 水)

성·이름 획수	오행 분류	설 명
19 2 4	水 木 土	인과 지(이름) 상생 아님
19 2 14	水 木 土	인과 지(이름) 상생 아님
19 6 7	水 土 火	상생으로 대길(남녀 공통)
19 11 7	水 水 金	상생으로 대길
19 12 4	水 木 金	상생으로 대길(남녀 공통)
19 12 17	水 木 水	상생으로 대길(남녀 공통)
19 12 20	水 木 木	상생으로 대길

● 20획 성의 복있는 이름 배열표

羅 라, 釋 석, 鮮于 선우, 嚴 엄

(天 = 성 + 1 = 20 + 1 = 21 = 木)

성·이름 획수	오행 분류	설 명
20 1 12	木 木 火	상생으로 대길
20 3 12	木 火 土	상생으로 대길
20 4 11	木 火 土	상생으로 대길
20 4 17	木 火 木	상생으로 대길
20 9 23	木 水 木	상생으로 대길
20 11 4	木 木 土	인과 지(이름) 상생 아님
20 11 14	木 木 土	인과 지(이름) 상생 아님(남녀 공통)
20 12 20	木 木 木	대길

● 21획 성의 복있는 이름 배열표

顧 고, 藤 등

(天 = 성 + 1 = 21 + 1 = 22 = 木)

성·이름 획수	오행 분류	설 명
21 2 14	木 火 土	상생으로 대길
21 8 10	木 水 金	상생으로 대길
21 10 14	木 木 火	상생으로 대길
21 12 12	木 火 火	상생으로 대길

● 22획 성의 복있는 이름 배열표

權 권, 邊 변, 蘇 소

(天 = 성 + 1 = 22 + 1 = 23 = 火)

성·이름 획수	오행 분류	설 명
22 1 10	火 火 木	상생으로 대길
22 1 16	火 火 金	상생으로 대길
22 7 9	火 水 土	인과 지(이름) 상생 아님
22 9 6	火 木 土	인과 지(이름) 상생 아님
22 9 14	火 木 火	상생으로 대길
22 10 5	火 木 土	인과 지(이름) 상생 아님
22 13 4	火 土 金	상생으로 대길
22 13 12	火 土 土	상생으로 대길(남녀 공통)
22 19 4	火 土 火	상생으로 대길

● 25획 성의 복있는 이름 배열표

獨孤 독고

(天 = 성 + 1 = 25 + 1 = 26 = 土)

성·이름 획수	오행 분류	설 명
25 9 7	土 火 土	상생으로 대길

● 31획 성의 복있는 이름 배열표

諸葛 제갈

(天 = 성 + 1 = 31 + 1 = 32 = 木)

성·이름 획수	오행 분류	설 명
31 2 4	木 火 土	상생으로 대길(여자 불리)
31 20 1	木 木 木	대길(남녀 공통)
31 20 4	木 木 火	상생으로 대길(남녀 공통)

(4) 글자 획수별 길흉 운세

1) 획수(劃數)의 운세 분류(運勢分類)

① 길운수(吉運數)

1, 3, 5, 6, 7, 8, 11, 13, 15, 16, 17, 18, 21, 23, 24, 25, 29, 31, 32, 33, 35, 37, 39, 41, 45, 47, 48, 52, 63, 65, 67, 68, 75, 81

② 흉운수(凶運數)

2, 4, 9, 10, 12, 14, 19, 20, 26, 27, 28, 30, 34, 36, 40, 42, 43, 44, 46, 54, 55, 56, 59, 60, 62, 64, 66, 69, 70, 72, 74, 76, 80

③ 반길반흉운수(半吉半凶運數)

22, 38, 49, 50, 51, 53, 57, 58, 61, 71, 73, 77, 78, 79

④ 지도자운수(指導者運數)

1, 3, 15, 16, 21, 31, 37, 41, 48, 65

⑤ 부자운수(富者運數)

3, 5, 6, 11, 13, 15, 16, 29, 37, 39, 41, 52, 63, 67, 81

⑥ 귀격운수(貴格運數)

1, 3, 5, 6, 7, 13, 15, 16, 18, 21, 23, 24, 29, 31, 32, 33, 35, 37,

38, 39, 41, 45, 47, 48, 52, 65, 67, 68, 75

⑦ 예능운수(藝能運數)

13, 26, 29, 33, 36

⑧ 건강운수(健康運數)

8, 17, 25

⑨ 고난운수(苦難運數)

22, 28, 30, 36, 43, 51, 60, 74, 80

⑩ 색난운수(色難運數)

2, 14, 16, 23, 26, 27

⑪ 양처운수(兩妻運數)

5, 6, 39

⑫ 과부운수(寡婦運數)

33, 36

⑬ 파산·허무운수(破産·虛無運數)

2, 4, 12, 43, 44, 53, 54, 66, 70

⑭ 단명운수(短命運數)

2, 9, 10, 22, 34, 46

2) 성명 획수별 운세

◎ 大吉 ○ 보통 × 흉 △ 半吉半凶

획수	길흉	운　　　세	획수	길흉	운　　　세
1	◎	두령운(頭領運)	20	×	공허운(空虛運)
2	×	분산운(分散運)	21	◎	수령운(首領運)
3	◎	수복운(壽福運)	22	△	중절운(中折運)
4	×	파멸운(破滅運)	23	◎	창성운(昌盛運)
5	◎	성공운(成功運)	24	◎	입신운(立身運)
6	◎	풍부운(豊富運)	25	◎	건창운(健暢運)
7	◎	발달운(發達運)	26	×	괴걸운(怪傑運)
8	◎	건강운(健康運)	27	×	좌절운(挫折運)
9	×	궁핍운(窮乏運)	28	×	파란운(波亂運)
10	×	단명운(短命運)	29	◎	성공운(成功運)
11	◎	부가운(富家運)	30	×	춘몽운(春夢運)
12	×	박약운(薄弱運)	31	◎	개척운(開拓運)
13	◎	지모운(智謀運)	32	◎	요행운(僥倖運)
14	×	이산운(離散運)	33	◎	승천운(昇天運)
15	◎	통솔운(統率運)	34	×	파괴운(破壞運)
16	◎	덕망운(德望運)	35	◎	평화운(平和運)
17	◎	강건운(剛健運)	36	×	고난운(苦難運)
18	◎	발전운(發展運)	37	◎	정치운(政治運)
19	×	허약운(虛弱運)	38	○	문장운(文章運)

획수	길흉	운 세	획수	길흉	운 세
39	◎	장성운(將星運)	61	○	명리운(名利運)
40	×	무상운(無常運)	62	×	무력운(無力運)
41	◎	대길운(大吉運)	63	◎	부귀운(富貴運)
42	×	실의운(失意運)	64	×	재화운(災禍運)
43	×	재해운(災害運)	65	◎	형통운(亨通運)
44	×	비애운(悲哀運)	66	×	파가운(破家運)
45	◎	성사운(成事運)	67	◎	번영운(繁榮運)
46	×	고행운(苦行運)	68	◎	흥가운(興家運)
47	◎	출세운(出世運)	69	×	불안운(不安運)
48	◎	존경운(尊敬運)	70	×	쇠퇴운(衰退運)
49	○	변화운(變化運)	71	○	보통운(普通運)
50	○	성패운(成敗運)	72	×	길흉운(吉凶運)
51	○	흥망운(興亡運)	73	○	소성운(小成運)
52	◎	통달운(通達運)	74	×	수액운(受厄運)
53	○	상심운(傷心運)	75	◎	평길운(平吉運)
54	×	고생운(苦生運)	76	×	병약운(病弱運)
55	×	우수운(憂愁運)	77	△	비탄운(悲嘆運)
56	×	패망운(敗亡運)	78	△	용두사미운(龍頭蛇尾運)
57	○	분발운(奮發運)	79	○	무모운(無謀運)
58	△	만성운(晩成運)	80	×	은거운(隱居運)
59	×	실망운(失望運)	81	◎	복록운(福祿運)
60	×	동요운(動搖運)			

◎ 大吉 ○ 보통 × 흉 △ 半吉半凶

글자 1, ◎ 두령운(頭領運)

1은 만물의 시작이다. 아침 태양이 떠오르고 1년이 처음 시작되고 한 달의 출발점이다. 1년의 시작인 봄을 의미하고 창조와 발전의 운세를 지닌다.

단체의 리더가 되고 남을 지도하는 사람이며 나아가 군왕 왕좌 지상이라고도 한다.

글자 2, × 분산운(分散運)

불안, 불리 모든 일이 쪼개지는 분산의 수이다.

가정과 사회속에서 화합되지 못하고 불화한다. 중년 이전에 파란, 변동, 고난이 있는 무상의 운명이다. 여난, 병약, 단명이다. 다른 이름의 배합이 양호하면 단명을 면할 수 있다.

글자 3, ◎ 수복운(壽福運)

음양이 조화되고 만물이 성형 확정되는 상이다. 지·인·용 삼덕을 구비하고 인격이 원만하여 범사가 여의하여 성공 발달한다.

지혜가 민완하여 복지무궁한 영도 능력이 있다. 자손복도 있고 전도무한한 대길상 운명이다.

글자 4, × 파멸운(破滅運)

4는 동양에서 사(死)를 연상하여 불길한 수로 기억되어 왔으며 사산(四散)이라고 하여 사방으로 흩어진다는 뜻이 있어 모든 일이 약화(弱化)되는 불길한 상이다. 초년은 순조롭게 발전하나 중도에 파멸되는 운명이다. 부모, 부부, 자녀와 인연이 박하고 고독하고 불행하여 병약의 상이다.

글자 5, ◎ 성공운(成功運)

5는 수의 중앙이며 오행상 양토(陽土)에 해당되며 토(土)는 중앙(中央)에 위치한다.

중앙은 신뢰와 관용을 의미하고 모든 일의 균형이 잡히는 곳이다. 따라서 상하의 신망을 얻고 권위가 높고 부귀 영달하는 대길상이다. 가운을 부흥시키고 일가중흥하며 남자는 혹 양처를 거느리고 여자는 부덕을 겸비한다.

글자 6, ◎ 풍부운(豊富運)

천덕지상(天德地祥)의 상이다. 선조의 유산이 풍부하고, 귀인이 도와 가문이 창성한다. 그러나 중년 이후에 혹 중단쇠운이 있을 수 있다. 가문의 명예를 지키는 데 힘쓰고 방심하지 않고 정진하면 대성할 수 있다. 남자는 양처를 거느릴 수 있고 여자는 부덕을 겸비한다.

글자 7, ◎ 발달운(發達運)

의지가 확고하고 정력이 왕성하여 만난을 돌파하여 성공 영달하는 상이다. 자칫 자신을 과신하고 독단적인 면이 강하여 남과 동화되기 어려운 점이 있다. 독립 사업은 유리하고 공동 사업은 불가하다. 혹 폐나 심장병에 유의해야 하고 여자는 남성적인 기질이 있으니 부드럽고 온화한 성품을 갖도록 힘써야 한다.

글자 8, ◎ 건강운(健康運)

의지가 확고하여 운명의 장애를 분쇄하는 건강한 상이다. 근면 성실하여 진취심이 강하고 인내력이 있어 점진적으로 발전한다.
초년은 어려운 점도 있지만 중년 이후 발달하여 대업을 성취한다. 과잉 맹진하는 사람은 혹 어려움을 겪기도 한다.

글자 9, × 궁핍운(窮乏運)

지략이 있고 활동적이나 유시무종. 처음은 있으나 나중은 없고

초년은 성공하여 큰소리치나 점점 시들어져 패가 몰락하여 어려움
을 겪는 상이다. 횡액이나 질병, 단명이 있을 수 있으나 왕왕 큰 부
자나 괴걸, 영웅 등이 이 수리에서 등장한다.

글자 10, × 단명운(短命運)

10은 제로(zero : 零)라는 의미가 내포되어 있어 허망하고 무상
한 흉상이다.

두뇌가 명철하나 세상사가 뜻대로 되지 않고 가사가 파재되고
가정운도 나쁘며 화가 많아 중년 이후에 단명하는 운이다. 단 간혹
예측 불허로 절처봉생하여 전화위복 대성공자도 있다.

글자 11, ◎ 부가운(富家運)

새로운 출발점에 서서 기운 가세를 일으키고 가문을 창성케 하
는 상으로 의지가 강하고 끊임없이 노력하는 운이다.

초목이 봄을 만나 싹이 나고 무성하듯 점점 상하의 신망을 얻어
부귀영달하고 자손에 경사가 있다.

글자 12, × 박약운(薄弱運)

의지가 박약하고 소극적이며 외유내강. 미모가 있고 색정욕이

있어 분수에 넘게 일을 처리하여 심신이 괴롭고 좌절하며 실패하는 상이다. 부모연이 박하고 고독하며 늦게 결혼 수가 있고 여자는 기가 세서 남편을 극하며 재난이 있는 운이다. 능력에 맞게 분수를 지키는 것이 필요하다.

글자 13, ◎ 지모운(智謀運)

지모와 기략이 뛰어나 학술과 예능 방면에서 성공하는 상이다. 부모의 혜택도 있으며 세상만사에 대처하는 능력이 우수하여 크게 출세하고 재물을 획득하고 부귀영화를 누리는 상이다.

여자는 현모양처로 가내 화평하여 복록있는 운이다. 자신을 과신하여 처사하는 자는 왕왕 실수가 있으니 요조심이라.

글자 14, × 이산운(離散運)

모든 것이 결실을 못 맺고 사방으로 흩어지는 상이다. 소극적이고 매사에 번민하는 형으로 일이 결과가 없다.

미모는 있으나 색정에 빠지기 쉽고 재운도 약하여 가세도 기운다. 그러나 예술적인 능력이 있어 주위의 인정을 받는다. 부부연이 박하고 자식을 잃는다든지 병약의 우려 있다.

단, 매사에 성실하고 근검절약하는 자는 흉이 변하여 평상운으로 화한다.

글자 15, ◎ 통솔운(統率運)

정감이 있고 온화한 성품으로 윗사람의 신망과 덕망이 있어 통솔하는 리더격이다.

어려운 환경에서 태어났으면 근면하여 가문을 일으켜 부귀영달하는 운으로 자손복도 있다. 그러나 부유한 가정 출신은 나태할 우려 있으니 조심해야 하며 여자는 부덕을 갖추어 남편 잘 모시고 자녀 교육이 빛난다.

글자 16, ◎ 덕망운(德望運)

지인용(智仁勇) 삼덕을 구비하여 정감있고 원만하여 귀인이 도와 어려움이 변하여 길함이 되고, 뭇사람의 신망과 존경을 받는 두령격이다.

처음은 다소 곤고하나 중기 이후 대사업을 성취하여 부귀영달하는 행운의 상이다. 남녀간에 색정과 거만으로 실패수 있으니 경계를 요한다. 여자는 결혼이 늦는 수도 있다.

글자 17, ◎ 강건운(剛健運)

의지가 견고하고 박력이 있는 영웅 돌파의 상으로 강건운이다.

자아심이 강하고 방약무인한 점도 있고 고집도 괴벽도 있어 인화에 문제도 있다. 남자는 위대한 성공을 거두나 만혼의 경향이 있

고 여자는 남성적 기질로 남편을 잘 받들기 힘든 점도 있으나 건강
은 좋은 상이다.

글자 18, ◎ 발전운(發展運)

성격이 철석(쇠와 돌) 같아 계획 사업은 난관을 뚫고 성취하는
진취력이 왕성한 발전운의 상이다.

지모 있고 박력 있으나 자아심이 강하여 완고하고 방약무인한
것으로 비칠까 조심하고 인화에 힘써야 한다. 결혼은 초연은 성사
되기 어렵다.

글자 19, × 허약운(虛弱運)

두뇌 명석하고 활동력이 있으나 시작은 있고 끝이 없는 소극적
상이다. 일에 마가 끼어 의외의 장애가 나타나 중도에 좌절하는 수
가 많다. 배우자, 자녀와 이별하거나 병고로 불구자나 정신 이상이
있을 수 있다. 여자는 교태가 있고 낭비가 있다.

글자 20, × 공허운(空虛運)

꿈속에서 사업하는 일장춘몽의 상.

일확천금을 꿈꾸나 실현성이 없고 탁상공론식이다. 돌발적인 재

액과 곤란이 겹겹이 오는 상으로 불안정하여 일가를 거느리기 힘
들다. 배우자와 생사별, 자녀의 불행, 질병, 조난 등이 따르고 여자
는 극부지상이다.

글자 21, ◎ 수령운(首領運)

의지가 확고하고 이지적이며 원만한 성격으로 집단의 리더인 수
령이다.

매화꽃이 겨울 찬서리와 눈보라에 고난을 겪으며 봄을 기다리다
만화방창하는 춘광이 비치자 그 고운 자태를 만발하듯 초년에는
곤고하나 중년 이후 발달하여 대성공을 거두는 운이다.

여자는 직업을 갖고 있는 경우 남편을 능멸하며 가사를 쥐고 흔
드는 기세로 팔자가 드센 편이다.

글자 22, △ 중절운(中折運)

잔재주는 있으나 소극적이고 무기력하고 무슨 일을 시작은 하나
매듭을 못 짓는 운세이다.

가을 초목이 된서리를 맞듯 인생 중년에 좌절되어 고초를 겪는
상이다. 부모와 자녀의 운도 약하며 색정에 눈이 어두우면 패가 곤
란, 심신 과로로 인해 병약해지고 단명한다.

글자 23, ◎ 창성운(昌盛運)

이지적이고 정감 있고 맹호가 산을 나와 날개를 달고 들판을 달리 듯 박력 있고 저돌적인 현실주의자다. 빈한한 가정에서 태어나도 점차 어려움을 극복하고 대사업을 성취하고 공명을 이루는 운세이다.

성욕도 강하여 호색한 점이 있고 여자도 한 남자로 만족치 못하며 부도를 지키지 못하고 내 주장으로 남편을 쥐고 흔드는 상이다.

글자 24, ◎ 입신운(立身運)

지혜 있고 온화한 성품으로 적수공권, 백수성가하듯 맨손으로 태어나 자수성가하여 당대에 부와 공명을 이루는 상이다.

특히 도와주는 재능 있는 참모가 따른다. 만자 호색하는 경향이 있고 여자는 애교가 있으며 상하의 신망을 얻는다. 나이 들수록 정력이 있어 노익장을 과시하고 자녀운도 좋다.

글자 25, ◎ 건창운(健暢運)

성실하게 노력하며 이지가 발달되어 영민하여 발달하고 건창해지는 운세이다.

기묘하고 특출한 재능이 있으며 괴벽이 있어 타인과 융화가 어려운 점도 있다. 타 수리의 운이 좋아 수신수양하여 괴벽이 완화되면 대업을 성취한다. 여자는 애교와 매력이 넘치고 사교성이 있다.

글자 26, × 괴걸운(怪傑運)

바다에서 폭풍우를 만난 상. 또는 일명 영웅의 협운이라고도 한다.
천성이 영리하고 의협심이 있어 남을 돕는 일에 열성이어서 덕
이 있으나 성욕이 강하여 음란호색하고 방탕한 면이 있다.
초년에 의외로 발달하나 끝을 맺지 못하고 중도에 파란만장한
때를 만난 영웅같이 역경의 대변화가 온다. 풍파가 끊이지 않고 길
흉이 극단으로 치닫는다. 불세출의 위인, 열사, 효자, 여걸 등이 이
수에서 나오나 가정은 풍파가 있다.

글자 27, × 좌절운(挫折運)

욕망이 과대하고 끝이 없어 과욕으로 불의의 좌절을 겪는 운세이다.
자아가 강하고 완고하며 괴벽이 있다. 대범하고 조숙하여 일찍
부터 발달하나 중년 이후 과욕으로 좌절된다.
남녀 모두 음란 호색으로 노년에 역경에 처하게 되며 조난이나
형벌, 변사 등의 횡액이 있을 수 있다. 여자는 남자를 극하는 팔자
다. 중년 이후 과욕을 버리고 중용을 취하면 실패를 극소화할 수
있다.

글자 28, × 파란운(波亂運)

행동이 호걸 기개가 있어 때로는 남자다운 면도 있으나 남녀 호

색하고 남과 시비가 잦아 비방을 많이 받고 원수도 맺어 일생의 파란이 거듭 오는 운세이다.

어려서부터 부모와의 인연이 적고 고독하며 성장하여서도 부부간에 생사별이 있다.

가정도 안정되지 못하고 이웃과도 불화하는 파란만장한 생이다.

글자 29, ◎ 성공운(成功運)

지모와 재략이 있어 성공하여 재물이 풍성하게 되는 상이나 과욕이 심하여 자칫 실패하면 영락의 길을 간다. 활동력도 있고 희망도 원대하여 대성공하는 길명이나 일면 불평불만이 많아 항상 고뇌하고 만족하지 못하며 요령부득인 점도 있다. 근신을 요한다.

여자는 남성 기질이 다분하고 억세어 남자를 극하는 팔자가 센 경우도 있다.

글자 30, × 춘몽운(春夢運)

일확천금, 뜬구름 잡는 운세이다. 모험심과 요행심이 있어 때로는 의외의 성공을 거두나 뿌리 없는 사상누각같이 곧 허물어진다. 인생이 실패와 성공이 거듭되는 춘몽격이라 고독하고 배우자와 생사별하는 예가 있고 자녀를 잃는 수도 있다. 조난, 병액을 면키 어렵고 여자는 극부의 상이다. 그러나 돌연 성공하는 기인도 나온다.

글자 31, ◎ 개척운(開拓運)

지혜와 용기를 두루 갖추고 성격이 원만하여 항상 주위의 리더가 되며 운세를 개척해 나가는 진취적인 상이다.

사업을 하면 비온 뒤 죽순이 자라듯 날로 크게 발전되며 성공하여 정상의 자리에 올라 부귀, 권세, 행복을 누리는 운세이다. 여자는 부드럽고 지혜가 충만하여 가정과 자녀를 잘 돌보아 내조의 공이 있는 요조숙녀이다.

글자 32, ◎ 요행운(僥倖運)

감정이 풍부하고 외유내강형이며 관대하고 인자하여 목마른 용이 물을 만나듯 귀인을 만나 하늘에 오르는 운으로 의외의 기회를 얻어 성공하는 요행운이다. 물에 잠겨 있으나 한번 기회를 얻으면 성실하고 책임감이 있어 파죽지세로 성공하는 길운이다.

남녀 모두 이성 문제가 있을 수 있다.

글자 33, ◎ 승천운(昇天運)

이지가 발달하고 재덕이 겸비했으며 권위와 지모가 있고 박력이 있다. 중년에 일찍 대사업에 성공하는 상이다. 물에 잠긴 용이 때를 만나 하늘에 오르듯 용약 결단의 정신과 준수한 지모가 만난을 돌파하여 승천하듯 대사대업과 큰 재물을 모으는 운세.

남녀 모두 성욕이 강하여 이성 문제가 있고 여자는 운세가 너무 강하므로 조심해야 하는 운세이다.

글자 34, × 파괴운(破壞運)

원래 4수에는 분산 파괴하는 운이 잠재하여 있다. 외교 수완이 있어 일시 편안한 적도 있으나 근본적으로 비통하고 살벌한 파멸운을 갖고 있어 정신적으로 문제가 있는 상이어서 한번 흉운을 만나면 흉이 흉을 낳아 계속 파멸로 치닫는 운세이다. 재산이나 가족, 명예 모두 땅에 떨어지고 사업은 몰락하고 급기야 생명까지 단축되는 대흉의 운세이다.

글자 35, ◎ 평화운(平和運)

사람이 온화하고 양순하며 원만한 이상주의자로 박력이 약간 떨어지고 소극적인 상이다. 문학, 예술 방면에 발전하는 운세이나 크게 벌리면 일진일퇴하므로 분수를 지켜 능력에 맞게 안전 위주로 모든 일을 처리하면 무난한 일생을 보낸다. 이 운세는 여자에게는 아주 적합한 상으로 부덕을 겸비하여 문학과 예술 방면에서 성공하여 평화를 누릴 수 있다.

글자 36, × 고난운(苦難運)

정의감이 있고 의협심이 강하여 마음 내키면 남을 위하여 동분 서주하는 상이나 영웅이 때를 못 만나 뜻은 있으나 펴지 못하여 평생 동안 파란을 겪는 상이다. 사업을 크게 벌이면 파란이 중첩되고 적게 하면 혹 평안한 면도 있으나 괴걸스러운 성격이 있어 일에 일을 만드는 면이 있어 풍운을 불러온다. 여자는 남편을 잃거나 생이별하는 수도 있으나 이 운세에서 괴걸열사, 기인이 나오는 예도 있다.

글자 37, ◎ 정치운(政治運)

의지가 견고하고 무슨 일에든 충실하며 자상한 면이 있으나 독립적인 성격이 있어 권위주의적이고 정치적이라고 할 수 있다.

하늘이 준 혜택이 있어 만난 극복하고 발달 성공하는 부귀영화의 길명으로 대중을 리드하고 덕망을 지니는 상이나 너무 독단적이면 고립을 면키 어렵다. 항상 부드럽고 덕망을 쌓는 데 주력하면 어려움이 사라진다.

글자 38, ○ 문장운(文章運)

환상적이고 이상주의자이며 의지가 미약한 면이 있는 상으로 문학과 기예 방면에 능력 있다.

추진력이 부족한 면이 있어 현실에 뒤떨어지는 경향이 있으나 문학 방면에 불철주야 노력한다면 향상 발전할 수 있다. 만혼의 경향이 있으나 여자는 결혼하면 행복한 생활을 할 수 있다.

글자 39, ◎ 장성운(將星運)

이지가 발달되고 지모가 있으며 박력이 있는 상이다. 어렸을 때나 청년 시절에는 어려운 고난의 시절이 있으나 점점 성장하면서 개운의 길이 열려 사업에 성공하고 부귀 영화를 누리는 길운이다.

남자는 첩을 둘 가능성이 있고 여자는 운이 강하여 남편을 극하는 예도 있다.

글자 40, × 무상운(無常運)

위인이 불손하고 완고하며 괴벽이 있으며 담력도 있고 지모와 재간이 있으나 모험과 투기를 좋아하여 일시 성공하는 때도 있으나 급기야 실패하여 인생무상을 맛보는 운세이다. 배우자와의 연은 약하다.

글자 41, ◎ 대길운(大吉運)

의지가 확고하며 지모와 덕망을 고루 갖춘 두령운이다.

항상 발전하는 노력을 계속한다면 전도양양, 순풍에 돛단 듯 대
성공하여 행복을 누리는 상이며 장수의 길명이다.

글자 42, × 실의운(失意運)

총명하고 다예 박학 다능하나 의지가 약하여 이것저것 손대다
결국 손들고 마는 실패하여 실의에 젖는 상이다. 여러 가지 일에
손대지 말고 한 가지 일에 전념한다면 중년 이후 평범하나 안정된
생활을 할 수 있다.

글자 43, × 재해운(災害運)

외화내빈 즉 겉은 화려하나 실속이 적은 상이다. 재주가 있어 겉
으론 행복해 보이나 잔꾀에 능하여 결국은 재물이 흩어지고 불의
의 재난이 닥쳐 곤고한 운세이다.
꾀로 일을 처리하기보다 성실하게 기초를 쌓아 내실을 기해야
액운을 제지하고 흉조를 막아 역경을 극복할 수 있다. 만혼의 경향
이 있고 여자는 남편 내조의 힘이 약하다.

글자 44, × 비애운(悲哀運)

성격이 극단으로 치닫는 위인으로 운세도 길흉이 교차하다 패가

망신하고 슬픔을 걷는 비애의 운세이다.

　장년시엔 일시 행운도 있으나 중년 말부터는 횡액이 연속되어 질병, 사고, 조난, 횡사 등이 밀려온다.

글자 45, ◎ 성사운(成事運)

　지혜가 있고 의지가 견고하고 꿈과 희망이 원대하다. 이기심이 있는 현실주의자로 무슨 일에든 성실하게 열과 성을 다하여 결실을 맺는 성공형이다. 초년에 고생도 있으나 이것은 중년 이후 발전의 밑거름이 되어 실패를 미연에 방지하는 약이 된다. 여자는 남편복이 있다.

글자 46, × 고행운(苦行運)

　정력이 결핍되고 의지가 약하고 무력하여 배가 물에 잠긴 상이다. 시대 사조에 편승하지 못하고 이일 저일 손대나 끈기가 없어 고배를 마신다. 고독, 병약, 형벌, 단명한 운세이다. 자립 의지를 키우고 인간의 도리를 지키는 일에 힘쓰면 고난이 감해진다.

글자 47, ◎ 출세운(出世運)

　의지가 확고하고 꿈이 원대하여 꽃이 피고 결실하는 수이다. 목마른 용이 물을 만나 승천하는 형상으로 유년시 어려움이 있으나 점점 성장하면서 운세의 문이 열려 출세하고 성공하는 대길운이다. 가정도 원만하고 자손도 번영하는 천부의 대길 운명으로 타인과의 합작으로 성공한다.

글자 48, ◎ 존경운(尊敬運)

지모와 재능, 덕망을 구비하여 고문격이다.

무슨 일이든 시작하면 끝을 보는 대중의 사표가 되는 능력과 통솔력을 겸비한다. 타고난 재복과 지도력이 있어 전도가 양양하고 공명이 만인의 존경을 받는다. 가정도 축복이 있고 자녀 복도 있다.

글자 49, ○ 변화운(變化運)

운세의 길흉이 극단적으로 뒤바뀌는 변화가 있는 상이다. 인생 행로가 파도치는 운세의 굴절이 심하여 일이 잘 풀리다가 또 흉운이 닥쳐오고 흉운이 계속되는가 하면 어느덧 길운이 찾아온다. 운이 있어 일이 잘 풀릴 땐 확대하지 말고 수성에 힘쓰는 것이 요체이다.

글자 50, ○ 성패운(成敗運)

아침에 꽃이 피고 저녁엔 어느덧 떨어지는 성패와 영락이 되풀이되는 운세이다. 중년엔 성공하나 만년에 재화가 닥쳐 곤고한 생이 있을 수 있다.

글자 51, ○ 흥망운(興亡運)

인간만사 새옹지마라는 고사와 같이 한때 발전하나 다시 실패가 뒤바뀌는 운세.

초년에 천부의 행복과 명성이 있으나 만년에 부침을 거듭하고 좌절, 실패가 있다. 평소 자기 수양에 힘써 잘 나갈 때는 미래에 대비하는 예지를 갖는다면 다소 노년의 어려움을 덜 수 있다.

글자 52, ◎ 통달운(通達運)

탁견과 혜안이 있는 지혜의 소유자로 의지와 기교를 함께 갖고 있어 어떤 일에도 능소능대, 성공과 명예, 부를 획득하는 대길운이다.

정력이 왕성하여 색에 눈이 어두울 수 있다. 성 에너지를 사업에 투자한다면 성공은 반석에 놓일 것이다.

글자 53, ○ 상심운(傷心運)

겉으로는 화려한 듯하나 실속이 적은 외화내빈격이다.

인생 초반은 화려하게 데뷔하나 중년 이후 만년에 불행이 연속
되어 실의에 젖는 상심운이다. 흉운을 만나면 패가되고 재산이 탕
진되는 비운에 처한다.

글자 54, × 고생운(苦生運)

인생 행로에 장애와 절망, 손실이 되풀이되어 번민하는 고난의
운세이다. 고난이 닥치면 재산이 파하고 질병, 형벌, 고독, 이별 등
이 되풀이된다.

글자 55, × 우수운(憂愁運)

배가 산으로 올라가는 형상으로 겉으로는 잘 되는 것 같이 보이
나 내면으로는 고통과 빈궁 일색으로 슬픔에 젖어 일생을 보내는
운세이다.

5는 길운수이나 중첩되어 길운이 지극하면 오히려 흉이 되는 이
치로 장애가 속출하여 심신이 고달프고 범사가 여의치 못하다. 의
지가 확고하면 혹 흉운이 감해질 수 있다.

글자 56, × 패망운(敗亡運)

의지가 약하고 실행 능력이 부족하여 모든 일이 실패하고 마는

상이다. 용기, 인내, 역량이 부족하고 정력이 약하여 모든 일이 쇠락하고 석양에 처량하게 되는 것처럼 만년에 흉운이 중첩으로 재기불능 상태가 된다.

글자 57, ○ 분발운(奮發運)

추운 겨울 눈속에 서 있는 푸른 소나무 격이다.
의지가 강건하고 박력이 있으나 일생 중 반드시 한 번은 큰 재난을 만나 고난을 겪는다. 초년 중년은 고생하나 인생 후반기에는 하늘의 천복이 있어 만사에 부귀를 누리는 운명이다.

글자 58, △ 만성운(晚成運)

먼저는 고생하고 나중은 복을 누리는 대기만성의 상이다. 소극적이면 일생 동안 운세가 부침을 거듭하고 젊어 패가하고 만년에 행복한 운세로 화가 백출하여 만난을 극복해야 영화를 누릴 수 있는 격이므로 고난을 달게 받고 나이 들어 가문을 일으키고 명예를 회복하는 운명이다.

글자 59, × 실망운(失望運)

의지가 쇠퇴하고 용기가 없고 인내력이 약하여 시작은 있으나 끝이 없고 손실과 패운이 겹쳐 실의에 젖는 상이다. 모든 일에 핵심과 주의력이 없어 성사가 안 되고 재기불능에 빠진다.

글자 60, × 동요운(動搖運)

어두운 암흑속에 빛이 보이지 않는 형상.
심신이 불안하고 무모하고 방침이 미정이고 무모하여 실패하는 운세이다. 항상 마음이 산란하고 의지가 약하고 목표가 설정되지 않아 일생 동안 떠다니는 신세로 성사되는 일이 없다. 실패, 병고, 재난이 겹친다.

글자 61, ○ 명리운(名利運)

영화와 명예를 누리는 천부의 행복을 누리는 상이 외실내공 겉으로는 화려하나 내부적으로 공허하며 고독이 감추어져 있다.
오만 불손하고 이기적이어서 남과 불화하고 가정도 화목하지 못하며 형제간에 반목하는 점도 있다. 적선하고 수신 인화에 힘쓰면 운세가 호전된다.

글자 62, × 무력운(無力運)

무기력하고 불철저하며 신용이 없어 점차 쇠락하고 목적을 달성하지 못하는 운세이다. 가운이 점차 몰락하고 돌연 재해가 발생하여 실망하여 고난을 받는 흉운으로 호색한다. 여자는 구설이 있고 망신수가 있다.

글자 63, ◎ 부귀운(富貴運)

만물이 발육하는 상으로 만사가 순조롭고 하늘의 축복이 있어 자유 발전하고 목적 달성하며 부귀 영화를 누리고 성공하는 운세이다. 가정이 화목하고 자손도 행복을 누린다.

글자 64, × 재화운(災禍運)

뜻하지 않게 재앙이 엄습하여 가정이 불안하고 가족이 흩어지며 사업에 차질이 발생하고 질병, 재난으로 횡사하는 등 부침을 거듭하는 운세로 일생 동안 안정을 찾지 못한다.

글자 65, ◎ 형통운(亨通運)

공명 정대하고 사리 분별이 뚜렷한 지도자형으로 가운이 창성하고 사업이 성공하여 부귀와 명예를 누리는 대길명이다.
자녀운도 좋아 만년이 행복하다. 아주 적은 결점밖에 없는 부귀 장수운이다.

글자 66, × 파가운(破家運)

과욕이 실수를 부르고 급기야 신용이 추락하여 패가 망신하고 진퇴양난에 빠지는 다욕으로 복을 잃는 상이다.

글자 67, ◎ 번영운(繁榮運)

맨손으로 창업하여 성공하는 자수 성가형이다. 성실하고 근면하여 하는 일마다 여의하여 목적이 달성되고 부귀 영화를 누리다 만약 과욕을 부리면 큰 패운이 있으니 경계할 운세이다.

글자 68, ◎ 흥가운(興家運)

다재 다능하여 무너진 가정을 다시 일으키는 운세.
지혜 총명하고 근면하며 신용이 있어 만인의 덕망을 한몸에 지녀 성공을 획득하는 상이다. 초년엔 부모 연이 박하여 고생이 많으나 자라면서 천혜의 지혜로 가문을 일으킨다.

글자 69, × 불안운(不安運)

정신적으로 덜 발달된 미숙아처럼 항상 불안하고 동요하는 상이다.

역경을 극복치 못하고 고통을 겪는 운세. 일생 중 잠시 발전하는
예도 있으나 그것도 일순간 다시 질병과 재난이 겹쳐온다.

글자 70, × 쇠퇴운(衰退運)

고향과 부모의 연이 박하여 타향에서 고통을 겪어 공허하고 적
막한 운세이다.
근심이 끊일 날 없고 일가가 파산되며 중병이 있고 형벌과 몸의
중상 등이 있다.

글자 71, ○ 보통운(普通運)

소극적이고 실행력이 미약하고 진취의 기상이 없고 편히 지내려
는 무기력한 면이 있어 운이 길한 중에도 고통이 뒤따른다.
모든 일을 적극적으로 처리한다면 보다 나은 내일을 기약할 수
있다.

글자 72, × 길흉운(吉凶運)

불안정한 운으로 일생 중 희로애락이 교차한다.
길한 중에 흉이 있고 흉한 중에 길이 있으며 초년에 흥하면 말년
이 흉하고 초년에 고생하면 말년이 다복하다.

글자 73, ○ 소성운(小成運)

뜻은 원대하나 큰 사업의 성취는 어렵고 주어진 환경에서 일생
동안 무사 평온하게 지내는 상이다.
가정도 원만하고 자녀도 말썽없이 잘 자라는 운세이다.

글자 74, × 수액운(受厄運)

가을 낙엽이 땅에 뒹굴며 옛 영화를 기억하는 상이다. 무지무능
뜻도 없고 노력도 하지 않으나 의외의 재난이 닥쳐 고난을 겪고 역
경속에서 헤매는 쇠락의 운세이다.

글자 75, ◎ 평길운(平吉運)

큰 복도 없지만 분수를 지켜 일생이 평안한 운세이다. 욕심을 부
리지 않고 주어진 환경에서 순리로 대처하면 무난히 평생을 조용
하게 지낼 수 있다. 만약 과욕을 부리면 불의의 재난이 닥쳐온다.

글자 76, × 병약운(病弱運)

가족의 연이 박하고 병약하여 골골하는 중 가산이 쇠퇴하고 명
예와 지위가 땅에 떨어지는 상이다.

처와 자녀 연도 없어 생사별이 연속된다.

글자 77, △ 비탄운(悲嘆運)

꽃은 피나 열매가 없다. 흉중에도 길한 운이 잠재돼 있는 길흉상
반의 상으로 어려운 듯하면 윗사람의 도움으로 극복된다.
인생 전반기는 행복하나 후반 만년에 이르러 몰락하여 불행한
비운의 운명이다.
전반이 불행하고 비운인 자는 후반이 행복하다.

글자 78, △ 용두사미운(龍頭蛇尾運)

지능이 발달하여 처음 용의 머리를 잘 그리다 끝에 가서 귀결을
못 짓고 뱀의 꼬리를 그리고 마는 상이다. 인생 전반기는 화려하고
기쁨이 있으나 만년에는 점차 쇠퇴하여 곤고하며 꼬리로 전락되고
만다.

글자 79, ○ 무모운(無謀運)

신체는 건전하나 정신면이 부족하다. 무절제, 무도덕, 무신용으
로 타인으로부터 비난을 받는 상이다.
노력은 많이 하나 이룩하는 것이 적어 일생 동안 노고의 연속이

다. 용기는 있으나 무모하여 일단 좌절하면 정신을 상실하여 만회
가 안 되고 참패되는 운세이다.

글자 80, × 은거운(隱居運)

항상 불평 불만이 가득하여 현실 세상을 멀리하고 속세를 떠나
은거하며 지내는 상이다.

일생 동안 곤란한 일이 겹쳐 도저히 현실과 인연이 없는 것으로
판단하고 세상을 원망하고 등지나 항상 어려움은 따라다닌다. 파
란이 중첩하여 빈곤과 병약함이 마음을 약하게 만든다.

글자 81, ◎ 복록운(福祿運)

80이 지나면 다시 1운이 된다.

양기가 다시 돌아와 마른 초목에 봄바람이 일어 다시 슬슬 풀리
기 시작하고 신용이 회복되고 명예를 찾고 부귀와 영화가 찾아들
어 그 이름을 사해에 떨치는 대길운의 명이다.

※ 80수 이상의 수는 80을 감하여 다시 1부터 환원하는 것으로
　판단한다.
　81 - 80 = 1과 동
　95 - 80 = 15와 동.

(5) 성명의 삼원(天·人·地) 오행 배열과 운세

■ 천격이 木인 1,2획(성 + 1 = 1,2획 木)

1) 木·木·木	2) 木·木·火
3) 木·木·土	4) 木·木·金
5) 木·木·水	6) 木·火·木
7) 木·火·火	8) 木·火·土
9) 木·火·金	10) 木·火·水
11) 木·土·木	12) 木·土·火
13) 木·土·土	14) 木·土·金
15) 木·土·水	16) 木·金·木
17) 木·金·火	18) 木·金·土
19) 木·金·金	20) 木·金·水
21) 木·水·木	22) 木·水·火
23) 木·水·土	24) 木·水·金
25) 木·水·水	

■ 천격이 火인 3, 4획(성 + 1 = 3, 4획 火)

26) 火·木·木	27) 火·木·火
28) 火·木·土	29) 火·木·金
30) 火·木·水	31) 火·火·木
32) 火·火·火	33) 火·火·土
34) 火·火·金	35) 火·火·水
36) 火·土·木	37) 火·土·火
38) 火·土·土	39) 火·土·金

40) 火·土·水   41) 火·金·木

42) 火·金·火   43) 火·金·土

44) 火·金·金   45) 火·金·水

46) 火·水·木   47) 火·水·火

48) 火·水·土   49) 火·水·金

50) 火·水·水

■ 천격이 土인 5, 6획(성 + 1 = 5, 6획 土)

51) 土·木·木   52) 土·木·火

53) 土·木·土   54) 土·木·金

55) 土·木·水   56) 土·火·木

57) 土·火·火   58) 土·火·土

59) 土·火·金   60) 土·火·水

61) 土·土·木   62) 土·土·火

63) 土·土·土   64) 土·土·金

65) 土·土·水   66) 土·金·木

67) 土·金·火   68) 土·金·土

69) 土·金·金   70) 土·金·水

71) 土·水·木   72) 土·水·火

73) 土·水·土   74) 土·水·金

75) 土·水·水

■ 천격이 金인 7, 8획(성 + 1 = 7, 8획 金)

76) 金·木·木   77) 金·木·火

78) 金·木·土   79) 金·木·金

80) 金・木・水　　　81) 金・火・木
82) 金・火・火　　　83) 金・火・土
84) 金・火・金　　　85) 金・火・水
86) 金・土・木　　　87) 金・土・火
88) 金・土・土　　　89) 金・土・金
90) 金・土・水　　　91) 金・金・木
92) 金・金・火　　　93) 金・金・土
94) 金・金・金　　　95) 金・金・水
96) 金・水・木　　　97) 金・水・火
98) 金・水・土　　　99) 金・水・金
100) 金・水・水

■ 천격이 水인 9, 10획(성 + 1 = 9, 10획 水)

101) 水・木・木　　　102) 水・木・火
103) 水・木・土　　　104) 水・木・金
105) 水・木・水　　　106) 水・火・木
107) 水・火・火　　　108) 水・火・土
109) 水・火・金　　　110) 水・火・水
111) 水・土・木　　　112) 水・土・火
113) 水・土・土　　　114) 水・土・金
115) 水・土・水　　　116) 水・金・木
117) 水・金・火　　　118) 水・金・土
119) 水・金・金　　　120) 水・金・水
121) 水・水・木　　　122) 水・水・火
123) 水・水・土　　　124) 水・水・金
125) 水・水・水

기호 : 吉 ◎, 中吉 ○, 半凶 △, 凶 ×

1) 木 · 木 · 木 (◎)

$$\left(\begin{array}{l} 성 = 10,\ 11,\ 20,\ 21,\ 31획 \\ 天 = 성 + 1 = 10 + 1 = 11 = 木 \end{array} \right)$$

[특징] 온건 착실하며 총명하고 기략이 특출하며 인내력이 강한 외유내강형이다.

[운세] 사업 기반인 기초가 튼튼하여 향상 발전하고 성공하는 상이며 가문이 번창하고 장수한다.

[가정과 건강] 가정 생활이 원만하고 자녀가 효도하고 남녀 다 배우자는 착실한 상대를 만나 평화로운 가정을 이루고 몸과 마음이 건전하여 장수한다.

2) 木 · 木 · 火 (◎)

[특징] 총명하고 착실하며 감수성이 강한 외유내강형이다. 도량이 약간 좁으며 정감이 극단적인 면이 있다.

[운세] 기초가 단단하여 모든 일이 순조롭게 진행하여 성공하고 번영하며 행복하다.

[가정과 건강] 자녀를 과보호하는 사랑이 마마보이로 키울까 걱정되며 나무에 불을 붙이듯 가정은 화목하고 부부의 정이 좋아 심신이 건강하고 장수한다.

3) 木 · 木 · 土 (◎)

[특징] 착실하고 총명하며 온화하고 친절한 사교성이 있어 뭇

사람으로부터 신용을 얻어 환영받는다.

[운세] 끈기와 인내력이 있어 매사를 단단하게 다져 가므로 인망이 있고 만사가 순조로워 마냥 발전 일로에 있는 운세이다.

[가정과 건강] 부부 화락하여 행복하고 평안이 지속되는 화목한 가정이라 자녀복도 있고 말년이 복되며 심신 강건하여 장수한다.

4) 木·木·金 (×)

[특징] 정직하고 친절하며 의리를 중시하는 사람이다. 때론 완고하고 방약 무인하고 사람 다루는 것이 서툴러 수하인의 감정을 상하게 하는 일이 있다.

[운세] 성공운은 있으나 자주 직장이나 직업을 옮기는 등 주거의 안전성이 없다. 밑에 사람이나 부하가 배반하여 손해보는 일이 있다.

[가정과 건강] 부부간이 딱 그렇게 좋은 상대를 만나지 못하여 항상 부족한 점이 발견되고 자녀도 겉으로는 괜찮은 듯하나 효도하긴 어렵다. 폐나 호흡기 질환에 유의해야 한다.

5) 木·木·水 (×)

[특징] 감수성이 강하고 정열적이며 온건 착실하고 근면하다.

[운세] 초년에 일시 성공하나 만년에 실패한다.

[가정과 건강] 가정 화평, 자녀 화목하나 병약한데 특히 위병의

염려가 있다.

6) 木 · 火 · 木 (◎)

[특징] 희로애락의 감정이 극단적인 감수성이 강한 성격으로 친절하며 여자는 매력적이고 부드럽다.

[운세] 기초가 단단하고 주위의 도움이 있어 순풍에 돛단 듯 성공한다.

[가정과 건강] 조상의 음덕이 있어 장수한다. 단, 색정에 유의해야 한다.

7) 木 · 火 · 火 (○)

[특징] 감정이 격하기 쉽고 극단적이다. 용감하고 투지가 강하다. 단, 조급한 것은 단점이다.

[운세] 윗사람의 도움이 있어 초년부터 발전하여 안정된 생활을 한다. 단, 지구력이 약한 것이 흠이다.

[가정과 건강] 가정이 원만하나 심장과 눈병에 조심해야 한다.

8) 木 · 火 · 土 (◎)

[특징] 정열적이고 감수성이 강하다. 사교적이고 친절하며 예의가 바르다.

[운세] 기초가 견실하여 순조롭게 성공하고 행복하다.

[가정과 건강] 자녀도 많고 건강하며 부모 덕도 있고 장수한다.

9) 木·火·金 (×)

[특징] 희로애락의 감정이 극단적이다. 허영과 사치를 즐긴다.

[운세] 일시적으로 성공은 하나 불안한 점도 있다. 내실을 기해
야 한다.

[가정과 건강] 가정에 풍파가 있을 수 있고 정신 과로로 심신
이 고단하며 폐와 기관지에 질병이 있을 수 있다.

10) 木·火·水 (×)

[특징] 성격이 급하고 강하며 투쟁적이다.

[운세] 윗사람의 도움이 있어 일시적으로 성공하나 말년이 불
안하다.

[가정과 건강] 아랫사람과의 불화가 있고 자녀와 불화. 건강에
문제가 발생한다. 심장과 눈에 질병이 있다.

11) 木·土·木 (×)

[특징] 호기심이 강하고 의지가 약하다.

[운세] 마음이 불안하여 사업에도 변화가 많고 주택도 자주 옮
긴다.

[가정과 건강] 부모 연이 박하고 자녀 덕도 약하다. 고난의 운
명으로 위병과 신경병이 있다.

12) 木·土·火 (○)

[특징] 호기심이 있고 심지가 허약하다.

[운세] 일시 성공운이 있으나 불평이 많고 마음의 변화가 심하여 일을 성사시키기 힘들다. 평범한 운세이다.

[가정과 건강] 가정이 원만하고 자녀가 효순하다. 신장병에 유의해야 한다.

13) 木·土·土 (×)

[특징] 침착하고 신중한 성격으로 내향성이다.

[운세] 일을 벌여 추진하나 성사가 안 되어 불평이 쌓이고 근심이 그치지 않는다.

[가정과 건강] 부모 덕은 약하나 자녀는 잘 자라 준다. 가정불화가 가끔 있다. 신장, 방광의 병이 있다.

14) 木·土·金 (×)

[특징] 소극적이나 복종심이 없고 축 늘어진 성격이다.

[운세] 큰 발전은 기대하기 어렵고 평범하게 살아가나 불평이 많다.

[가정과 건강] 색정의 난을 조심해야 한다. 자녀는 아름답다.

15) 木·土·水 (×)

[특징] 친절하나 보수적인 성격으로 사람과 사귀기를 꺼린다.

[운세] 불평 불만이 많아 성공하기 어렵다.

[가정과 건강] 부모 덕이 없고 자녀도 불행하다. 잔병이 많다.

16) 木 · 金 · 木 (×)

[특징] 의협심이 있고 남을 위하여 희생하는 인정이 있다.

[운세] 겉으로는 안정된 듯하나 실속이 없고 곤란한 일이 중첩된다.

[가정과 건강] 가정이 불행하고 자녀와도 뜻이 안 맞는다. 심신이 쇠약하고 인생 후반에 잔병이 그치지 않는다.

17) 木 · 金 · 火 (×)

[특징] 언어와 행동이 다듬어지지 못하여 엉뚱한 모습으로 비친다.

[운세] 혹 지능이 낮은 것인지 인생을 포기한 것인지 분간이 안될 정도로 불안하다. 되는 일도 없고 기초도 없으며 하는 일이 막히기만 한다. 대흉운이다.

[가정과 건강] 자녀 덕도 없고 신경이 쇠약하며 정신 발작의 위험이 있다.

18) 木 · 金 · 土 (△)

[특징] 말없이 침착하나 불만은 많다.

[운세] 기초가 있어 초반 발전한다. 그러나 정신적인 피로가 있다. 점차 운이 쇠퇴한다.

[가정과 건강] 가정이 불화하나 자녀는 잘 자란다. 간의 질환이 있을 수 있다.

19) 木 · 金 · 金 (×)

[특징] 재치가 있고 두뇌가 빠르다.

[운세] 성급한 면이 있어 비난을 받고 주위의 배척을 받아 고독을 면하기 어렵다. 실패 수가 많아진다.

[가정과 건강] 부모 덕이 약하고 자녀와도 불화한다.
정신적인 과로로 피로가 겹치고 간장과 신경병 있고 중풍의 위험이 많다.

20) 木 · 金 · 水 (×)

[특징] 심신이 불안정하고 과묵한 성격이다.

[운세] 노고가 많으나 이루는 것은 적다. 발전 중에 실패가 있고 비운에 처하는 예가 많다.

[가정과 건강] 자녀도 고생이 많고 위병이나 조난의 위험이 있다.

21) 木 · 水 · 木 (◎)

[특징] 정열적이며 윗사람을 존경하는 예절 바른 사람이다.

[운세] 주위의 도움이 있어 순조롭게 성공하여 행복하다.

[가정과 건강] 가정은 불화한 점도 있고 자녀도 곤고하며 위병이 있을 수 있다.

22) 木 · 水 · 火 (×)

[특징] 성격이 예민하고 신경질적이다.

[운세] 인생 초반은 순조롭게 발전하나 기초가 불안하여 흉운
이 오면 쉽게 실패한다.

[가정과 건강] 가정이 불화하고 아내와 자녀를 극한다. 신장,
방광에 문제가 있다.

23) 木·水·土 (×)

[특징] 성격이 모가 나고 참을성이 없어 주위의 비난을 많이 받
는다.

[운세] 표면적으로 성공하고 안정된 듯하나 실속이 없고 갑자
기 재앙이 닥쳐 실패하고 고난을 받는다.

[가정과 건강] 거처가 불안하고 처와 자녀 연도 박하다. 잔병치
레가 많다.

24) 木·水·金 (○)

[특징] 사람이 온화하고 심지가 굳으며 선량하나 의지력이 약
하다.

[운세] 부모 덕으로 초반에 성공하고 안락한 생활을 하나 과욕
을 부리면 하루 아침에 패가한다.

[가정과 건강] 가정은 원만하고 자녀가 효순하나 위병이 있다.

25) 木·水·水 (○)

[특징] 이기적이며 돈에만 집착하여 인색하다는 평을 듣는다.

[운세] 낭비가 적어 일시 성공하고 부귀를 얻으나 인생에 파란
이 가끔 닥쳐온다. 과욕을 삼가하면 안정된다.

[가정과 건강] 부모 덕은 약하고 자녀 덕이 없으나 가계는 넉
넉하게 꾸려간다. 심장과 눈에 질병이 있고 겨울 출생자
는 신장이 약하다.

26) 火·木·木 (◎)

[특징] 성실하게 노력하는 사람으로 성격이 유하고 부드럽다.

[운세] 부모의 원조가 있고 윗사람이 잘 돌봐주어 순조롭게 성
공한다.

[가정과 건강] 자녀 덕도 있고 행복한 가정이나 건강에 힘써야
한다. 신장이 약하고 여름 출생자는 심장과 눈병이 있다.

27) 火·木·火 (◎)

[특징] 노력형으로 다소 투쟁적이나 의지력이 미약할 때가 있다.

[운세] 일생이 평온 무사하고 향상 발전하며 행복이 있다.

[가정과 건강] 겨울 출생자는 건강하고 장수한다. 여름 출생자
는 심장이 약하다.

28) 火·木·土 (◎)

[특징] 성격이 쾌활하고 사교적이어서 대인 관계가 원만하다.

[운세] 주위의 도움이 있고 기초가 단단하고 노력한 만큼 거두

어 성공 발전한다. 운세가 좋은 길상이다.

[가정과 건강] 가정도 원만하고 자녀도 잘 자라나 호색으로 문제가 있다.

29) 火·木·金 (×)

[특징] 시작은 있으나 끝이 없는 의지가 약한 성격으로 신경질적이다.

[운세] 일시 성공하나 부하 직원과의 갈등으로 전업하게 되고 환경이 변하여 실패한다.

[가정과 건강] 가정과 자녀가 불행하고 심신이 괴롭다. 뇌일혈의 위험이 있다.

30) 火·木·水 (×)

[특징] 인내력이 있는 외유내강형이다. 단, 시기심이 강하고 투쟁적이다.

[운세] 초년은 화려하나 중년 이후 몰락하여 패가한다.

[가정과 건강] 부모 덕은 있으나 자녀는 노고가 많다. 신장 질환이 있다.

31) 火·火·木 (◎)

[특징] 대인 관계가 원만하여 세인의 호감을 사고 여자는 미모가 출중하다.

[운세] 기초가 확고하며 위·아래 사람들의 도움으로 성공하고

융성 발전한다. 공동 사업이 좋다.

[가정과 건강] 자녀가 효순하고 아내는 가정적이나 심장과 신
장 질환에 유의해야 한다.

32) 火·火·火 (○)

[특징] 성급하고 맹렬하며 열정적인 성격이다. 인내심이 부족
한 것이 결점이다.

[운세] 성난 맹수같이 일에 덤벼들어 일시적으로는 성공하나
과욕을 부려 확장하고 여러 사업에 손 대면 불의의 재난
이 따른다. 끝이 좋지 않다.

[가정과 건강] 가정은 불만이 쌓이고 고독하며 심장에 중병이
들거나 신장병으로 위험하다.

33) 火·火·土 (×)

[특징] 온후하고 착실한 사람이나 뒷심이 부족하다.

[운세] 먼저는 부자이고 나중은 가난한 상으로 초년은 잘 살아
가나 중년 이후 쇠락하여 가난한 만년을 보낸다.

[가정과 건강] 부모 덕은 있으나 자녀 연이 약하고 색정으로
가정이 문제가 쌓인다.

34) 火·火·金 (×)

[특징] 놀기를 좋아하고 조급한 성격이어서 무엇 하나 이루지
못하고 떠돌며 놀기에 힘쓴다.

[운세] 일시 성공하나 허영과 호색으로 패가하고 떠돌며 놀기
에만 열중하여 말년엔 한숨뿐이다.

[가정과 건강] 처와 자녀를 극하고 싸움이 잦다. 모두 경제적인
원인에서 출발되며 대장, 폐장에 병이 깃든다.

35) 火·火·水 (×)
[특징] 조급하고 신경질적인 성질이다. 의욕이 적고 지나치게
세밀하다.
[운세] 일시 성공은 하나 의외의 재난이 있어 생명과 재산상의
손실로 몰락하고 불안정한 생활을 하는 운세이다.
[가정과 건강] 가정 불화 심장병의 발작으로 단명할 수이다.

36) 火·土·木 (△)
[특징] 사람이 착실하고 친절미가 있다.
[운세] 부모의 덕이 있어 일시 성공 발전한다. 그러나 운세의
길흉이 변화가 심하여 만년에는 실패수가 많다.
[가정과 건강] 가정은 불평 불만이 많고 질병이 그치지 않는다.

37) 火·土·火 (◎)
[특징] 지혜 있고 아량이 깊으며 착실하고 윗사람을 공경한
다.
[운세] 부모의 덕이 있고 주위의 도움으로 안정된 생활을 하며
의외의 성공을 거둔다.

[가정과 건강] 가정이 원만하고 신체가 강건하여 장수한다. 자
손 덕은 있다.

38) 火 · 土 · 土 (◎)

[특징] 부지런하며 착실한 노력형이다.

[운세] 자수성가형으로 열심으로 노력하여 성공의 결실을 맺고
주위 사람들과 대인 관계가 좋아 원만하다.

[가정과 건강] 가정이 화목하고 자녀도 효순하여 태평 세월이
며 장수한다.

39) 火 · 土 · 金 (△)

[특징] 원만한 성격이나 약간 소극적이다.

[운세] 어렸을 때부터 집안이 유족했으나 자라면서 가세가 기
울고 중년 이후 몰락하여 노고가 심하다.

[가정과 건강] 처자와 가정은 불행하고 색정으로 가정에 파탄
이 온다.

40) 火 · 土 · 水 (×)

[특징] 눈치만 빠르고 말과 행동이 다르며 남을 미혹하여 성공
을 꾀하려고 한다.

[운세] 초반은 성공하는 듯하나 화가 닥쳐오면 조수가 밀려오
듯 계속 고난이 밀려와 손을 들고 만다. 불안정한 흉운
이 계속된다.

(가정과 건강) 부모 덕은 있으나 자녀 덕이 없고 재난으로 생명의 고비를 많이 겪는다.

41) 火·金·木 (×)

(특징) 의심이 많고 의지력이 약하나 감정에는 민감하다.

(운세) 겉으로는 화려하나 실속은 없고 노력은 하나 열매가 적다.

(가정과 건강) 가정이 불화하고 자녀가 불행하다. 간장과 뇌의 질환이 있다.

42) 火·金·火 (×)

(특징) 행동이 물불을 가리지 않는 무뢰한 같은 성격이다.

(운세) 고독하고 일생이 불안정한 생활이다.

(가정과 건강) 폐와 대장의 병이 있다.

43) 火·金·土 (×)

(특징) 총명하나 의심이 많고 남을 비평하는 습관이 있다.

(운세) 남과 조화가 잘 안 되어 고독하고 외로운 생활을 하며 일신이 불안정하고 번민이 많다. 일시 의외의 성공도 있다.

(가정과 건강) 가정 불화, 가족의 조난 사고가 있으며 심신이 항상 피곤하다.

44) 火·金·金 (×)

[특징] 재능이 있고 총명하나 남과 다투길 좋아한다.

[운세] 불평이 많아 남과 잘 어울리지 못하며 성공이 어렵다. 의외의 재난으로 자녀에게 화가 있다.

[가정과 건강] 가정에 불화가 있다. 폐나 호흡기 계통의 질환이 있다.

45) 火·金·水 (×)

[특징] 의심이 많고 시비가 그치지 않아 남과 어울리지 못한다.

[운세] 가정이 적막하고 고독한 운세로 성공이 어렵다. 질병과 재난이 연속되어 고난의 일생이다.

[가정과 건강] 자녀도 흩어지고 뇌일혈로 고생하거나 급사의 위험이 있다.

46) 火·水·木 (×)

[특징] 의기소침하고 따지길 좋아하며 품행이 바르지 못하다.

[운세] 일생 동안 평안함이 없이 재난이 임하고 질병이 있어 고난의 연속이다.

[가정과 건강] 자녀가 고생하고 질병으로 편할 날이 없다. 혹 일시 성공자도 있다.

47) 火·水·火 (×)

[특징] 신경질적인 성격으로 반항아이다.

주색에 심취하여 가정을 돌보지 않고 떠돌아다니는 풍
전등화의 운명이다.

가정과 건강 일생 주거가 안정되지 못하여 아내와 자식도 뿔
뿔이 흩어진다. 신장병으로 위험하다.

48) 火·水·土 (×)

특징 오만불손하고 거리의 불량배마냥 주위 사람이 손가락질
한다.

운세 겉으로는 문제가 없는 것 같으나 항상 번뇌하며 고민이
많아 술을 마시면 항상 말썽을 부리고 의외의 재난으로
가세가 몰락하여 파멸의 신세다.

가정과 건강 가정에 인연이 없고 자녀도 불화한다.

49) 火·水·金 (×)

특징 욕심이 많고 불평불만이 많다.

운세 운세가 불길하여 불안정한 생활을 한다.

가정과 건강 부모와 인연이 박하고 자녀와의 인연도 없다.

50) 火·水·水 (×)

특징 자신만 잘난 체하고 남이 알아 주지 않는 자만만 떤다.

운세 한때 성공하는 듯하여 기고만장하다가 어느덧 실패하여
실의에 빠져 곤고한 일생이다.

[가정과 건강] 자녀는 불행하고 본인은 신장의 허약으로 병치
레하는 일생이다.

51) 土·木·木 (○)

[특징] 의지가 강하고 성실하게 노력하는 사람이다.

[운세] 가내 평안하고 크게 성공하진 못하나 큰 환난없이 태평
하게 지낸다.

[가정과 건강] 자녀는 고생이 많다. 위병과 혈압의 이상으로 고
통이 있다.

52) 土·木·火 (○)

[특징] 끈질긴 노력가이다.

[운세] 성공운이 비교적 더디나 근면하고 성실하여 하나하나
주춧돌을 쌓듯 재산을 축적하여 부족함이 없이 지낸다.

[가정과 건강] 자녀복이 있고 가내 평안하다.

53) 土·木·土 (△)

[특징] 생각은 똑바르나 노력이 적다.

[운세] 기초가 있어 느리지만 평안하게 지내나 늙게는 고난도
있다.

[가정과 건강] 신장, 방광의 병으로 고생한다.

54) 土·木·金 (×)

[특징] 먹고 놀기를 즐기는 낙천가이다.

[운세] 어떤 일에 열중하지 않으므로 무엇 하나 이루는 것이 없다.

[가정과 건강] 가정 불안, 자녀와 연이 박하다.

55) 土·木·水 (×)

[특징] 성격이 곧고 노력하는 형이다.

[운세] 적으나마 성공을 거두나 운이 따라 주지 않아 겉만 화려하고 실속이 없다.

[가정과 건강] 가정이 흩어지고 유랑한다.

56) 土·火·木 (◎)

[특징] 현실 타개를 위하여 적극적으로 노력하며 여자는 부드럽고 매혹적이다.

[운세] 부모의 덕이 있어 초반부터 어려움 없이 지낸다. 중년 이후 노력하여 명예와 대성공을 이루어 착한 일도 많이 한다.

[가정과 건강] 처와 자녀의 복도 많고 가정이 화평하다.

57) 土·火·火 (○)

[특징] 지혜가 있으나 약간 괴팍한 성격이 있다. 여자는 미인형

이다.

[운세] 초년은 고생하나 자수성가하여 집안을 일으키고 행복한
가정을 이룬다. 타인과 조화를 이루어야 대성한다.

[가정과 건강] 평생이 무난하며 큰 병없이 지낸다.

58) 土 · 火 · 土 (◎)

[특징] 친절하고 적극적인 노력가이다.

[운세] 기초가 안정되고 심신이 평안하여 하는 일이 점점 성취
되고 명예와 부가 쌓인다.

[가정과 건강] 자녀는 평범하나 풍파는 없다.

59) 土 · 火 · 金 (×)

[특징] 지혜도 있고 적극적인 노력가이다. 운이 미약하다.

[운세] 모든 일에 용약매진하나 끝이 없다. 실속이 적어 분주하
기만 하고 열매가 적어 불안한 생활의 연속이다.

[가정과 건강] 자녀의 연이 적고 가정은 불만이 있고 신경병이
있어 고생한다.

60) 土 · 火 · 水 (×)

[특징] 의지가 약하고 신경질적이다.

[운세] 한때 성공하나 의외의 재난으로 재산을 잃고 불안정한
생활을 한다.

[가정과 건강] 가정 불화, 불행의 연속, 뇌일혈에 조심해야 한다.

61) 土·土·木 (×)

[특징] 거만하고 잘난 체하는 성격이다.

[운세] 부모 덕으로 한때는 떵떵거리고 사나 본인이 사회 일선
에 나가니 무엇 하나 이루지 못하고 재산만 날리고 고전
한다. 그러나 말년에 한때 평안한 시기도 있다.

[가정과 건강] 자녀 고생이 많고 위병이 있다.

62) 土·土·火 (◎)

[특징] 성실하고 정직하며 노력하는 타입이다. 여자는 총명하
고 매혹적이다.

[운세] 운이 있으나 성공은 천천히 늦게 온다. 고난 속에 꽃이
피고 열매를 맺어 행복을 만끽한다.

[가정과 건강] 자녀는 고생하나 늦게 부모의 유산으로 행복을
누린다.

63) 土·土·土 (◎)

[특징] 괴팍한 성격으로 융통성이 적다.

[운세] 성공의 속도가 늦다. 그러나 무난한 일생으로 행복하다
고 해야 한다. 나이 들어 운세가 상승한다.

[가정과 건강] 자녀 복이 있고 행복한 가정이다.

64) 土·土·金 (◎)

[특징] 온건하고 착실하다. 단, 소극적인 것이 흠이다.

[운세] 더디 오나 성공은 보장된다. 가정이 평안하고 행복하다.

[가정과 건강] 신체 건강하고 가족 모두 화평하여 항상 웃는 얼굴이다. 단, 호색은 문제를 일으킨다.

65) 土 · 土 · 水 (×)

[특징] 의리 있는 사람이나 남과 시비가 많다.

[운세] 성공속에 문제가 있어 나이가 들면서 점점 쇠락하여 흉운이 밀어닥친다.

[가정과 건강] 가정이 불행하고 질병(위병)이 있어 고달프다.

66) 土 · 金 · 木 (×)

[특징] 감수성이 강하고 예민하나 의심이 많다.

[운세] 윗사람의 혜택으로 한때 평안하나 기초가 없어 의외의 실패로 몰락하여 고난이 계속된다.

[가정과 건강] 부모 덕이 있으나 자녀는 불행하다. 처와 인연도 약하다. 간장이 약하다.

67) 土 · 金 · 火 (×)

[특징] 의지와 감정이 극단적이다.

[운세] 윗사람의 도움이 있다. 한때 성공하나 실속이 적어 가정에 파란이 있고 사업은 실패하여 몰락한다.

[가정과 건강] 자녀가 불행하고 질병의 액운이 있다.

68) 土·金·土 (◎)

[특징] 온건 착실하고 총명하고 인내력이 있다.

[운세] 기초가 안정되어 노력할수록 향상 발전한다. 가문을 일으키고 명예를 얻는 상이다.

[가정과 건강] 부모 덕이 있고 자녀는 효순하다. 신체도 강건하고 장수한다.

69) 土·金·金 (◎)

[특징] 감수성이 예민하고 희로애락의 감정은 극단적이다.

[운세] 남과 화평하면 큰 성공을 거둔다. 노력의 결과가 모두 열매 맺는다.

[가정과 건강] 가정이 평안하고 아내도 건강하고 자녀 복도 있다. 혈압과 간에 조심해야 한다.

70) 土·金·水 (×)

[특징] 감수성이 예민하고 온건 착실하다.

[운세] 성공 발전하나 의외의 재난이 있어 운세가 급전진하여 몰락하는 비운이다.

[가정과 건강] 가정은 적막하고 평안이 없다.

71) 土·水·木 (×)

[특징] 지혜가 있고 침착한 성격이나 의지력이 약하다.

운세 실력은 있으나 노력이 적어 성공의 열매가 적다. 항상
불만이 많다.

가정과 건강 가정은 불행하고 질병의 고난이 있다.

72) 土·水·火 (×)

특징 지혜가 있으나 민감하고 감수성이 강하다.

운세 부모 덕이 없어 초년부터 고난이 많고 파란만장한 생이
계속된다.

가정과 건강 자손의 복이 적고 질병이 있다.

73) 土·水·土 (×)

특징 지혜가 있고 감수성이 있으나 활동성이 약하다.

운세 초년에는 안정되나 중년 이후 의외의 재난으로 몰락하
여 불안정한 생활이 계속된다.

가정과 건강 부모 덕이 적고 자녀가 불행하다. 신장에 병이
있어 급사의 위험이 있다.

74) 土·水·金 (×)

특징 성격은 곧으나 불평 불만이 많고 남과 불화한다.

운세 욕심이 있어 급히 성공을 서두르나 뜻대로 되지 않고 실
패한다. 노력에 비해 얻는 것이 없다.

가정과 건강 처와 자녀의 복이 적다.

75) 土·水·水 (×)

[특징] 정력적이고 수완가이다.

[운세] 젊어 한때 성공하여 동분서주하나 점차 실패하여 몰락
한다.

[가정과 건강] 안정성이 없고 질병, 재난이 겹쳐 고생한다.

76) 金·木·木 (×)

[특징] 감수성이 있는 노력가이다. 의심이 많다.

[운세] 기초가 튼튼하나 의심이 많아 타인과의 공동 사업에서
실패한다.

[가정과 건강] 가족은 분산되고 화평이 없다. 위병으로 고생한
다.

77) 金·木·火 (×)

[특징] 의심이 많고 남과 불화한다.

[운세] 겉으로는 무사 평온하나 사업에서는 성공이 없다. 불평
불만이 많고 주위 사람과 반목한다.

[가정과 건강] 부부간에 화목치 못하고 자녀는 불행하다.

78) 金·木·土 (×)

[특징] 감수성이 강하고 의심이 많다.

[운세] 초년은 그런 대로 잘 지내나 나이들면서 가정이 몰락하여

재산을 잃고 하는 일마다 성사가 안 되고 패운이 짙다.

[가정과 건강] 가정은 비교적 불화가 적으나 질병이 있어 명랑
하지 못하다.

79) 金·木·金 (×)

[특징] 다정다감하고 의심도 많다.

[운세] 환경의 변화가 심하고 마음도 조변석개 안정되지 못하
고 이랬다 저랬다 하여 이루는 일이 없다.

[가정과 건강] 배우자도 생별사별을 되풀이한다. 간장병에 조
심해야 한다.

80) 金·木·水 (×)

[특징] 인내력이 강하고 의심이 많으나 노력형이다.

[운세] 한때 성공하여 잘 지내나 종내는 과욕으로 실패하여 패
가한다.

[가정과 건강] 가족과의 연이 박하여 별거하거나 이별한다.

81) 金·火·木 (×)

[특징] 부드럽고 친절한 성격이나 의지가 약하다.

[운세] 손아랫사람의 도움이 있어 일시 성공하나 점차 하강하
여 쇠퇴하고 몰락한다.

[가정과 건강] 처와 자녀의 연이 적다.

82) 金 · 火 · 火 (×)

[특징] 허영과 사치가 있고 교묘한 말로 남을 속이려 한다.

[운세] 지구력이 떨어지고 남을 속이려는 것이 탄로나 초반은 잘되나 인생 중반 이후 몰락한다. 고독한 상.

[가정과 건강] 가정은 일시 원만하나 변괴가 발생한다.

83) 金 · 火 · 土 (×)

[특징] 남을 꾀하려는 지혜의 언변가이다.

[운세] 기초가 있어 발전도 있으나 결국은 노력만 할 뿐 성사가 없다.

[가정과 건강] 처와 불화하고 가정은 불행하다.

84) 金 · 火 · 金 (×)

[특징] 교만하고 지혜를 믿고 두려움을 모르는 성격이다.

[운세] 겉으로 평온한 듯하나 항상 모사를 꾀하고 일은 하나 이루지 못하고 실패하여 몰락한다.

[가정과 건강] 가정 불화, 자녀 연이 적다.

85) 金 · 火 · 水 (×)

[특징] 고집이 있는 외유내강형이다.

[운세] 하늘의 도움이 적어 노력은 하나 결실을 거두지 못한다. 재산과 생명을 잃을 수이다.

[가정과 건강] 가정이 일시 행복하나 오래 가지는 못한다.

86) 金·土·木 (×)

[특징] 자존심이 강하여 위아래 사람과 마찰이 심하다.

[운세] 처음은 성공하나 환경이 불안정하여 점차 몰락하여 슬픔에 처하는 운세

[가정과 건강] 부모 덕이 있으나 처와 자녀는 불행하다.

87) 金·土·火 (○)

[특징] 윗사람은 공경하나 아랫사람과는 불화한다.

[운세] 부모 덕으로 성공하여 수완 좋은 사람으로 이름이 있다. 한번 흉운이 오면 걷잡을 수 없이 실패한다. 사람과 친화력을 유지해야 한다.

[가정과 건강] 처와 자녀가 화목하다.

88) 金·土·土 (◎)

[특징] 감수성이 있고 성정이 강한 노력가이다.

[운세] 순풍에 돛단 듯 순조롭게 발전하여 부와 명예를 획득한다.

[가정과 건강] 자녀 화평하고 신체 강건하여 장수한다.

89) 金·土·金 (◎)

[특징] 신용이 있고 원만하며 명예욕이 강하다. 단, 의지력이 약

하다.

[운세] 대인 관계가 좋아 목적이 달성되고 사업이 번창하여 행복한 생활을 한다.

[가정과 건강] 가정이 원만하고 신체 강건하여 장수하나 중년 이후 부부간에 문제가 있다.

90) 金·土·水 (×)

[특징] 의심이 많고 항상 비판적이다.

[운세] 처음은 성공하나 오래가지 못하고 돌발적인 사고로 재난이 발생하여 실패하고 몰락한다.

[가정과 건강] 처자와 덕이 없다.

91) 金·金·木 (×)

[특징] 감수성이 예민하고 의심이 많다.

[운세] 겉으로는 안정된 듯하나 안으로는 불안하다. 의외의 재화로 가세가 몰락하고 불행하게 된다.

[가정과 건강] 처와 불화하고 자녀는 불행하다.

92) 金·金·火 (×)

[특징] 언행이 과격하고 쉽게 노하고 쉽게 포기한다.

[운세] 성공한 듯하나 오래가지 못하고 재난으로 사업이 몰락한다. 신체 과로도 한 원인이다.

[가정과 건강] 처와 불목하고 자녀는 불행하다. 호흡기와 간에
이상이 있다.

93) 金·金·土 (◎)

[특징] 온후하고 정열적이며 윗사람을 존경하고 아랫사람을 사
랑한다. 의협심이 있다.

[운세] 순탄하게 성공하여 명예와 부를 이루고 권위가 있다.

[가정과 건강] 자녀도 축복받고 처도 건강하다. 호흡기와 폐의
질병에 유의해야 한다.

94) 金·金·金 (×)

[특징] 지혜의 칼을 갖고 있으나 교만하고 남을 찌르는 말을 잘
한다. 여자는 매혹적이고 지성미가 있다.

[운세] 성공운이 있기는 하나 주위 사람과 불화, 투쟁으로 오래
가지 못하고 몰락한다.

[가정과 건강] 부부간에 생별 사별수가 있다. 폐병이 있다.

95) 金·金·水 (×)

[특징] 민감하고 신경질적이며 편협한 성격이다.

[운세] 성공 발전하다 급락한다. 위험한 징조가 있어 회복하기
힘들다.

[가정과 건강] 가정 불화가 있고 자녀도 수고가 많다. 사고가
있고 건강상 문제도 있다.

96) 金・水・木 (×)

[특징] 외유내강형이며 지략이 있으나 의지력이 약하다.

[운세] 부모의 덕이 있어 의외의 성공 발전을 하나 말년에는 몰락한다.

[가정과 건강] 가정이 불안하고 병약하여 단명의 위험성이 있다.

97) 金・水・火 (×)

[특징] 끈기있게 노력하나 신경질적인 성격이다.

[운세] 부모의 덕이 있고 초반에 일시 성공은 하나 갑자기 재앙이 닥쳐 재산과 명예를 잃고 고전한다.

[가정과 건강] 가정 불행, 급사의 위험이 있다.

98) 金・水・土 (×)

[특징] 자존심만 강하고 남의 말을 듣지 않는다.

[운세] 윗사람의 도움이 있어 인생 초반은 순조롭다. 쉽게 성공하고 쉽게 실패하는 성공과 실패가 교차하는 운세이다.

[가정과 건강] 자녀 불효하고, 아내는 질병으로 고생한다.

99) 金・水・金 (◎)

[특징] 근면 성실하고 명랑하며 기지가 있다.

[운세] 조상의 음덕이 있어 의외의 성공을 거두고 행복한 생활을 즐긴다.

[가정과 건강] 처와 자녀가 행복하고 평안하다. 단, 잔병이 약
간 있다.

100) 金·水·水 (×)

[특징] 사교적이고 쾌활하나 돈에 너무 집착한다.

[운세] 초년은 부모의 혜택으로 쉽게 잘 풀려가나 중년 이후 갑
자기 판단력이 흐려 실패하여 몰락한다.

[가정과 건강] 가정이 불행하고 생명의 위험이 수차례 계속되
고 장수는 어렵다.

101) 水·木·木 (◎)

[특징] 온후 화평한 성격으로 노력형이다. 의타심이 있다.

[운세] 선조의 도움으로 좋은 환경에서 화평을 누리며 성실하
게 살아간다. 처음은 어려운 점도 있었으나 점차 사업이
번창하고 성공 발전한다.

[가정과 건강] 가정은 행복하고 자녀도 창성하고 건강하여 장
수한다.

102) 水·木·火 (○)

[특징] 기지가 있고 감수성이 풍부하다.

[운세] 부모의 덕이 있어 성공 발달하여 평안을 유지한다. 그러
나 초년은 복이 있으나 말년에 패운이 있다.

[가정과 건강] 가정은 기복이 있고 자녀도 불만이 있다. 신체는
질병이 있어 항상 조심해야 한다.

103) 水・木・土 (◎)

[특징] 기지가 있고 명랑하며 성실하다.

[운세] 윗사람의 혜택을 얻어 순조롭게 성공하며 계속 발전한
다. 재산도 늘어가고 신용도 쌓여 점차 크게 성장한다.

[가정과 건강] 가정이 화목하고 자녀도 효순하며 몸과 마음이
평안하니 장수한다.

104) 水・木・金 (×)

[특징] 온화하나 외유내강형이며 음험한 성격도 있다.

[운세] 한때 성공하여 부귀를 누리나 점차 하강하여 끝내 실패
하고 몰락한다.

[가정과 건강] 부모의 혜택은 있으나 자녀는 고생이 많다. 위병
이 있고 재난이 자주 닥친다.

105) 水・木・水 (×)

[특징] 온화하고 감수성이 풍부하다.

[운세] 초년에 고생하나 중년 이후 한때 성공하고 순조롭게 지
내다 돌연 재난이 닥쳐 파멸한다.

[가정과 건강] 가정은 원만하나 병약하여 단명한다. 신장병에
유의하면 단명이나 급사를 면할 수 있다.

106) 水·火·木 (×)

[특징] 온화하고 기지가 있으나 조급한 성격이다.

[운세] 기초가 단단하여 어느 정도 발전 성공하나 중년 이후 중도에 돌발적인 재난으로 실패하여 불행하다.

[가정과 건강] 가정은 비교적 안정되나 심장병과 방광에 질병이 있어 고생이 많다.

107) 水·火·火 (×)

[특징] 기지가 있고 감수성이 풍부하나 성격이 조급하고 난폭성이 있다.

[운세] 실패와 성공이 자주 교차되는 변화가 많은 운세이다. 파란이 많아 편할 날이 없다.

[가정과 건강] 부모 덕도 약하고 처와 자녀 연도 없다. 폐와 기관지에 질병으로 단명한다.

108) 水·火·土 (×)

[특징] 다급한 성격에 의기소침한 점이 있다.

[운세] 기초가 단단하나 돌발 사태로 성공은 못하고 계속 실패만 하고 불행이 연속된다.

[가정과 건강] 가정은 비교적 평온하나 질병으로 급사할 위험이 있다. 단, 기이하게 안정된 생활을 하는 사람도 있다.

109) 水·火·金 (×)

[특징] 초조해하고 조급하며 의기소침해하는 성격이다.

[운세] 일생이 순탄치 못하다. 성공한 듯하나 바로 실패한다. 주
위와 다투거나 불화가 있어 실패의 골이 깊어진다.

[가정과 건강] 처와 자식을 극하고 질병에 시달린다.

110) 水・火・水 (×)

[특징] 자존심이 너무 강하고 다른 사람과 불화가 잦다.

[운세] 운세가 따라주지 않아 의외로 재산을 날리고 상심한다.

[가정과 건강] 가정 불화가 잦고 생별 사별도 있을 수 있다. 심
장병으로 단명하다.

111) 水・土・木 (×)

[특징] 사치와 허영심이 있고 오만한 성격이다.

[운세] 환경의 혜택도 적고 조상의 덕도 없어 불안정한 인생이
다. 노력은 하지만 어려운 장애가 가로막고 성취가 되지
않는다.

[가정과 건강] 처와 자녀의 연이 적어 불화와 충돌이 잦다. 단,
이 운에서 영웅적인 인물이 탄생하기도 한다.

112) 水・土・火 (×)

[특징] 조급한 성격에 사치와 허영심이 있다.

[운세] 인생 초반의 어려움을 극복하고 일시적으로 성공한다. 그
러나 장애가 계속 밀어닥쳐 불안정한 생활이 계속된다.

[가정과 건강] 가정이 불행하고 단명하다.

113) 水 · 土 · 土 (×)

[특징] 감수성이 풍부하고 허영심이 가득하며 의지가 약하다.

[운세] 어려움을 극복하면서 점차 발전하여 비교적 안정된 생활을 하나 인생 후반기에 돌발 사태로 어려움이 밀어닥쳐 몰락한다.

[가정과 건강] 가정에도 재앙이 밀어닥친다.(풍, 수, 화재의 재앙과 질병이 따른다.)

114) 水 · 土 · 金 (×)

[특징] 의지가 약하나 세밀한 성격에 남에게 신뢰감을 준다.

[운세] 소극적인 성격이나 과욕을 삼가하여 비교적 안정 발전한다. 불의의 재난에 조심해야 한다. 인생 후반기가 비운의 운세이다.

[가정과 건강] 가정도 불의의 재난이 있고 과로하여 건강에 큰 문제가 발생한다.

115) 水 · 土 · 水 (×)

[특징] 온화하고 의기소침한 성격에 허영심이 있다.

[운세] 인생에 장애가 밀어닥쳐 매우 곤고하게 지낸다. 한때 잘 나간다 싶으면 곧 어려움이 닥쳐 실패하고 만다. 변화가 많은 운세이다.

[가정과 건강] 가정은 불평 불만이 많고 화평이 없다. 심장병으로 단명하다.

116) 水·金·木 (×)

[특징] 감수성이 강하고 민감하며 소심하고 의심이 많다.

[운세] 처음은 성공 발전하며 안정된 듯하나 중년부터 변화가 심하여 불안하고 장애가 닥쳐와 실패가 반복된다. 풍파가 많은 상.

[가정과 건강] 부모를 일찍 여의고 처와 자녀의 인연도 그렇게 복되지 못하다.

117) 水·金·火 (×)

[특징] 과욕을 부리고 행동의 폭이 너무 커 비난의 대상이 된다.

[운세] 과욕은 패가한다. 실패가 있으며 오버 액션이 심하여 돈키호테라고 부른다.

[가정과 건강] 늙어 가정이 불안하고 흉한 일이 처와 자녀에게 밀려든다.

118) 水·金·土 (◎)

[특징] 재치가 있고 두뇌가 명석하며 노력하는 실천가이다.

[운세] 아침 일찍부터 부지런히 노력하는 덕택으로 초반의 어려움이 극복되고 점차 향상 발전하여 명예와 재산이 축적되어 한 도시의 유명 인사가 된다.

[가정과 건강] 가정이 평안하고 자녀도 효순하나 여자는 부도를 지켜야 해로한다.

119) 水 · 金 · 金 (×)

[특징] 외유내강형으로 재치가 있고 자존심도 강하다.

[운세] 쉬지 않고 노력하는 형으로 어느 정도 성공 발전하나 운세가 미약하여 성공도 잠깐 다시 실패하고 제자리로 돌아온다. 남과 잘 어울리면 재난이 감해진다.

[가정과 건강] 처와 자녀와 불화하고 폐(기관지 포함)의 병이 깊다.

120) 水 · 金 · 水 (×)

[특징] 감수성이 강하고 허영심이 있다.

[운세] 인생 초반에 일이 잘 풀려 나가 사치와 허영에 들떠 있다 보니 어느덧 몰락이 찾아와 실의에 빠진다. 다시 회복하지 못하고 고난의 연속이다.

[가정과 건강] 가정의 연이 박하다. 심장이 약하고 신장에 중병이 있다.

121) 水 · 水 · 木 (×)

[특징] 자존심이 강하고 너무 자신을 과대평가하여 비난을 받는다.

[운세] 크게 성공하는 예도 있으나 불의의 재난을 받아 실패하는 예가 더 많다. 극단적인 운세에서 허황된 꿈을 꾸다 실패하는 운세이다.

[가정과 건강] 가정에는 풍파가 많고 고독하다. 가정이 평안한

자는 대성공한다.

122) 水 · 水 · 火 (×)

[특징] 독립심이 강하나 자기 과신이며 허영심이 많다.

[운세] 끈기가 없어 실패하나 항상 자신을 과신하고 다시 일에 달려드나 성사가 안 된다. 일생에 파란이 중첩된다.

[가정과 건강] 아내를 잃고 자녀와도 연이 없어 고독한 운명이다.

123) 水 · 水 · 土 (×)

[특징] 재기가 번뜩이고 자신의 과신이 지나치다.

[운세] 한때 성공하여 기고만장하나 어느덧 실패의 나락으로 떨어진다. 불의의 재난이 겹치는 상으로 인생이 황폐하다.

[가정과 건강] 가정이나 처, 자녀 모두 불운하고 단명수가 있다.

124) 水 · 水 · 金 (×)

[특징] 확실한 실천가이다.

[운세] 크게 성공하는 사람도 있으나 대부분 일시 성공했다가 운세 미약으로 돌발 사고로 몰락한다.

[가정과 건강] 중년 후에 가정에 대재난이 밀어닥친다. 단명수도 있다. 개중에는 대성공하는 예외적인 인물도 나온다.

125) 水 · 水 · 水 (×)

[특징] 지나친 과대망상형이다.

[운세] 정신적인 문제가 있어 큰 것을 꿈꾸고 항상 동화속에서 지낸다. 일생에 무엇 하나 성취되지 않고 이상의 꿈속에서 허우적거린다.

[가정과 건강] 가정은 흩어지고 불안과 고독만 있다. 눈이 어둡고 심장에 중병이 있고 신장은 쓸모가 없다.

제3장
한글 이름

1. 예쁜 한글이름

요즘은 예쁜 한글이름도 많이 등장한다.

뒷면에 첨부된 한글이름 짓는데 도움이 될 예쁜 이름 자료가 있으니 참고하여 이름을 짓되 다음 사항을 주의한다.

● 이름은 소리가 듣기 좋고 발음이 부드러우며 뜻도 또한 좋고 흔하지 않고 개성이 있으면 더욱 좋다.

● 이름이 집안 식구나 주위 동네에 너무 흔한 것은 아닌지 살펴보아야 한다.

2. 한글이름의 성명 철학

한글이름에 성명철학까지 동원할 필요는 없겠지만 구태여 따진
다면 다음과 같이
　(1) 글의 뜻이 명확하고 좋은 것을 의미하고
　(2) 수리 즉 글자 획수가 길한 것이며 음양이 조화되고
　(3) 음양오행과 이름의 천·인·지 삼원이 좋은 운세라면 금상
첨화이겠다.

(1) 한글이름의 음양

　양 – 글자의 획수가 1, 3, 5, 7, 9
　음 – 글자의 획수가 2, 4, 6, 8, 10
　이름에는 음양이 섞여 있어야 좋고 전부 음이거나 전부 양이면
운명 철학상 좋은 것으로 보지 않는다.
　양은 남자를 의미하고 쾌활 명랑하며, 음은 여자를 의미하고 우
울, 고독을 상징하므로 한 가지만 있으면 음양이 조화되지 않아 만

물이 성장할 수 없듯이 음만 있으면 여자가 주장이 세고 남자가 쇠약해지며 음울한 성격이 되며 건강상 신장이나 방광, 습병 등이 있을 수 있다.

양만 있으면 남자의 기가 너무 세서 독단적이며 방약무인한 성격에 신경 계통 질환과 심장 계통이 나쁠 수 있다.

(2) 한글 발음 · 획수의 음양 오행

발음	ㄱ, ㅋ	ㄴ, ㄷ, ㄹ, ㅌ	ㅇ, ㅎ	ㅅ, ㅈ, ㅊ	ㅁ, ㅂ, ㅍ
오행	木	火	土	金	水
획수	1, 2	3, 4	5, 6	7, 8	9, 10

예를 들면 가는 ㄱ, 木오행 나는 ㄴ, 火오행이다.

① 한글 기초 획수

자음 ㄱ ㄴ ㄷ ㄹ ㅁ ㅂ ㅅ ㅇ ㅈ ㅊ ㅋ ㅌ ㅍ ㅎ
　　　 1 1 2 3 3 4 2 1 3 4 2 3 4 3
모음 ㅏ ㅑ ㅓ ㅕ ㅗ ㅛ ㅜ ㅠ ㅡ ㅣ
　　　 2 3 2 3 2 3 2 3 1 1

② 한글 획수와 오행

[한글 1획 글자]

ㅡ ㅣ(木)

한글 2획 글자

(ㄱ ㅋ)

그, 기 (木)

(ㄴ, ㄷ, ㄹ)

느, 니 (火)

(ㅇ ㅎ)

으 이 (土)

한글 3획 글자

(ㄱ, ㅋ)

가, 거, 고, 구, 끄, 극, 근, 긍, 끼, 긱, 긴, 깅, 크, 키 (木)

(ㄴ, ㄷ, ㄹ, ㅌ)

나, 녀, 노, 누, 늑, 는, 능, 닉, 닌, 닝, 드, 디 (火)

(ㅇ, ㅎ)

아, 어, 오, 우, 윽, 은, 웅, 의, 익, 인, 잉 (土)

(ㅅ, ㅈ, ㅊ)

스, 시 (金)

한글 4획 글자

(ㄱ, ㅋ)

까, 각, 간, 강, 개, 걱, 건, 경, 게, 겨, 곡, 곤, 공, 괴, 교, 국, 군,
귀, 규, 끅, 끈, 굿, 끽, 깃, 낑, 카, 커, 코, 큭, 큰, 쿵, 킥 (木)

(ㄴ, ㄷ, ㄹ, ㅌ)

낙, 난, 낭, 내, 넉, 넌, 넝, 녀, 녹, 논, 농, 뇌, 뇨, 눈, 뉴, 다, 더,
도, 두, 득, 든, 등, 르, 리, 트, 티(火)

(ㅁ, ㅂ, ㅍ)

므, 미 (水)

(ㅅ, ㅈ, ㅊ)

사, 서, 수, 슥, 슨, 숭, 식, 신, 싱, 즈, 지 (金)

(ㅇ, ㅎ)

악, 안, 앙, 애, 야, 억, 언, 엉, 에, 여, 옥, 온, 옹, 외, 요, 욱, 운, 웅, 외, 위, 유, 웃, 잇, 흐, 히 (土)

한글 5획 글자

(ㄱ, ㅋ)

깍, 깐, 깡, 객, 갠, 갱, 견, 경, 계, 꼭, 꼰, 꽁, 과, 꾀, 굉, 꾹, 꾼, 꿍, 궉, 균, 글, 금, 길, 김, 칵, 칸, 캉, 콕, 콘, 콩(木)

(ㄴ, ㄷ, ㄹ, ㅌ)

녁, 년, 녜, 닐, 님, 단, 당, 대, 덕, 독, 돈, 동, 둔, 라, 로, 루, 륵, 릉, 타, 터, 토, 투, 특 (火)

(ㅁ, ㅂ, ㅍ)

마, 모, 무, 민, 브, 비, 프, 피 (水)

(ㅅ, ㅈ, ㅊ)

삭, 산, 상, 새, 석, 선, 성, 세, 셔, 속, 손, 송, 쇠, 숙, 순, 숭, 쉬, 슈, 쓰, 씨, 싯, 자, 저, 조, 주, 증, 직, 진, 징, 츠, 치 (金)

(ㅇ, ㅎ)

액, 앤, 앵, 약, 양, 애, 음, 하, 허, 호, 후, 흑, 흔, 희, 힉, 힌 (土)

한글 6획 글자

(ㄱ, ㅋ)

깎, 갈, 감, 갹, 걸, 검, 골, 곽, 관, 광, 쾌, 굴, 권, 궤, 끔, 급, 낌, 캇, 캑, 컷, 켠, 큼 (木)

(ㄴ, ㄷ, ㄹ, ㅌ)

남, 넜, 눌, 님, 덧, 또, 뚜, 락, 란, 랑, 래, 려, 록, 론, 롱, 뢰, 료,
룩, 룬, 룽, 류, 탁, 탄, 탕, 태, 톡, 톤, 통, 퇴 (火)

(ㅁ, ㅂ, ㅍ)

막, 만, 망, 매, 먀, 먹, 먼, 멍, 며, 목, 몬, 몽, 묘, 묵, 문, 뭉, 뮤,
바, 버, 보, 부, 븍, 븐, 빅, 빈, 빙, 파, 퍼, 포, 푸, 픈, 픽, 핀, 핑
(水)

(ㅅ, ㅈ, ㅊ)

색, 샌, 생, 섞, 섯, 솨, 쑤, 쑥, 쓴, 슬, 슴, 씩, 실, 심, 씽, 작, 잔,
장, 재, 적, 전, 정, 제, 족, 존, 종, 죽, 준, 중, 즛, 짓, 차, 처, 초,
추, 측, 츤, 층, 칙, 친, 칭 (金)

(ㅇ, ㅎ)

알, 암, 얼, 엄, 엮, 올, 완, 왕, 왜, 울, 원, 읍, 입, 학, 한, 항, 해,
헉, 헌, 혀, 혹, 혼, 홍, 효, 훈, 휴, 힛 (土)

한글 7획 글자

(ㄱ, ㅋ)

깔, 깜, 갑, 껌, 겁, 결, 겸, 쫴, 꿀, 꿈, 쾌 (木)

(ㄴ, ㄷ, ㄹ, ㅌ)

납, 넙, 달, 담, 땅, 때, 떡, 떤, 떵, 똑, 돌, 똥, 뚝, 뚱, 랭, 략, 량,
력, 련, 례, 룡, 륙, 륜, 륭, 름, 림, 택, 탱 (火)

(ㅁ, ㅂ, ㅍ)

맥, 맨, 맹, 멋, 메, 멱, 면, 명, 메, 못, 밀, 박, 반, 방, 복, 본, 봉,
북, 분, 붕, 빗, 판, 퍽, 펀, 평, 폭, 폰, 퐁, 표, 푹, 푼, 풍, 퓨

(ㅅ, ㅈ, ㅊ)

싹, 싼, 살, 삼, 쌍, 썩, 썬, 설, 섬, 썽, 쏙, 쏜, 솔, 쏭, 쇄, 쐬, 쑥, 쑨, 술, 쑹, 습, 십, 쟁, 좌, 즐, 즘, 찌, 질, 짐, 찬, 창, 채, 척, 천, 청, 체, 촉, 촌, 총, 최, 축, 춘, 충, 취 (金)

(ㅇ, ㅎ)

압, 업, 열, 염, 율, 핵, 핸, 행, 향, 혁, 현, 형, 혜, 화, 획, 훙, 흘, 흠, 힐 (土)

한글 8획 글자

(ㄱ, ㅋ)

깝, 껍, 꼄, 겹, 괄, 궐, 캅, 컵, 콤, 쿱 (木)

(ㄴ, ㄷ, ㄹ, ㅌ)

녑, 놀, 답, 덧, 랄, 람, 립, 탈, 탐 (火)

(ㅁ, ㅂ, ㅍ)

말, 맛, 맡, 멀, 몰, 물, 뭍, 백, 벽, 변, 병, 빌, 팽, 퍅, 평, 폐, 필 (水)

(ㅅ, ㅈ, ㅊ)

삽, 샐, 샘, 쌕, 섭, 쎈, 쏜, 짜, 잘, 잠, 절, 점, 쪼, 졸, 쭈, 쥴, 즙, 쫑, 찍, 집, 찡, 책, 챙, 촤, 츰, 칠, 침 (金)

(ㅇ, ㅎ)

엽, 왈, 월, 할, 함, 헐, 험, 홀, 확, 황, 홰, 홅, 횐, 훼, 훍, 흡 (土)

한글 9획 글자

(ㄴ, ㄷ, ㄹ, ㅌ)

딸, 돐, 렬, 렴, 률, 탑 (火)

(ㅁ, ㅂ, ㅍ)

맑, 맬, 멸, 묽, 벌, 붉, 쁘, 삐, 팔, 품, 핍 (水)

(ㅅ, ㅈ, ㅊ)

쌌, 쌈, 썰, 쏠, 짝, 짠, 잡, 짱, 째, 접, 쪽, 쭉, 쭌, 찰, 참, 철, 첨, 촐, 출, 췌, 칩 (金)

(ㅇ, ㅎ)

앏, 없, 읊, 합, 혈, 혐, 흝 (土)

한글 10획 글자

(ㄴ, ㄷ, ㄹ, ㅌ)

렵 (火)

(ㅁ, ㅂ, ㅍ)

밝, 별, 뽀, 뿌, 삑, 삔, 삥 폅 (水)

(ㅅ, ㅈ, ㅊ)

썹, 찜, 찹, 첩, 춥 (金)

(ㅇ, ㅎ)

옮, 협, 활 (土)

한글 11획 글자

(ㅁ, ㅂ, ㅍ)

빡, 빤, 빵, 빼, 빽, 뺀, 뺑, 뽁, 뽄, 뽕, 뿍, 뿐, 뿡 (水)

(ㅅ, ㅈ, ㅊ)

짤, 짬, 쩔, 쩜, 쫄, 쭐, 촬 (金)

(ㅇ, ㅎ)

핥, 훑 (土)

한글 12획 글자

(ㄴ, ㄷ, ㄹ, ㅌ)

뚫 (火)

(ㅁ, ㅂ, ㅍ)

빽, 뼉 (水)

(ㅅ, ㅈ, ㅊ)

짭 (金)

[한글 13획 글자]

(ㅁ, ㅂ, ㅍ)

빨, 밟 (水)

(3) 실제 한글이름의 풀이

가성	김	슬	기
1	+ 5	6	2
	양	음	음

天格 = 성 + 1 = 6(土)

人格 = 성 + 이름첫자 = 11 = 1 (木)

地格 = 이름첫자 + 이름둘째자 = 8 (金)

(음양 조화된다)

가성2	금	잔	디
1	+ 5	6	3
	양	음	양

天格 = 6 (土)

人格 = 11 (木)

地格 = 9 (水)

(음양 조화된다)

3. 한글이름용 글자

(작명참고자료 : 성 다음에 오는 글자)
★ 자주 쓰는 이름
이름 : 뜻과 예

ㄱ

★ 가득 : (한가득)
가득찬 : 가득하게 차 있는
가득참 : 가득하게 참
★ 가람 : 강의 옛말(한가람)
가람이 : 강이
가람큰 : 강이 큰
가시내
★ 가을 : 계절 (한가을)
가을등
가을땅
가을빛 : 가을의 빛
가을샘

가을숲 : 가을수풀

갈꽃 : 가을 꽃

갈꽃남 : 가을 꽃이 피어남

갈나래 : 가을 날개

갈나무 : 떡갈나무

갈마당 : 가을마당

갈샘 : 가을샘

갈샘터

갈숲 : 가을숲

갈슬기

갈시내

★ 검 : 신(신검, 박검)

★ 겨레(한겨레)

★ 겨울 : 계절(한겨울)

겨울꽃 : 겨울의 꽃

겨울비 : 겨울의 비

고드미 : 곧음이

고로새 : 나무 이름

★ 고른 : (한고른)

고른빛

고른이

고요 : 조용

고요남 : 고요하게 태어남

고요히

★ 고운 : 예쁜 : (한고운)

고운꽃
고운글 : 아름다운 글, 예쁜 글
고운길 :
고운나
고운날
고운내
고운님
고운달
고운들
고운뜰
고운물
고운별
고운봄
고운빛
고운아침
고운잎
고운찬 : 아름다움이 찬
고운풀
★ 고을 : 마을 : (김고을)
고을길
고을빛
고이 : 곱게
곰누리 : 곰이 사는 세상
곰마을 :
곰바위

★ 구름
　구름골
　구름꽃
★ 구슬 : (한구슬,옥구슬,김구슬)
　구슬꽃
　구슬빛
★ 구슬이(김구슬이)
　굳센 : 힘이 센
　굳셈
★ 그림 : (한그림)
　글
　글고운
　글꽃 : 배움꽃
　글마니 : 배움을 많이
　글마당 : 배움의 마당
　글마을
　글모듬
　글모음
　글바다
　글바름
★ 글보라
　글봄
★ 글빛 : (한글빛)
　글빛나
　글샘 : 배움의 샘

글소리
글슬기
글슬아
글시내
글아씨
글예술
글피리
글한나
글한샘
금보라
★ 금잔디
★ 기둥 : (한기둥) 받치는 나무
기림 : 격려해 줌
기쁘나
기쁘리
기쁘미
★ 기쁜(이기쁜)
기쁜님
기쁜땅
기쁜봄
기쁜샘
★ 기쁨 : (한기쁨)
기쁨꽃
기픈골
기픈물

긴바다
긴보라
긴봄날
긴사랑
긴솔
긴여름
★ 길 : (한길)
길고운
길꽃
길나라
★ 길벗(이길벗)
길하나
길하얀
깊은골
깊은맘
깊은물
깊은샘
★ 꽃(박꽃)
꽃가득
꽃가람
꽃가을
꽃고운
꽃구름
꽃구슬
꽃그림

꽃길

꽃나라

꽃나래

꽃나비

★ 꽃난(이꽃난)

★ 꽃남(김꽃남)

꽃노란

꽃누리

★ 꽃님(김꽃님)

꽃다운

꽃들

꽃란

꽃마을

꽃무리

꽃물결

꽃바다

꽃바람

꽃바위

★ 꽃밭 : (한꽃밭)

꽃보라

꽃봄

꽃사랑

꽃샘

꽃샘터

꽃송이

꽃수레
꽃슬기
꽃시내
꽃아름
꽃아씨
꽃이슬
꽃잔디
꽃한나
꽃한빛
꿈
꿈나라
꿈마을
꿈미리
꿈바위
꿈시내
꿈아름
꿈하얀
꿈한나

ㄴ

★ 나 : (한나양) (하나양)
나라
나랑
나래
나루

나무
★ 나영 : (김나영)
나하나
★ 난 : (엄난, 김난)
난보라
난사랑
★ 날개 : (은날개)
노다지
★ 노란 : (한노란)
노란길
노란꽃
노란꿈
노란뜰
★ 누리 : (한누리)
눈
눈길
눈나라
눈섬
눈아름
눈아침
늘
늘기쁜
늘기쁨
늘꽃
늘보라

늘보람
늘보름
★ 늘봄
늘봄꽃
늘봄길
늘봄난
늘봄날
늘빛나
늘빛난
늘사랑
늘새롬
늘슬기
늘아람
늘아름
늘아침
늘알뜰
늘알찬
늘알참
늘여름
늘예쁜
늘잔디
늘파란
늘푸른
늘푸름
늘풀빛

늘하늘
늘하얀
늘한빛
늘한샘
늘힘찬
★ 님

ㄷ

다고운
다모아
다보라
다사랑
다슬기
★ 다운 : 정다운
다채로운
다파란
다푸른
다하얀
★ 단 : (김단)
단골
단꿀
단꿈
단봄
★ 단비(금단비)
달고운

달나라
★ 달님 : (김달님)
달님이
달무늬
달무리
달밤
달빛
★ 대 : (갈대)
대꽃
대나무, 참대나무
★ 대마을(왕대마을)
대보라 : 진대보라
더고운
더기쁜
더기쁨
더새론
더새롬
더서늘
더영근
더큰
더큼
더파란
더푸른
더푸름
더하얀

★ 도우미 : (임도우미)

　도움이

　돌 : (김돌)

　돌나라

　돌마낭

　돌마루

　돌마을

　돌무리

　돌믿음

　돌바우

　돌바위

　돌샘

★ 돌쇠 : (김돌쇠)

★ 두나 : (이두나)

　두루미

★ 두리

　두메

　둘리

★ 둥근 : (오둥근)

　들길

　들꽃

　들빛

　땅

　땅땅

　땅땅땅

땡칠이
★ 떨기 : (한떨기)
뜨락
뜰
뜰꽃
뜰나라
뜰누리
뜰빛

ㅁ

마니산
★ 마당 : (한마당)
마당골
마당빛
마루 : (용마루)
마루타
마리나
★ 마을 : (김마을)
마을꽃
마을길
마을봄
마을샘
★ 마음 : (한마음)
마음터
마파람

맑은땅

맑은들

맑은봄

맑은샘

맑음

맑음이

맘

맘푸른

멧마루

멧바위

모두

모두나

모두봄

모아 : (다모아)

무미랑

무리

물

물누리

물미리

물바위

물보라 : (금물보라)

물조은

★ 미리 : (견미리)

미리내

미쁜

미쁜아
미쁜이
믿음
밀 : (오밀조밀)

ㅂ

★ 바다 : (한바다)
　바다로
★ 바로 : (똑바로)
　바로나
★ 바른
　바른글
　바른길
　바른내
　바른빛
★ 바위 : (검바위)
　바위샘
　바위숲
　바위재
　바윗골
　밝은꽃
　밝은꿈
　밝은땅
　밝은들
　밝은빛

밝은샘

★ 밝음

밤섬

★ 방울 : (은방울자매)

배 : (떡배)

배눈

배움

배움터

★ 범 : (한범)

범꿈

범나라

범누리

범다운

범마을

범무리

범바위

★ 별 : (김별)

별꽃내

별꽃님

별구슬

별나라

별나리

별누리

별다운

별모음

별무늬
별무리
별바다
별빛
별사랑
별새나
별새라
별하나
별하늘
★ 보들 : (한보들)
★ 보라 : (금보라)
보라미
보라빛
★ 보람 : (한보람)
보람아
★ 보름
★ 보름달 : (한보름달)
보리
보리나
보리밭
보리빛
보리숲
★ 보미
보미나
보미랑

★ 보배 : (김보배양)
★ 봄 : 늘봄
　봄가득
　봄가람
★ 봄꽃길
　봄꽃내
　봄꽃님
　봄꽃밭
　봄꽃샘
★ 봄길
　봄나라
★ 봄나리
　봄마당
　봄마을
　봄마음
　봄바다
　봄바위
★ 봄버들
★ 봄보라
　봄보리
　봄비
　봄사랑
　봄새날
　봄새롬
　봄소리

봄슬기
봄아름
봄아씨
봄이랑
봄이름
봄이슬
봄푸른
봄푸름
봄풀빛
★ 빛 : (금빛, 은빛)
빛가득
빛고운
빛고을
빛골
빛구슬
★ 빛나 : (한빛나양)
빛나라
빛나리
빛나미
빛노란
빛누리
빛마당
빛마루
빛마을
빛마음

빛보라
빛보미
빛사랑
빛슬기
빛아름
빛아침
빛이슬
빛잔디
빛조은
빛푸른
뿌리

ㅅ

★ 사랑 : (다사랑)
사랑꽃
사랑해
싹
★ 산 : (백산)
산가시내
산가을
산까치
산고을
산꽃
산구름
산구슬

산마음
산무리
산미리
산보라
산보람
산보미
산보배
산사랑
산소리
산슬기
산시내
산아름
산아침
산이슬
산푸른
산푸름
새길터
새남이
★ 새땅
새돋음
새들길
새들녘
새들빛
새로 : (한새로양)
새로나

새벗
새보미
★ 새봄
새빛
새샘터
새소리
★ 새아침
새암
새암이
새암터
새한꽃
새한길
새한님
새한벗
새한빛
새한샘
새한잎
★ 샘 : 한샘
샘골
샘나라
샘누리
샘바위
★ 서라 : (김서라)
★ 서리 : (한서리)
★ 선 : (이선)

★ 섬 : (돌섬)

　소다미

★ 소담

　소담이

★ 소라

★ 소리

★ 솔 : (한솔)

★ 솔길 : (오솔길)

　솔마당

　솔마을

　솔밭

　솔봄

　솔빛

　솔아람

　솔아름

★ 솔잎 : 오솔잎

　솔푸른

　솔하나

★ 송이 : (한송이양)

★ 쇠들

　쇠바위

　쇠빛

★ 슬기 : (김슬기)

★ 슬비 : (이슬비)

　슬빛

★ 씨 : (홍씨)
★ 시내 : (윤시내)
  신나
  신남
★ 실 : (청실, 홍실)

ㅇ

★ 아람 : (한아람)
★ 아름 : (한아름)
  아씨
★ 아침
★ 암 : (박암)
  어진
★ 얼 : (한얼)
★ 여름 : (한여름)
★ 여울
  열매
★ 열음
★ 영 : (이영, 김영)
  예나
  예난
  예술
  오렌지
★ 오름
★ 우람

★ 우리 : (한우리)
★ 우물 : (한우물)
  움
★ 으뜸
★ 은하 : (김은하, 심은하)
  은하수
  이삭
★ 이슬
  임

ㅈ

★ 잔디 : (금잔디)
  재
  조아
★ 조은
  조은맘
★ 집 : (김집)

ㅊ

  차
  찬
  참
  채운
★ 철 : (이철, 김철)

ㅋ

큰

큰꽃

큰꿈

큰길

큰누리

큰님

ㅌ

★ 튼튼

ㅍ

파란

★ 포근

푸근

푸른

풀

풀빛

ㅎ

하

★ 하나(김하나)

하늘

하모

한

★ 한가람
　한가위
★ 한겨레
　한꽃
★ 한길 : (오한길)
★ 한나 : (이한나)
　한나라
　한마리
　한마을
　한마음
　한샘
　한얼
★ 한올 : (김한올)
　한우물
　해미리
　햇살
★ 희야
　흰
　흰구름
　흰날개
　힘

제4장
작명참고자료

1. 탤런트 · 배우 · 가수 · 희극인의 친근감 있는 예명 사례 (국내 58명)

■ 탤런트　　　　　　　　　　　　　본　명
- 김동현(金東鉉) ………………………… 김호성
- 김세윤(金世潤) ………………………… 김창세
- 김수미(金守美) ………………………… 김영옥
- 김윤경(金允景) ………………………… 김홍복
- 김　청(金　淸) ………………………… 김청희
- 나문희(羅文姬) ………………………… 나경자
- 남성훈(南星勳) ………………………… 권성준
- 남일우(南一友) ………………………… 남철우
- 노주현(盧宙鉉) ………………………… 노운영
- 박진성(朴眞星) ………………………… 박춘규
- 반효정(潘曉靜) ………………………… 반만희
- 백인철(白仁鐵) ………………………… 이용진
- 변희봉(邊希峯) ………………………… 변인철
- 서우림(徐佑林) ………………………… 서희자

- 신 구(申 久) ·································· 신순기
- 오솔미 ···································· 한혜선
- 오지명(吳知明) ···························· 오진홍
- 윤다훈 ···································· 남광우
- 윤승원(尹承園) ···························· 윤승국
- 이수나(李水那) ···························· 이순재
- 임동진(林東眞) ···························· 임동철
- 정혜선(鄭惠先) ···························· 정영자
- 주 현(朱 鉉) ···························· 주일춘
- 허 진(許 眞) ···························· 허옥숙
- 현 석(玄 錫) ···························· 백서헌

■ 영화배우   본 명
- 남궁원(南宮遠) ···························· 홍경일
- 독고영재 ·································· 전영재
- 신성일(申星一) ···························· 강신영
- 심혜진(沈惠眞) ···························· 심상군(沈尙君)
- 옥소리 ···································· 옥보경
- 임성민(林成敏) ···························· 임관배
- 한지일(韓支壹) ···························· 한정환

■ 희극인   본 명
- 강 석(姜 錫) ···························· 전영근
- 김현영(金賢英) ···························· 김용녀
- 오재미(吳在味) ···························· 오재희(吳在熙)

- 이영자(李英子) ……………………………… 이유미
- 임하룡(林河龍) ……………………………… 임한용
- 장 용(張 龍) ………………………………… 장용권
- 정재환(丁在煥) ……………………………… 정광철
- 최성훈(崔成焄) ……………………………… 최승만
- 홍기훈(洪起勳) ……………………………… 오희래

■ 가 수   본 명
- 김민우(金民雨) ……………………………… 김상진
- 김상아(金象牙) ……………………………… 김재하
- 김지애(金智愛) ……………………………… 동길영
- 나종민(羅鍾民) ……………………………… 나종호
- 나훈아(羅勳兒) ……………………………… 최홍기
- 남 진(南 珍) ………………………………… 김남진
- 도원경 ………………………………………… 김성혜
- 민해경(閔海京) ……………………………… 백미경
- 박승화(朴勝華) ……………………………… 박승진
- 설운도(雪雲道) ……………………………… 이영춘
- 유 열(柳 列) ………………………………… 유종렬
- 윤익희(尹益希) ……………………………… 노귀녀
- 이주원(李柱原) ……………………………… 이주헌
- 정수라(丁秀羅) ……………………………… 정은숙
- 최연제(崔延濟) ……………………………… 김연제
- 최진희(崔振熙) ……………………………… 최명숙
- 태진아(太珍兒) ……………………………… 조방헌

2. 외국 연예인의 예명

젊은이의 우상	제임스 딘	본명 제임스 바이런
세기의 섹스 심벌	마릴린 먼로	본명 노머진 베이커
영혼의 집의 청춘 스타	위노나 라이더	본명 위노나 로라 호로비츠
지성파 감독	우디 앨런	본명 앨런 스튜어트 코니스버
감독	멜 브룩스	본명 멜빈 카미니스키
멜브룩스감독의아내 여배우	앤 뱅크로프트	본명 안나 마리아 이탈리아노
'라스베가스를떠나며'의	니콜라스케이지	본명 니콜라스 코폴라
'간디'의	벤 킹슬리	본명 크리슈나 반지
배우	마틴 신	본명 라몬 에스테베스
	숀 코너리	본명 토머스 코너리
'아랍영웅이름' '고귀한'	오마 샤리프	본명 마이클 샬 후브
여배우	나스타샤 킨스키	본명 나스타샤 나크친스키
여배우	셰어	본명 셰릴린 사키지안라피에르
감독	스파이크 리	본명 셸 헌리
여배우	우피 골드버그	본명 캐린 존슨

■ 애칭

스타	드류 베리모어	본명 앤드루 배리모어
대부	알 파치노	본명 알프레드 파치노
배우	지니 데이비스	본명 버지니아 데비스
배우	찰스 브론스	본명 찰스 부친스키
배우	커크 더글러스	본명 이수로 다니엘로비치

3. 역대 미스코리아의 고운 이름(진선미 외 281명)

1957
(진) **朴賢玉** 金貞玉 洪仁芳

1958
(진) **吳琴順** 鄭淵子 金美子

1959
(진) **吳賢珠** 鄭玉伊 徐廷愛 羅仁德

1960
(진) **孫美喜子** 金貞子 李影熙 朴秀子 張仁子 金美子 金滋炫

1961
(진) **徐良姬** 李玉子 玄昌愛 任永彬 林美愛 嚴淳暎 李明珠

1962
(진) **徐範珠** 孫良子 鄭泰子 宋惠子 林耕實 崔仁子 鄭義子

1963
(진) **金明子** 崔由美 崔金實 金惠媛 姜京琳 金愛利士 辛貞和

1964
(진) 辛娅炫 李惠眞 尹美姬 文順子 崔勝子 李壽珍 崔正寅

1965
(진) 金恩志 金玟珍 李恩我 張惠卿 牟晟良 李淑榮 崔秀兒

1966
(진) 尹貴英 陳炫秀 鄭乙仙 林秀香 李鳳粉 金暎善 李明淑

1967
(진) 洪正愛 崔良地 鄭永華 孫銀偵 金允 金春鎭 金貞淑

1968
(진) 金倫廷 金喜子 李知銀 張文楨 方仁淑 張惠善 陳敬禮

1969
(진) 金志娟 林賢貞 金裕卿 金承喜 林廷恩 徐源瓊

1970
(진) 劉永愛 金仁淑 李貞姬 李恩子 金瓊順 李知修 朴志軟

1971
(진) 盧美愛 崔淑愛 車順英 洪信喜 李永銀 曹愛子 李明信

1972
(진) 朴延珠 徐允姬 申佳亭 裵貞子 鄭金玉 吳榮恩 金聖實
李仁淑

1973
(진) 金英珠 金梅子 金俊暻 朴信和 李泰炫 安順永 李惠淑

1974

(진) **金銀貞** 金暻玉 沈暻淑 金知賢 姜英淑 李喜永 金惠卿

1975

(진) **徐智惠** 李晟喜 李蓮玉 李亨穆 魯德子 陳淑 李卿兒
金玆影

1976

(진) **鄭京淑** 韓英愛 鄭光現 申炳淑 車長玉 李惠卿 柳在善
曺仁玉

1977

(진) **金星希** 李貞和 鄭晶化 金永仙 申炳玉 金順愛 鄭美姬
白京善

1978

(진) **孫正恩** 朴慶愛 蔡貞淑 金恩姬 朴淑宰 諸垠辰 李秀美
崔賢我

1979

(진) **徐載和** 洪如眞 金眞仙 金美哉 李珠驚

1980

(진) **金垠靜** 張惠智 金惠蘭 姜旼廷 延娜英

1981

(진) **李恩定** 李韓娜 金昭馨 朴賢珠 金鍾淑

1982

(진) **朴仙嬉** 崔誠允 李顯珠 鄭愛姬 金美善

1983

(진) **林美淑** 金善美 徐珉淑 金終中 吳淑姬 鄭泳順

1984

(진) **崔榮玉** 金京利 張示和 李周禧 林芝妍 朴恩卿

1985

(진) **裵英蘭** 安貞美 金倫廷 林明淑 崔殷僖 徐賢卿

1986

(진) **金智恩** 丁花善 鄭明宣 權珉暻 吳琇京 李惠汀 閔善庚

1987

(진) **張允貞** 崔延僖 金美林 李潤姬 金希延 張惠榮 李智妍
黃宝卿

1988

(진) **金成鈴** 金慧利 金姬廷 蔡和廷 楊現晶 秋暎美 金유나
吳賢珠

1989

(진) **吳賢慶** 高賢廷 李允榮 申素始 蔡京珍 趙愛善 金美振
張永姬

1990

(진) **徐姃民** 金兌和 尹濟善 李承恩 權廷珠 姜恩淑 金賢淑
李惠貞

1991

(진) **李姶玆** 廉晶雅 李美英 金賢珠 李善惠 張美榮 全惠珍
蘇英卿

1992

(진) **劉河暎** 張恩榮 李丞涓 徐延証 禹政我 金仁英 具敎賢
李靜姬

1993

(진) **弓善榮** 許成守 金英兒 蔡然喜 尹穗進 張美鎬 鄭枝永
孫秀美

1994

(진) **韓成周** 尹美晶 李裕里 金美淑 金禮粉 成賢俄 全민선
崔明蓮

1995

(진) **金允娅** 金靜和 崔允寧 金玟廷 김아린 한성원 李京淑
林珠捐

1996

(진) **이은희** 설수진 김량희 최숙영 이지희 최정윤 이자영
권민중 신지영 김소피아 정윤영 김수현 김경미
김형민 김은정 손상미 주나미

미스코리아
진의 아름다운 모습

역대 미스코리아 (진)의 사진

1985년

배영란(裵英蘭)

1986년

김지은(金智恩)

1987년

장윤정(張允貞)

1988년

김성령(金成鈴)

1989년

오현경(吳賢慶)

1990년

서정민(徐姃民)

1991년

이영현(李姁玹)

1992년

유하영(劉河暎)

1993년

궁선영(弓善榮)

1994년

한성주(韓成周)

1995년

김윤정(金允妊)

1996년

이은희

4. 이름을 남긴 사람들의 좋은 이름

호랑이는 죽어서 가죽을 남기고(虎死遺皮), 사람은 죽어서 이름
을 남긴다(人死遺名)는 말이 있다. 살아 있는 동안 열심히 목표를
갖고 일한 훌륭한 사람들은 역사에 그 이름이 기록되는 영광을 안
게 되어 세세연년(歲歲年年) 자손만대에 전해진다.

여기 그 유명한 역사 속의 인물들의 이름을 참고하여 이름짓는
데 참고하도록 각 분야별로 나누어 게재한다.

5. 역사 속의 인물 이름(한국, 중국)

가실왕 : 가야국왕.
강감찬(姜邯贊) : 고려의 장군.
강조(康兆) : 고려의 장군.
강희제(康熙帝) : 청나라 황제.
건륭제(乾隆帝) : 청나라 황제.
견훤(甄萱) : 후백제 시조.
계백(階伯) : 백제의 장군.
고개지(顧愷之) : 중국 동진의 문인.
고선지(高仙芝) : 고려 유민 당나라 장군(동양의 알렉산더).
고종(高宗) : 이씨 조선의 왕.
공민왕(恭愍王) : 고려의 왕.
공자(孔子) : 중국 춘추시대의 사상가 · 정치가.
곽재우(郭再祐) : 조선 임진왜란 때의 의병장.
관창(官昌) : 신라의 화랑.
광개토대왕(廣開土大王) : 고구려의 왕.
광무제(光武帝) : 중국 후한의 황제.

궁예(弓裔) : 후삼국 태봉국의 왕.

권근(權近) : 조선 초기 학자.

권율(權慄) : 조선의 장군.

균여(均如) : 고려의 승려.

근초고왕(近肖古王) : 조선의 학자.

기대승(奇大升) : 조선의 학자.

기자헌(奇自獻) : 조선 중기의 문인.

길선주(吉善宙) : 한국 최초의 목사.

길재(吉再) : 고려 말기의 학자.

김구(金九) : 호는 백범 독립운동가.

김규식(金奎植) : 독립운동가.

김대건(金大建) : 우리나라 최초의 신부.

김대성(金大城) : 신라의 조각가.

김덕령(金德齡) : 조선의 장군.

김동인(金東仁) : 소설가.

김만중(金萬重) : 조선의 문학가.

김방경(金方慶) : 고려의 장군.

김병연(金炳淵) : 방랑시인, 김삿갓.

김부식(金富軾) : 고려의 학자.

김상헌(金尙憲) : 조선 중기 문신.

김생(金生) : 신라 말기의 서예가.

김성수(金性洙) : 정치가・교육자.

김시민(金時敏) : 조선 중기의 장군.

김시습(金時習) : 조선 초기 문인. 생육신.

김옥균(金玉均) : 조선 말기 정치가.

김유신(金庾信) : 신라의 장군.

김유정(金裕貞) : 소설가.

김육(金堉) : 조선조 문인학자.

김인문(金仁問) : 신라의 장군.

김정식(金廷湜) : 소월, 시인.

김정호(金正浩) : 조선 지리학자.

김정희(金正喜) : 조선의 문신.

김종서(金宗瑞) : 조선의 문신, 장군.

김종직(金宗直) : 조선 성리학자.

김좌진(金佐鎭) : 독립운동가.

김천일(金千鎰) : 조선 임란때의 병장.

김홍도(金弘道) : 조선의 화가.

김홍집(金弘集) : 조선 정치가.

김효원(金孝元) : 조선 문신.

나운규(羅雲奎) : 영화 예술가.

남구만(南九萬) : 조선 문신.

남궁억(南宮檍) : 독립운동가.

노자(老子) : 중국의 사상가.

노태우(盧泰愚) : 대통령.

단군(檀君) : 우리나라 시조.

단종(端宗) : 조선의 왕.

담징(曇徵) : 고구려 화가.

대조영(大祚榮) : 발해의 시조.

도선(道詵) : 신라의 승려.

도연명(陶淵明) : 중국의 시인.

두보(杜甫) : 중국의 시인.

리홍장(李鴻章) : 중국의 정치가.

마해송(馬海松) : 아동문학가.

맹사성(孟思誠) : 조선의 문신.

맹자(孟子) : 중국의 사상가.

묘청(妙淸) : 고려의 승려.

무학(無學) : 조선의 승려.

문무왕(文武王) : 신라의 왕.

문익점(文益漸) : 고려의 학자.

민영환(閔泳煥) : 조선 문신.

박문수(朴文秀) : 조선 문신.

박연(朴堧) : 조선 음악가.

박영효(朴泳孝) : 정치가.

박인로(朴仁老) : 조선의 무신.

박정희(朴正熙) : 대통령.

박제가(朴齊家) : 조선 학자.

박제상(朴堤上) : 신라의 충신.

박지원(朴趾源) : 조선의 실학자.

박팽년(朴彭年) : 조선 문신.

박혁거세(朴赫居世) : 신라의 초대왕.

방정환(方定煥) : 아동문학가.

방한암(方漢巖) : 승려.

배중손(裵仲孫) : 고려의 장군.

백거이(白居易) : 중국 시인.

사마광(司馬光) : 중국 정치가.

사마천(司馬遷) : 중국의 역사학자.

서거정(徐居正) : 조선의 문신.

서경덕(徐敬德) : 조선학자.

서재필(徐載弼) : 독립운동가.

서희(徐熙) : 고려의 문신.

선조(宣祖) : 조선의 왕.

설총(薛聰) : 신라의 학자.

성삼문(成三問) : 조선의 학자.

성현(成俔) : 조선의 문신.

세조(世祖) : 조선의 왕.

세종(世宗) : 조선의 왕.

소식(蘇軾) : 중국의 시인.

손병희(孫秉熙) : 독립운동가.

솔거(率居) : 신라의 화가.

송만갑(宋萬甲) : 명창(名唱).

송시열(宋時烈) : 조선의 학자.

숙종(肅宗) : 조선의 왕.

쑨원(孫文) : 중국의 혁명가.

시황제(始皇帝) : 중국의 진나라 왕.

신돈(辛旽) : 고려의 승려.

신숙주(申叔舟) : 조선의 문신.

신위(申緯) : 조선의 문신.

신윤복(申潤福) : 조선의 화가.

신재효(申在孝) : 조선 판소리 작가.

신채호(申采浩) : 독립운동가.

안견(安堅) : 조선의 화가.

안용복(安龍福) : 조선의 어부.

안익태(安益泰) : 작곡가(애국가).

안정복(安鼎福) : 조선의 학자.

안중근(安重根) : 의사(義士).

안진경(顔眞卿) : 중국의 서예가.

안창호(安昌浩) : 독립운동가.

안향(安珦) : 고려의 학자.

양만춘(楊萬春) : 고구려 장군.

양성지(梁誠之) : 조선학자.

연개소문(淵蓋蘇文) : 고구려 장군.

연산군(燕山君) : 조선의 왕.

염상섭(廉想涉) : 소설가.

영락제(永樂帝) : 중국 황제.

영조(英祖) : 조선의 왕.

오긍선(吳兢善) : 의학자.

왕건(王建) : 고려의 태조 왕.

왕안석(王安石) : 중국의 정치가.

왕양명(王陽明) : 중국사상가.

왕유(王維) : 중국의 시인.

왕희지(王羲之) : 중국의 서예가.

우륵(于勒) : 신라의 음악가.

우장춘(禹長春) : 농학자.

원광(圓光) : 신라의 승려.

원효(元曉) : 신라의 승려.

월명(月明) : 신라의 승려.

유길준(兪吉濬) : 조선 정치가.

유성룡(柳成龍) : 조선 의학자.

유정(惟政) : 조선의 의병장.

유형원(柳馨遠) : 조선의 실학자.

윤관(尹瓘) : 고려의 장군.

윤봉길(尹奉吉) : 의사(義士).

윤선도(尹善道) : 조선의 시인.

윤휴(尹鑴) : 조선의 학자.

을지문덕(乙支文德) : 고구려의 장군.

의상(義湘) : 신라의 승려.

의천(義天) : 고려의 승려.

이강년(李康年) : 조선의 병장.

이광수(李光洙) : 소설가.

이규보(李奎報) : 고려의 학자.

이동녕(李東寧) : 독립운동가.

이백(李白) : 당나라 시인.

이범석(李範奭) : 독립 투사.

이봉창(李奉昌) : 독립운동가.

이상(李箱) : 시인, 소설가.

이상재(李商在) : 애국자.

이상화(李相和) : 시인.

이색(李穡) : 고려의 학자.

이성계(李成桂) : 조선 초대왕.

이수광(李睟光) : 조선의 학자.

이순신(李舜臣) : 조선의 장군.

이승만(李承晩) : 대통령.

이승훈(李昇薰) : 독립운동가.

이승훈(李承薰) : 천주교 순교자.

이시영(李始榮) : 독립운동가.

이원익(李元翼) : 조선의 학자.

이이(李珥) : 조선의 학자.

이익(李瀷) : 조선의 실학자.

이인직(李人稙) : 소설가.

이제마(李濟馬) : 한의학자.

이제현(李齊賢) : 고려의 성리학자.

이준(李儁) : 순국열사.

이중섭(李仲燮) : 서양화가.

이지함(李之菡) : 조선의 학자.

이차돈(異次頓) : 신라의 불교 순교자.

이청천(李靑天) : 독립운동가.

이항복(李恒福) : 조선의 학자.

이황(李滉) : 조선의 학자.

이효석(李孝石) : 소설가.

인조(仁祖) : 조선의 왕.

일연(一然) : 고려의 승려.

임경업(林慶業) : 조선의 장군.

임상옥(林尙沃) : 조선의 무역상인.

장개석(莊介石) : 중화민국 총통.

장건(張騫) : 중국의 탐험가.

장덕수(張德秀) : 독립운동가.

장면(張勉) : 정치가.

장보고(張保皐) : 신라의 장군.

장승업(張承業) : 조선의 화가.

장영실(張英實) : 조선의 과학자.

장자(莊子) : 송나라의 사상가.

장지연(張志淵) : 언론인.

전두환(全斗煥) : 대통령.

전봉준(全琫準) : 조선의 혁명가.

정도전(鄭道傳) : 조선의 학자.

정몽주(鄭夢周) : 고려의 학자.

정선(鄭敾) : 조선의 화가.

정약용(丁若鏞) : 조선의 실학자.

정인지(鄭麟趾) : 조선의 학자.

정조(正祖) : 조선의 왕.

정중부(鄭仲夫) : 고려의 무신.

정철(鄭澈) : 조선의 시인.

제갈양(諸葛亮) : 중국의 재상.

조광조(趙光祖) : 조선의 학자.

조만식(曺晚植) : 독립운동가.

조엄(趙曮) : 조선의 문신.

조조(曺操) : 후한의 정치가.

조헌(趙憲) : 조선의 문신. 의병장.

주시경(周時經) : 한글 학자.

주원장(朱元璋) : 명나라 황제.

주자(朱子) : 중국의 유학자.

지석영(池錫永) : 조선의 의학자.

진흥왕(眞興王) : 신라의 왕.

최규하(崔圭夏) : 대통령.

최남선(崔南善) : 시인.

최명길(崔鳴吉) : 조선의 문신.

최무선(崔茂宣) : 조선의 발명가.

최세진(崔世珍) : 조선의 학자.

최시형(崔時亨) : 조선의 동학 교주.

최익현(崔益鉉) : 조선의 문신.

최제우(崔濟愚) : 조선 동학 창시자.

최충(崔冲) : 고려의 학자, 휴정.

최충헌(崔忠獻) : 고려 무신.

최치원(崔致遠) : 신라의 학자.

태종(太宗) : 조선의 왕.

한용운(韓龍雲) : 독립운동가, 시인.

한유(韓愈) : 당나라의 문장가.

한호(韓濩) : 조선의 서예가.

허균(許筠) : 조선의 소설가.

허준(許浚) : 조선의 의사.

혜초(慧超) : 신라의 승려.

홍경래(洪景來) : 조선의 농민 반란 지도자.

홍난파(洪蘭坡) : 작곡가.

홍대용(洪大容) : 조선의 학자.

황희(黃喜) : 조선의 문신.

<여성 인물>

강경애(姜敬愛) : 여류 소설가.

김마리아(金瑪利亞) : 여성 독립운동가.

김옥숙(金玉淑) : 영부인.

김정례(金正禮) : 장관.

김활란(金活蘭) : 교육자.

노천명(盧天命) : 시인.

명성왕후 : 조선 왕조 현종의 왕비.

선덕여왕(善德女王) : 신라의 왕.

손명순(孫明順) : 영부인.

송미령(宋美齡) : 중국의 정치가.

신사임당(申師任堂) : 조선의 여류문학가.

양귀비(楊貴妃) : 당나라 황제의 왕비.

유관순(柳寬順) : 순국소녀.

육영수(陸英修) : 영부인.

이순자(李順子) : 영부인.

임영신(任永信) : 정치가, 교육자.

진덕여왕 : 신라의 왕

측천무후(무미랑 - 則天武后) : 당나라의 황후, 여황제.

허난설헌(許蘭雪軒) : 조선의 여류 시인.

황진이(黃眞伊) : 조선의 기생, 여류 시인.

6. 세계 역사 속의 인물 이름

가리발디 : 이태리 통일의 영웅.

가우스 : 독일 천재 수학자.

간디 : 인도의 독립운동가.

갈르와 : 프랑스의 수학자.

갈릴레이 : 이탈리아의 과학자.

게이뤼삭 : 프랑스의 화학자.

고갱 : 프랑스의 화가.

고호 : 네덜란드의 화가.

괴테 : 독일의 시인.

구텐베르크 : 독일의 발명가.

그레고리 1세 : 로마의 교황.

그로티우스 : 네덜란드의 법학자.

글래드스턴 : 영국의 정치가.

나이팅게일 : 영국의 간호원.

나폴레옹 : 프랑스의 군인 황제.

난센 : 노르웨이의 탐험가.

낫세르 : 이집트의 군인.

네로 : 로마의 황제.

네루 : 인도의 정치가.

네이피어 : 영국의 수학자.

넬슨 : 영국의 해군 제독.

노벨 : 스웨덴의 화학 기술자.

뉴튼 : 영국의 수학자.

니체 : 독일의 시인.

다윈 : 영국의 생물학자.

단테 : 이탈리아의 시인.

달랑베르 : 프랑스의 철학자.

데카르트 : 프랑스의 철학자.

도스토예프스키 : 러시아의 소설가.

돌턴 : 영국의 화학자.

뒤낭 : 스위스의 만국 적십자사 동맹 창립자.

뒤마 : 프랑스의 소설가.

듀이 : 미국의 철학자.

드가 : 프랑스의 화가.

드골 : 프랑스의 군인 · 정치가.

드라이저 : 미국의 소설가.

드라크르와 : 프랑스의 화가.

드보르작 : 체코슬로바키아의 작곡가.

드뷔시 : 프랑스의 작곡가.

디도로 : 프랑스의 사상가.

디젤 : 독일의 발명가.

디즈니 : 미국의 영화 제작자.
디킨즈 : 영국의 소설가.
라더퍼드 : 영국의 물리학자.
라벨 : 프랑스의 작곡가.
라브와지에 : 프랑스의 화학자.
라신 : 프랑스의 비극 작가.
라이트 형제 : 미국의 비행가.
라이프니츠 : 독일의 수학자.
라파엘로 : 이탈리아의 화가.
러셀 : 영국의 철학자.
레셉스 : 스웨즈 운하 개설자.
레오나르도 다 빈치 : 이탈리아의 화가.
렘브란트 : 네덜란드의 화가.
로댕 : 프랑스의 조각가.
로댕롤랑 : 프랑스의 소설가.
로베스피에르 : 프랑스의 정치가.
로욜라 : 에스파니아의 수도사.
로즈 : 영국의 정치가.
로크 : 영국의 철학자.
로트렉 : 프랑스의 화가.
록펠러 : 미국의 실업가.
롯시니 : 이탈리아의 작곡가.
롱펠로 : 미국의 시인.
뢴트겐 : 독일의 물리학자.
루벤스 : 벨기에의 화가.

루소 : 프랑스의 문학가.
루스벨트 : 미국의 여류 저술가.
루이 14세 : 프랑스의 왕.
루터 : 독일의 신학자.
르느와르 : 프랑스의 화가.
리비히 : 독일의 화학자.
리빙스턴 : 영국의 선교사.
리셍코 : 소련의 생물학자.
리스트 : 헝가리의 피아노 연주가.
린네 : 스웨덴의 박물학자.
린드버그 : 미국의 비행사.
린 위탕(林語堂) : 중화민국의 문학가.
릴케 : 독일의 시인.
링컨 : 미국의 대통령.
마네 : 프랑스의 화가.
마르코니 : 이탈리아의 전기 기술자.
마르코 폴로 : 이탈리아의 동양 여행자.
마르크스 : 독일의 경제학자.
마르탱 뒤가르 : 프랑스의 소설가.
마리아 테레사 : 로마의 황제.
마리 앙트와네트 : 프랑스 왕비.
마크 트웨인 : 미국의 소설가.
마욜 : 프랑스의 조각가.
마젤란 : 포르투갈의 항해가.
마키아벨리 : 이탈리아의 정치학자.

마티스 : 프랑스의 화가.
막사이사이 : 필리핀 대통령.
만 : 독일의 소설가.
말러 : 오스트리아의 작곡가.
맥아더 : 미국의 육군 원수.
맬더스 : 영국의 경제학자.
메리 스튜어트 : 스코틀랜드 여왕.
메치니코프 : 러시아의 생물학자.
메테르니히 : 오스트리아의 정치가.
멘델 : 오스트리아의 식물학자.
멘델스존 : 독일의 작곡가.
모네 : 프랑스의 화가.
모세 : 이스라엘의 민족적 영웅.
모스 : 미국의 발명가.
모어 : 영국의 법률가.
모차르트 : 오스트리아의 작곡가.
모파상 : 프랑스의 소설가.
모하메드 : 이슬람교의 시조.
몰리에르 : 프랑스의 희극 작가.
몰트케 : 독일의 군인.
몽테뉴 : 프랑스의 사상가.
몽테스키외 : 프랑스의 법학자.
뭇솔리니 : 이탈리아의 정치가.
미추린 : 소련의 원예가.
미켈란젤로 : 이탈리아의 화가.

밀 : 영국의 경제학자.
밀레 : 프랑스의 화가.
밀턴 : 영국의 시인.
바그너 : 독일의 낭만파 작곡가.
바스코 다 가마 : 포르투갈의 항해가.
바이런 : 영국의 낭만파 시인.
바하 : 독일의 작곡가.
반다이크 : 네덜란드의 화가.
발레리 : 프랑스의 시인.
발자크 : 프랑스의 소설가.
베델 : 영국의 언론인.
베르디 : 이탈리아의 가극 작곡가.
베를렌 : 프랑스의 시인.
베를리오즈 : 프랑스의 작곡가.
베버 : 독일의 작곡가.
베스풋치 : 이탈리아의 상인.
베이브루트 : 미국의 야구 선수.
베이컨 : 영국의 철학자.
베토벤 : 독일의 작곡가.
벤담 : 영국의 경제학자.
벨 : 미국의 발명가.
벨라스케스 : 에스파니아의 화가.
보들레르 : 프랑스의 시인.
보어 : 덴마크의 물리학자.
보일 : 영국의 물리학자.

복카치오 : 이탈리아의 소설가.

볼타 : 이탈리아의 물리학자.

볼테르 : 프랑스의 시인.

봇티첼리 : 이탈리아의 화가.

브디다르마 : 남인도의 승려.

브라운 : 미국의 공학자.

브람스 : 독일의 작곡가.

브론테 : 영국의 여류 시인.

브뤼겔 : 네덜란드의 화가.

비스마르크 : 독일의 정치가.

비제 : 프랑스의 작곡가.

빅토리아 여왕 : 영국의 여왕.

빌헬름 2세 : 독일의 황제.

사르트르 : 프랑스의 철학자.

상드 : 프랑스의 작가(여류).

생상스 : 프랑스의 작곡가.

샤갈 : 프랑스의 화가.

샬리아핀 : 러시아의 가극 가수.

석가모니 : 불교의 시조.

세네카 : 로마의 시인.

세르반테스 : 에스파니아의 소설가.

세이빈 : 미국의 세균학자.

세잔 : 프랑스의 화가.

셰익스피어 : 영국의 시인.

셸리 : 영국의 시인.

소크라테스 : 그리스의 철학자.
소포클레스 : 그리스의 비극 작가.
쇠라 : 프랑스의 화가.
쇼팽 : 폴란드의 작곡가.
쇼펜하워 : 독일의 철학자.
슈만 : 독일의 작곡가.
슈바이처 : 프랑스의 의사(성자).
슈베르트 : 오스트리아의 작곡가.
슈트라우스 : 독일의 작곡가.
슐리만 : 독일의 고고학자.
스메타나 : 체코슬로바키아의 작곡가.
스위프트 : 영국의 소설가.
스코트 : 영국의 남극 탐험가.
스코필드 : 영국의 의학자.
스타인벡 : 미국의 소설가.
스탕달 : 프랑스의 소설가.
스탠리 : 미국의 탐험가.
스토 : 미국의 여류 작가.
스트라빈스키 : 미국의 작곡가.
스티븐슨 : 영국의 소설가.
시벨리우스 : 핀란드의 작곡가.
시튼 : 캐나다의 자연 과학자.
실러 : 독일의 시인.
아담 스미드 : 영국의 경제학자.
아르키메데스 : 그리스 수학자.

아리스토텔레스 : 그리스 철학자.

아리스토파네스 : 그리스 희극 작가.

아문센 : 노르웨이 탐험가.

아벨 : 노르웨이 수학자.

아보가드로 : 이탈리아의 화학자.

아쇼카 : 고대 인도의 왕.

아우구스티누스 : 고대 교회 교부 철학의 대성자.

아이젠하워 : 미국의 대통령.

아인슈타인 : 미국 물리학자.

아크라이트 : 영국의 발명가.

아타나시우스 : 이집트의 주교.

악바르 : 인도의 황제.

안네 프랑크 : 독일의 소녀.

안데르센 : 덴마크의 동화 작가.

안토니우스 : 로마의 군인.

알렉산더 대왕 : 마케도니아 왕.

암스트롱 : 미국의 우주 비행사.

앵그르 : 프랑스의 화가.

에드워드 3세 : 영국의 왕.

에디슨 : 미국의 발명가.

에라스무스 : 네덜란드의 인문학자.

에를리히 : 독일의 세균학자.

에피쿠로스 : 그리스 철학자.

엘 그레코 : 에스파니아의 화가.

엘리어트 : 영국의 비평가.

엘리자베드 1세 : 영국 여왕.

오닐 : 미국 극작가.

오헨리 : 미국의 단편 소설가.

옥타비아누스 : 로마 황제.

옴 : 독일의 물리학자.

왁스만 : 미국의 세균학자.

워싱턴 : 미국 초대 대통령.

워즈워드 : 영국의 시인.

워트 : 영국의 기계 기술자.

웰링턴 : 영국의 군인.

위고 : 프랑스의 시인.

위클리프 : 영국의 종교 개혁자.

윌리엄 3세 : 영국의 왕.

유라피데스 : 그리스의 시인.

유클리드 : 알렉산드리아의 수학자.

이븐 밧투타 : 아라비아의 여행가.

입센 : 노르웨이 극작가.

잔다르크 : 프랑스의 애국 소녀.

제너 : 영국의 의사.

제논 : 그리스의 철학자.

제퍼슨 : 미국 대통령.

조이스 : 에이레의 소설가.

졸라 : 프랑스의 소설가.

줄 : 영국의 물리학자.

지드 : 프랑스의 소설가.

징키즈칸 : 원나라의 태조.
차이코프스키 : 러시아의 작곡가.
찰즈 1세 : 영국의 왕.
처칠 : 영국의 정치가.
체호프 : 러시아의 단편소설가.
초서 : 영국의 시인.
카네기 : 미국의 실업가.
카루소 : 이탈리아의 테너 가수.
카뮈 : 프랑스의 소설가.
카알 1세 : 프랑크 나라의 왕.
카프카 : 오스트리아의 소설가.
칸토르 : 독일의 수학자.
칸트 : 독일의 철학자.
캘빈 : 미국의 화학자.
케네디 : 미국의 대통령.
케말 아타튀르크 : 터키의 군인.
케사르 : 로마의 장군.
케인즈 : 영국의 경제학자.
케플러 : 독일의 천문학자.
코페르니쿠스 : 폴란드의 천문학자.
코호 : 독일의 세균학자.
콕토 : 프랑스의 시인.
콘스탄티누스 : 로마 제국의 황제.
콜롬부스 : 이탈리아의 탐험가.
쿠르베 : 프랑스의 화가.

쿠베르탱 : 프랑스의 교육자.

쿡 : 영국의 항해가.

쿨롱 : 프랑스의 물리학자.

퀴리 부처 : 프랑스의 부부 물리학자.

퀴비에 : 프랑스의 동물학자.

크롬웰 : 영국의 군인.

크리스트 : 기독교의 시조.

클레오파트라 : 이집트의 여왕.

키에르케고르 : 덴마크의 사상가.

키케로 : 로마의 변론가.

타고르 : 인도의 시인.

토마스 아퀴나스 : 이탈리아의 신학자.

톨스토이 : 러시아의 소설가.

투르게니에프 : 러시아의 소설가.

티치아노 : 이탈리아의 화가.

틴토렛토 : 이탈리아의 화가.

파브르 : 프랑스의 곤충학자.

파블로프 : 소련의 생리학자.

파스칼 : 프랑스의 사상가.

파스퇴르 : 프랑스의 생화학자.

패러데이 : 영국의 화학자.

펄벅 : 미국의 여류 소설가.

페르미 : 이탈리아의 물리학자.

페리클레스 : 그리스의 정치가.

페스탈로치 : 스위스의 교육가.

페트라르카 : 이탈리아의 시인.

포 : 미국의 시인.

포드 : 미국의 자동차 왕.

포스터 : 미국의 가곡 작곡가.

푸르트벵글러 : 독일의 지휘자.

푸생 : 프랑스의 화가.

푸시킨 : 러시아의 시인.

풀턴 : 미국의 발명가.

풋치니 : 이탈리아의 가극 작곡가.

프랭클린 : 미국의 발명가.

프로이트 : 오스트리아의 정신의학자.

프뢰벨 : 독일의 교육가.

프루스트 : 프랑스의 소설가.

프리드리히 : 프러시아의 국왕.

프톨레마이우스 : 그리스의 수학자.

플라톤 : 그리스의 철학자.

플레밍 : 영국의 세균학자.

플로베르 : 프랑스의 소설가.

플루타르코스 : 그리스 철학자.

피디아스 : 그리스의 조각가.

피오트르 1세 : 러시아의 황제.

피카소 : 에스파니아의 화가.

피타고라스 : 그리스의 기하학자.

피히테 : 독일의 철학자.

하디 : 영국의 시인.

하우프트만 : 독일의 극작가.

하이네 : 독일의 시인.

하이든 : 오스트리아의 작곡가.

한니발 : 카르타고의 장군.

함무라비 : 바빌로니아의 왕.

헤겔 : 독일의 철학자.

헤라클레이토스 : 그리스의 철학자.

헤로도투스 : 그리스의 역사가.

헤밍웨이 : 미국의 소설가.

헤세 : 독일의 시인.

헨델 : 독일의 음악가.

헬렌켈러 : 미국의 사회사업가.

헬름홀츠 : 독일의 생리학자.

호돈 : 미국의 소설가.

호라티우스 : 로마의 시인.

호머 : 그리스의 서정시인.

홍슈취안(洪秀全) : 중국 태평 천국의 우두머리.

후스 : 보히미아의 민족운동가.

후크 : 영국의 자연과학자.

휘트먼 : 미국의 시인.

히틀러 : 독일의 정치가.

7. 성경 속의 인물 이름

아담 : 인류의 조상.

가인 : 아담의 아들.

아벨 : 아담의 아들(가인이 죽이다).

에녹 : 가인의 아들.

이랏 : 에녹의 아들.

므후야엘 : 이랏의 아들.

므두사엘 : 므후야엘의 아들.

라멕 : 므드사엘의 아들.

야발 : 아다의 아들.

뉴발 : 아다의 아들.

두발가인 : 씰라의 아들.

셋 : 아담의 아들(912세).

에노스 : 셋의 아들(905세).

게난 : 에노스의 아들(910세).

마할랄렘 : 게난의 아들(895세).

야렛 : 마할랄렘의 아들(992세).

에녹 : 야렛 아들(365세).

므드셀라 : 에녹 아들(969세).

라멕 : 므드셀라 아들(777세).

노아 : 라멕의 아들(950세).

셈 : 노아 아들(600세).

함 : 노아 아들.

야벳 : 노아 아들.

고멜 : 야벳 아들.

마곡 : 야벳 아들.

마대 : 야벳 아들.

야완 : 야벳 아들.

두발 : 야벳 아들.

메섹 : 야벳 아들.

디라스 : 야벳 아들.

아스그나스 : 고멜의 아들.

리밧 : 고멜의 아들.

노갈마 : 고멜의 아들.

엘리사 : 야완 아들.

달시스 : 야완 아들.

깃딤 : 야완 아들.

노다님 : 야완 아들.

구스 : 함 아들.

미스라임 : 함 아들.

붓 : 함 아들.

가나안 : 함 아들.

하윌라 : 스바 아들.

삽다 : 스바 아들.

라아마 : 스바 아들.

삽드가 : 스바 아들.

스바 : 라아마 아들.

드단 : 라아마 아들.

니므롯 : 구스 아들.

루딤 : 미스라임 아들.

아나밈 : 미스라임 아들.

르하빔 : 미스라임 아들.

납두힘 : 미스라임 아들.

바드루힘 : 미스라임 아들.

갑도림 : 미스라임 아들.

시돈 : 가나안 아들.

헷 : 가나안 아들.

엘람 : 셈의 아들.

앗수르 : 셈의 아들.

아르박삿 : 셈의 아들.

룻 : 셈의 아들.

아람 : 셈의 아들.

우스 : 아람 아들.

훌 : 아람 아들.

게델 : 아람 아들.

마스 : 아람 아들.

셀라 : 아르박삿의 아들.

에벨 : 셀라 아들.

벨렉 : 에벨 아들.

욕단 : 에벨 아들.

알모닷 : 욕단 아들.

셀렙 : 욕단 아들.

하살마웻 : 욕단 아들.

예라 : 욕단 아들

하도람 : 욕단 아들

우살 : 욕단 아들

디글라 : 욕단 아들

오발 : 욕단 아들

아바마엘 : 욕단 아들

스바 : 욕단 아들

오빌 : 욕단 아들

하윌라 : 욕단 아들

요밥 : 욕단 아들

르우 : 벨렉 아들.

스룩 : 르우 아들.

나홀 : 스룩 아들.

데라 : 나홀 아들.

아브람

아브라함(175세).

이삭(80세).

이스마엘 : 하갈 아들(137세).

에서 : 이삭 아들.

야곱 : 이삭 아들.
하란 : 이삭 아들
롯 : 하란 아들
이스가 : 하란 아들
라반
므낫세
에브라임
르우벤
시므온
레위
유다
베레스
잇사갈
스불론
베냐민
세라
헤스론
람
아비나답
나손
살몬
오벳
이새
다윗
솔로몬

르호보암
아비야
아사
여호사밧
요람
웃시야
요담
아하스
히스기야
아몬
요시야
여고냐
스알디엘
스룹바벨
아비훗
엘리아킴
아소르
사독
아킴
엘리웃
에르아살
맛단
단
납달리
갓

아셀
모세
아론
여호수아 : 눈의 아들
나답
아비후
갈렙
호세아
라합
기드온
삼손
보아스
사무엘
요나단 : 사울의 아들
나발
나단
여로보암
엘리야
아합
벤하닷
여호람
나아만 장군
요아스
아마샤
골리앗

아사랴 : 선지자
에스라
느헤미야
욥
아가
이사야 : 선지자
예레미야 : 선지자
에스겔 : 선지자
다니엘 : 선지자
호세아 : 선지자
요엘 : 선지자
아모스 : 선지자
요나 : 선지자
오바댜 : 선지자
미가 : 선지자
나훔 : 선지자
하박국 : 선지자
스가랴 : 선지자
말라기 : 선지자

신약속의 인물

헤롯왕
세례 요한
베드로(시몬) : 열두 제자.

안드레 : 열두 제자.
야곱 : 열두 제자.
요한 : 열두 제자.
빌립 : 열두 제자.
바돌로매 : 열두 제자.
도마 : 열두 제자.
마태 : 열두 제자.
야고보 : 열두 제자.
다대오 : 열두 제자.
시몬 : 열두 제자.
가룟 유다 : 열두 제자.
요셉
가브리엘 천사
사울
바울 사도
삭개오
데오빌로
맛디아
스데반
고넬료
루기오
실라
디모데
디오누시오
브리스길라

아볼로
에라스도
소스데네
실루아노
브리스가
아굴라
오네시보로
디도
빌레몬
아킵보 : 군사
오네시모
가이오

8. 성경 속의 여인 이름

(세례명 · 예명으로 활용)

하와 : 아담의 아내.

아다 : 라멕의 아내.

씰라 : 라멕의 아내.

나아미 : 씰라의 딸.

사래 : 아브람의 아내.

사라 : 아브라함의 아내.

밀가 : 나홀의 아내.

리브가 : 이삭의 아내

하갈 : 사라의 여종. 아브라함의 아내.

레아 : 야곱의 아내.

라헬 : 야곱의 아내.

드로디나라 : 리브가의 유모.

다말

라합

룻

다비다야
엘리사벳 : 세례 요한의 어머니.
마리아 : 예수의 어머니.
말라
노아
호글라
디르사
두라
들릴라 : 삼손의 연인.
나오미
밧세바
스바 : 여왕.
에스더 : 왕후.
요안나
수산나
마르다
마리아
로데
다마리
압비아
베로니카

9. 국내 고위 관직 경력자의 이름

● 이씨 조선 역대 왕과 왕자 이름

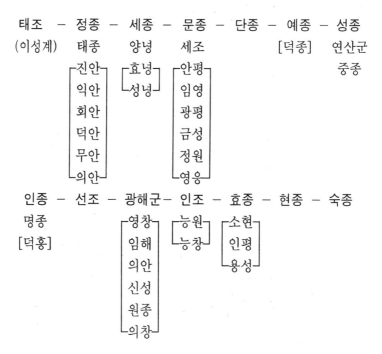

경종 – 정조 – 순조 – 철종 – 헌종 – 고종 – 순종
영조 ┌은언┐ [문효] [익종] ┌ 홍선 ┐
　　 │은신│ 　　 　　 └대원군┘
　　 └은전┘

● 대한민국 3부 요인 명단

대통령

이승만, 허정(권한 대행), 곽상훈(권한 대행), 윤보선, 박정희,
최규하(권한 대행), 전두환, 노태우, 김영삼

부통령

이시영, 김성수, 함태영, 장면

국무총리

이범석, 신성모(서리), 이윤영(서리), 장택상, 백두진, 변영태,
장도영(수반), 송요찬(수반), 김현철(수반), 최두선, 정일권,
김종필, 신현확, 박충훈(서리), 남덕우, 이현재, 김상협, 노신영,
강영훈, 이회창, 이홍구, 이수성

부총리 겸 경제기획원장관

김유택, 장기영, 박충훈, 김학렬, 태완선, 이한빈, 김원기, 신병현,
홍제형, 나웅배

[국회의장]

김규식(과도입법의원), 신익희(제헌의회), 이기붕, 곽상훈,
백낙준(참의원), 이효상

[국회정·부의장]

최동오(과도입법의원), 윤기섭(과도입법의원), 김동원(제헌의회),
김약수, 윤치영, 조봉암, 김동성, 최순주, 곽상훈, 조경규, 황성수,
이재학, 한희석, 임철호, 김도연, 이재형, 이영준, 서민호, 소선규,
장경순, 나용균, 이상철, 윤제술, 정성태, 정해영, 김진만, 이철승,
구태회, 이민우, 민관식, 고흥문

[대법원장]

김병로, 조용순, 김갑수(직무 대행), 배정현(직무 대행),
사광욱(직무 대행), 조진만, 민복기, 이영섭

부록

인명용
추가한자

가	嘉嫁稼賈駕伽迦柯呵哥枷珂痂苛 茄袈訶跏軻嗘骱舸珈坷罸榎櫃笳 枷葭謌
각	珏恪殼愨卻咯埆推擱桷
간	艮侃杆玕竿揀諫墾栞奸柬澗磵稈 艱癎忓矸侃慳榦秆茛衎赶迀齦
갈	葛乫喝曷碣竭褐蝎鞨噶楬秸羯蠍
감	勘堪瞰坎嵌憾戡柑橄疳紺邯龕玲 坩堪嵁弇憨撼欲歛泔淦澉矙轗酣 鹻
갑	鉀匣岬胛閘
강	杠堈岡姜橿彊慷畺疆糠絳羌腔舡 薑鱇嫝踍襁玒顠茳鏹傋僵壃忼悾 扛殭矼穅繈罡羫豇韁
개	价凱愷漑塏愾疥芥豈鎧玠剴匃揩 槩磕闉
객	喀
갱	坑粳羹硜賡鏗
갸	釀
거	渠遽鉅炬倨据祛踞鋸駏呿昛秬筥 籧胠腒苣莒蕖蘧袪裾
건	巾虔楗鍵愆腱塞騫搴湕踺揵犍腱 寋謇鞬

걸	桀 乬 朅 榤
검	瞼 鈐 黔 撿 芡
겁	劫 怯 迲 刦 刧
게	揭 偈 憩
격	檄 膈 覡 挌 觳 闃 骼 鬲 鵙
견	鵑 甄 繭 譴 狷 畎 筧 縳 繾 羂 蠲 鰹
결	訣 抉 契 焆 迼 玦 鍥 觖 関
겸	鎌 慊 箝 鉗 嗛 槏 傔 岭 拑 歉 縑 蒹 黔 鼸
경	倞 鯨 坰 耿 炅 更 梗 憬 璟 瓊 擎 儆 俓 涇 莖 勁 逕 潁 冏 勍 焭 璥 痙 磬 絅 脛 頸 鶊 檠 冂 涇 憼 至 曔 獥 勁 哽 悙 扃 㷾 熒 畊 竸 綆 謦 褧 謦 穎 駉 鯁 黥
계	誡 烓 屆 悸 棨 稽 谿 堦 瘈 禊 綮 緩 薊 雞 髻
고	叩 敲 皐 暠 呱 尻 拷 槁 沽 痼 睾 羔 股 膏 苽 菰 藁 蠱 袴 誥 賈 辜 錮 雇 杲 鼓 估 凅 刳 栲 槀 橐 牯 鹽 瞽 鷱 槔 箍 篙 糕 罟 羖 翶 胯 觚 詁 郜 酤 鈷 靠 鴣
곡	斛 梏 鵠 嚳 槲 穀 縠 觳
곤	昆 崑 琨 錕 梱 棍 滾 鯤 袞 堃 崐 悃 捆 緄 裍 褌 閫 髡 鵾 鵾 騉
골	汨 滑 搰 榾 鶻

공	珙控拱蚣鞏龔倥崆栱箜蚣蛬贛壟釭槓
곳	串
과	菓跨鍋顆戈瓜侉堝夥夸撾猓稞窠蝌裹踝銙騍
곽	廓椁藿椁癨霍鞹
관	款琯錧灌瓘梡串棺罐菅涫輨卝爟盥裸窾筦綰鑵藋顴髖鸛
괄	括刮趏适佸栝筈聒髻鴰
광	侊洸珖桄匡曠壙筐胱恇框爌獷磺絖纊茪誆誑
괘	卦罫咼挂罣詿
괴	乖傀拐槐魁媿膾瑰瓌蒯襘
괵	馘
굉	宏紘肱轟浤觥訇閎
교	僑喬嬌膠咬嶠攪狡皎絞翹蕎蛟轎餃驕鮫姣佼噭憍郊嘐噭嚙撟晈暞榷磽窖趫蹻鉸骹鵁齩

구	玖矩邱銶溝購鳩軀枸仇勾咎嘔垢 寇嶇樞歐毆毬灸瞿綌臼舅衢謳述 鉤駒鷗珣耉廐龜颶佝俅傴冓劬匶 厹叴均姤媾嫗屨岣瞉戰扣捄搆摳 昫桀漚璆甌疚痀癯簍糗胊蒟蚯 裘覯訽遘釦韝韭鬮觳鸜
국	鞠鞫麴箌匊掬跼麵
군	窘裙捃桾皸
굴	窟堀掘倔崛淈詘
궁	躬穹芎躳
권	圈眷倦捲港勸惓棬睠綣蜷
궐	闕獗蕨蹶
궤	机櫃潰詭饋佹几劂匭憒撅樻氿簋 繢跪闠餽麂
귀	句晷鈍龜
규	圭奎珪揆逵窺葵槻硅竅赳閨邽嫢 湀茥煃刲嫶巋暌楏樛潙暌虯跬闚 頍馗
균	昀鈞筠勻龜覠囷麏
귤	橘
극	尅隙戟棘亟尬屐郄

근	墐 漌 槿 瑾 嫤 筋 劤 懃 芹 菫 覲 饉 叾 廑 觔 跟 釿 靳
글	契 劼
금	衾 襟 昑 妗 擒 檎 芩 衿 唫 噤 嶔 笒 黔
급	汲 伋 扱 圾 岌 皀 礏 笈 芨
긍	亙 兢 矜 殑
기	淇 琪 璂 棋 祺 錤 騏 麒 玘 杞 埼 崎 琦 綺 錡 箕 岐 汽 沂 圻 耆 機 磯 譏 冀 驥 嗜 暿 伎 夔 妓 朞 畸 祁 祇 羈 機 肌 饑 稘 禨 嶔 忯 僛 剞 墍 屺 庋 弃 忮 惎 掎 敧 旂 曁 基 歧 炂 猉 禨 綦 綨 羇 肵 芰 芪 蘄 虁 蟣 蟣 覬 跂 隑 頎 髻 鰭
길	佶 桔 姞 拮 蛣
김	金
끽	喫
나	奈 奈 娜 拏 儺 喇 懦 拿 挐 胗 挐 挪 笯 梛 糯 誽
난	煖 偄 愞 赧 餪
날	捺 捏
남	楠 湳 枏 喃
납	衲
낭	囊 曩

내	奈 奶 嬭 迺 鼐
녁	怒
년	撚 碾
념	恬 拈 捻
녑	愵
녕	獰 佞 儜 嚀 濘
노	弩 瑙 駑 語 呶 孥 猱 猱 笯 臑
농	膿 濃 儂 噥 穠 醲
뇌	餒
뇨	尿 鬧 撓 嫋 嬲 淖 鐃
누	耨 呶
눈	嫩
눌	訥 呐 肭
뉴	紐 鈕 杻 袾 忸
뉵	衄
니	尼 柅 瀰 膩 馜 惎 呢 怩 袮 禰
닉	匿 溺
닐	昵 暱
다	爹 嵾 橵 茤 觰

단	緞鍛亶彖湍簞蛋袒鄲煓呾担博椴 溥癉㟪胆腶蜑
달	撻澾獺疸妲怛闥靼韃
담	譚膽澹覃啖坍憺曇湛痰聃蕁錟潭 倓啿埮炎儋啗噉墰壜毯禫罎薝郯 驔黵
답	沓遝
당	塘鐺撞幢戃棠螳倘儻搪榶溏瑭 瞠礑螗襠讜鏜餳餹
대	垈玳袋戴擡旲岱黛曼噽儓懟汏碓 鐓
댁	宅
도	堵棹濤熹禱鍍蹈屠悼掉搗櫂淘滔 睹萄覩賭韜稫裯鉊夲稌叨燾祭㧰 慆搯搯擣檮洮涂鍛菟酴闍韜韜饕
독	瀆牘犢禿纛櫝黷
돈	墩惇暾燉頓旽沌焞弴潡蠧
돌	乭咄堗
동	棟董潼垌瞳蝀憧疼胴桐朣曈彤烔 橦勤侗僮哃峒涷艟苳苘董
두	杜枓兜痘竇荳讀逗阧抖斁肚脰蚪 蠹陡

둔	遁 臀 芚 遯 窀 迍
둘	乧
등	藤 謄 鄧 嶝 橙 凳 墱 滕 磴 籐 縢 螣 鐙
라	螺 喇 懶 癩 蘿 裸 邏 剆 覶 摞 蓏 鑼 儸 砢 蠃 倮 囉 曪 瘰 騾 臝
락	珞 酪 烙 駱 洛 貉 犖
란	瀾 瓓 丹 欒 鸞 爛 鑾 嬾 欄 攔 灓 襴 闌
랄	剌 辣 埒 辢
람	嵐 攬 欖 籃 纜 襤 藍 婪 灆 婪 漤 爁 璼 惏
랍	拉 臘 蠟 鑞
랑	琅 瑯 狼 朗 烺 蜋 廊 駺 榔 閬 硠 稂 莨
래	崍 萊 徠 淶 騋
략	畧
량	亮 倆 樑 粱 輛 駺 俍 喨 悢 踉 魎
려	呂 侶 閭 黎 儷 廬 戾 櫚 濾 礪 藜 蠣 驢 驪 曞 儢 厲 唳 梠 癘 糲 膂 臚 蠡 邌 鑢
력	瀝 礫 轢 靂 攊 櫟 櫪 癧 轣 酈
련	煉 璉 攣 漣 輦 孌 臠 楝 湅 䜌 鏈 鰊 鰱
렬	洌 冽 挒 捩 颲
렴	濂 簾 斂 殮 瀲 磏
렵	躐 鬣

령	伶 玲 姈 昤 鈴 齡 怜 囹 等 羚 翎 聆 逞 泠 澪 岭 呤 另 欞 齢 秎 苓 蛉 輪 鴒
례	澧 醴 隷 鱧
로	魯 盧 鷺 撈 擄 櫓 潞 瀘 蘆 輅 鹵 嚧 虜 璐 櫨 蕗 潦 瓐 澇 壚 滷 旅 癆 牢 鸕 艪 艫 轤 鏴 鑪 顱 髗 鱸
록	彔 碌 菉 麓 淥 漉 簏 轆 騄
롱	瀧 瓏 籠 壟 朧 聾 儱 攏 曨 礱 龍 隴
뢰	瀨 儡 牢 磊 賂 賚 耒 攂 礧 礌 籟 纇 罍 蕾 誄 酹
료	遼 寮 廖 燎 療 瞭 聊 蓼 嘹 嫽 撩 暸 潦 獠 繚 膋 醪 鐐 飂 飉
룡	襲
루	壘 婁 瘻 縷 蔞 褸 鏤 陋 慺 嶁 耬 熡 僂 嘍 螻 髏
류	琉 劉 硫 瘤 旒 榴 溜 瀏 謬 橊 縲 纍 遛 鶹
륙	戮 勠
륜	侖 崙 綸 淪 錀 圇 掄
률	慄 崒 稞 瑮 溧
릉	癃 窿
륵	勒 肋 泐
름	廩 凜 菻 澟

릉	綾菱稜凌楞倰薐
리	俚莉璃俐唎浬狸痢籬罹贏鰲鯉浰 戾犁摛劦哩嫠苙蜊螭貍邐魖黐漓
린	潾璘麟吝燐藺躙鱗撛鏻獜橉粦鄰 蟒繗嶙恡磷驎躪轔
림	琳霖淋棽琳琳玲痲
립	笠粒砬岦
마	瑪摩痲碼魔媽劘螞蟇麼
막	寞膜邈瞙鏌
만	曼蔓鏋卍娩巒彎挽灣瞞輓饅鰻蠻 墁嫚幔縵謾蹣鏝鬘
말	茉靺抹沫襪靺帕秣
망	網芒輞邙莽惘汒漭魍
매	寐昧枚煤罵邁魅苺呆楳沬玫眛莓 酶霉
맥	貊陌驀貃貘
맹	萌氓甍眄虻
멱	冪覓幎
면	冕棉沔眄緬麵俛湎緜
멸	蔑篾蠛
명	溟暝椧皿瞑茗蓂螟酩憫洺眀鳴

몌	袂
모	摸 牟 謨 姆 帽 摹 牡 瑁 眸 耗 芼 茅 矛 橅 耗 慔 侔 姥 媚 嫫 悻 旄 皃 眊 牦 蝥 蟊 髦
목	穆 鶩 沐 苜
몰	歿
몽	朦 懞 懵 曚 濛 濛 瞢 矇 艨 雺 鸏
묘	描 錨 畝 昴 杳 渺 猫 淼 眇 藐 貓
무	拇 斌 畝 撫 懋 巫 憮 楙 毋 繆 蕪 誣 鵡 橆 儛 嘸 廡 膴 鶩
묵	嘿
문	汶 炆 紋 們 刎 吻 紊 蚊 雯 抆 悗 懣 押 璊
물	沕
미	渼 薇 彌 嵄 媄 媚 嵋 楣 楣 湄 謎 靡 黴 躾 嫐 瀰 煝 妮 洣 侎 瑂 寀 溦 采 蘪 嫐 釁 弭 敉 糜 瀰 獮 麋 麛 茉 蘼
민	玟 旻 旼 閔 珉 岷 忞 愍 敃 愍 潣 瞀 頣 泯 悶 緡 顝 鈱 脗 閩 盿 罠 瑉 緍 芪 鰵 黽
밀	謐 樒 滵
박	珀 撲 璞 鉑 舶 剝 樸 箔 粕 縛 膊 雹 駮 亳 欂 牔 鎛 駁 髆
반	畔 頒 潘 磐 拌 搬 攀 斑 槃 泮 瘢 盼 磻 礬 絆 蟠 胖 攽 婆 扳 擊 肦 胖 頒 盤

발	潑 鉢 渤 勃 撥 跋 醱 魃 炦 哱 浡 脖 鈸 鵓
방	坊 彷 昉 龐 榜 尨 旁 枋 滂 磅 紡 肪 膀 舫 蒡 蚌 謗 幫 仿 厖 徬 搒 旊 梆 牓 艕 螃 鎊 髣 魴
배	陪 裵 湃 俳 徘 焙 胚 褙 賠 北 蓓 貝 坏 扒 琲 蓓
백	佰 帛 魄 柏 苩 𧺆 珀
번	蕃 幡 樊 燔 磻 藩 繙 膰 蘩 袢
벌	閥 筏 橃 罰
범	帆 杋 氾 范 梵 泛 汎 釩 渢 滼 笵 訉 颿
법	琺
벽	璧 闢 僻 劈 擘 檗 癖 霹 辟 擗 甓 疈 襞 鷿 鼊
변	卞 弁 便 釆 忭 抃 籩 胼 賆 𨐨 駢 骿 鴘
별	瞥 鼈 襒 酚 莂 鷩 䉲 彆 炦 嫳
병	幷 倂 甁 軿 炳 柄 昞 秉 餠 騈 鉼 抦 絣 缾 迸 鈵
보	堡 甫 輔 菩 潽 洑 湺 褓 俌 珤 䀯 盙 簠 葆 寶 鴇 黼
복	馥 鍑 僕 匐 宓 茯 蔔 輹 輻 鰒 墣 幞 扑 濮 箙 菔 蝠 蝮 鵩
볼	乶

봉	俸捧琒烽棒蓬鋒熢縫澭芃丰夆篷絳菶喬
부	孚芙傅溥敷復不俯剖咐埠孵斧缶腑孵荸訃賻趺釜阜駙鳧膚俘嫏抔拊培桴榑涪玞袝笭罘罦胕芣苻蔀蚨蜉袯裒跗鈇頯鮒麩
분	汾芬盆吩噴忿扮盼焚糞賁雰体坌帉粉棼棻氛溢濆犇畚砏笨朌膹蕡轒黺鼢
불	佛弗茀祓紱艴艴韍髴黻
붕	鵬棚硼繃堋髼漰
비	庇枇琵扉譬丕匕匪憊斐榧奜毗沸泌痺砒秕粃緋翡脾臂菲蜚裨誹鄙棐庀斐霏俾誹伾仳荆圮埤妣屁庳悱椑沘淝淠濞狒狉痞痹睥篦紕羆腓芘苉萆薛蚍貔晶轡邳郫閟陴輡騑騛髀鼙
빈	彬斌濱嬪穦儐璸玭嚬檳殯浜瀕牝邠繽豳霦贇鑌擯馪矉臏蘋顰鬢
빙	憑騁凭娉
사	泗砂糸紗娑徙奢嗣赦乍些伺俟傻唆柶梭渣瀉獅祠肆莎蓑裟飼駟麝篩傞剚卸咋姒楂榭氾痧皻竢笥蜡覗駛紗鯊鰤

삭	數索爍鑠搠槊蒴
산	珊傘刪汕疝蒜霰酸產祘憟剷姍孿橵灒潸狻繖訕鏟
살	薩乷撒煞
삼	參蔘杉衫滲芟森糁釤鬖
삽	插澁鈒颯卅唼歃翣鍤霅霎
상	庠湘箱翔爽塽孀峠廂橡觴樣牀慡漺徜晌殤嘗緗鎟顙鬺
새	璽賽鰓
색	嗇穡塞槭濇瀒
생	牲甥省笙眚鉎
서	抒舒瑞棲曙壻惛諝墅嶼犀筮絮胥薯鋤黍鼠薁揟忞湑偦稰叙遾噬撕潊紓耡芧鉏
석	碩奭汐淅晰祏鉐錫潟蓆舄鼫裼矽腊蜥
선	扇渲瑄愃墡膳繕琁璿璇羨嬋銑珗嫙僊敾煽癬腺蘚蟬詵跣鐥洒亘譔暶璠洗匙厸歚筅綖譱鏃蘚騸鱓
설	薛楔屑泄洩渫藝齧卨鼜契偰揳媟揲贄爇碟稧紲

섬	纖暹蟾剡殲贍閃陝孅憸摻睒譫銛鐵
섭	燮葉欆紗躞躡囁懾灄聶鑷顳
성	城娍珹惺醒宬猩筬腥眚胜成城誠盛晟瞕騂
세	貰笹說忕洒涗姻鎐彗帨繐蛻
소	沼炤紹邵韶巢遡招珨嘯塑宵搔梳瀟瘙篠簫蕭逍銷愫穌卲霄劭衛璅傃鮹佋嗉埽塐愬捎樔泝筱箾繅翛膆艘蛸酥魈鮹
속	涑謖贖洓遬
손	遜巽蓀飧
솔	率帥乺達衛窣蟀
송	宋淞悚竦愯鬆
쇄	殺灑碎曬瑣
쇠	釗
수	洙琇銖粹穗繡隋髓袖嗽嫂岫戍漱燧狩璲瘦綏綬羞茱蒐蓨藪邃酬銹隧鬚鶔睟豎雛眭睟瓍宿汓瑈叟售廋晬叜泅溲瞍崇籔睟腠膸陲颼饈
숙	塾琡璹橚夙潚菽倏俶儵婌驌鷫

순	洵珣荀筍舜淳焞諄錞醇徇恂栒楯 橓蕣蕣詢馴盾峋姰旬徇肫眴紃肫 駒鬊鶉
술	鉥坺絉
숭	嵩崧菘
쉬	倅淬焠
슬	瑟膝璱瘱璱虆虱
습	褶熠榺隰
승	丞陞繩蠅升滕承塍丞阩醫
시	柴恃匙嘶媤尸屎屍弑猜翅蒔蓍諡 豕豺偲毸諟媞柹愢禔絁洔諰眂槩 兕厮啻塒廝槀澌緦翽豉釃鍉顋
식	栻埴殖湜軾寔拭熄簒蝕媳
신	紳莘薪迅訊侁呻娠宸燼腎藎蜃辰 璶哂凶姺汛矧脤贐頤駪
실	悉蟋
심	沁沈瀋芯諶潯燖甚鐔鱏
십	什拾
아	娥峨衙妸俄啞莪蛾訝鴉鵝阿婀哦 硪皒砑婭椏啊妸猗枒丫疴筽迓錏 鵞

악	樂堊嶽幄愕握渥鄂鍔顎鰐齷偓鄂咢喔噩腭蕚覨諤鶚齶
안	晏按鞍鮟贗妟嫚矸侒饐犴
알	斡軋閼嘎擖圠訐遏頞鴶
암	庵菴唵癌闇嗳媕崟晻腤葊蓭諳頷馣黯
압	鴨狎
앙	鴦快秧昂卬块盎鞅決
애	厓崖艾埃曖隘靄睚礙烡唉僾啀嗳娭崕挨捱欸漄獃皚睚曖礘薆藹靉騃
액	液扼掖縊腋呝戹搤阨
앵	鶯櫻嚣鸚嚶娑罃
야	冶倻惹椰爺若揶
약	葯蒻爚禴篛籥鑰鸙龠
양	襄孃漾佯恙攘暘瀁煬痒瘍禳穰釀椋徉瀼烊癢眻蘘暢鑲颺驤
어	圄瘀禦馭齬唹衛圉敔淤飫
억	檍臆繶
언	諺彦偃堰嫣傿匽讞鄢鼴齞
얼	孽蘗糱乻臬

엄	奄 俺 掩 儼 淹 龑 崦 曮 罨 醃 閹 广
업	嶪 嶫 鄴
에	恚 曀
엔	円
여	歟 璵 礖 艅 茹 舉 妤 悆 舁
역	暘 繹 嶧 懌 淢 閾
연	衍 淵 姸 娟 涓 沇 筵 瑌 蜒 嚥 堧 捐 挻 椽 涎 緣 鳶 硯 曣 嬿 醼 兗 嬿 莚 瓀 均 戭 困 埏 悁 掾 櫞 涊 臙 蜎 蠕 讌
열	說 咽 濄 噎
염	琰 艷 厭 焰 苒 閻 髯 冉 懕 厭 懕 灧 壓 魘 黶
엽	燁 曄 爗 曅 爗 罨
영	渶 煐 瑛 塋 濚 盈 楹 鍈 嬰 穎 瓔 咏 瑩 嶸 穎 瀛 纓 霙 嬴 憪 蠑 朕 涅 暎 栐 濴 癭 韺 碤 縈 贏 郢
예	叡 預 芮 乂 倪 刈 曳 汭 濊 猊 穢 裔 詣 霓 堄 榮 珋 嫕 藝 蕊 鷖 艾 藝 羿 瘞 郳 嬖 帠 況 兒 囈 嬰 拽 捝 柄 獩 睨 瞖 緊 翳 薉 蚋 蛻 鯢 鷖 麑

오	伍吳旿珸晤奧俉塢墺寤惡懊敖熬澳獒箯螘鼇梧浯燠頯仵俣唔嗷噁圬嶅忤憈捂汙窹聱莫襖謷迕迃遨鰲鏖隩驁鼯
옥	沃鈺
온	瑥媼穩瘟縕蘊穩盟榲薀饂媪慍氳熅轀醖韞薀
올	兀扤嗢膃
옹	雍壅瓮甕癰邕饔喁齆滃癕禺罋翁雝顒
와	渦窩窪蛙蝸訛哇囮媧柩洼猧窊萵譌
완	玩垸浣莞琓琬婠婉宛梡椀碗貦脘腕豌阮頑妧岏鋺抏杬刓忨惋涴盌
왕	旺汪枉瀇迬
왜	倭娃歪矮媧
외	嵬巍猥偎崴崴溾煨磈魂聵陒
요	夭堯饒曜耀瑤樂姚僥凹妖嶢拗擾橈燿窈窯繇繞蟯邀暚偠喓坳墝嬈幺徭徼妖澆祆突窅蔉遶鷂
욕	縟褥溽蓐
용	溶鎔瑢榕蓉涌埇踊鏞茸墉甬俑傭慂聳傛榕宂或嵱慵惷硧舂蛹踴

우	佑祐禹瑀寓堣隅玗釪迂霧盱盂禑 紆芋藕虞雩扜圩慪燠愚俁邘猛麌 偊吁嵎庽杅疣旴竽耦耰譌踽鋀麀 虁齵
욱	旭昱煜郁項彧勖栯燠稢馘
운	沄澐耘暈会暈標殞煩芸蕓隕篔篔 員鄆顚惲紜賱韵
울	蔚鬱芺菀
웅	熊
원	袁垣洹沅瑗媛嫄愿苑轅婉湲爰猿 阮鴛褑朊杬鋺冤笎邍惋楥芫薗蜿 謜騵鵷黿猨
월	鉞刖粤
위	尉韋瑋暐渭魏萎葦蔦蝟禕衞韡喟 幃熨痿葳諉逶闈躗餧颹
유	侑洧宥庾喩兪楡瑜猷濡愉釉攸柚 瑈釉孺揄楢游癒臾萸諛諭踰蹂逾 鍮曘婑囿牖逌姷聥蕤狖浟瑈需揉 帷尤呦壝泑貁顬瘉瘐薮窳籲糅綏 腴莠蕕蚴蚰蝤褕黝讉輮鮪
육	堉毓儥
윤	尹允玧鈗胤阮贇贇昀菿鋆楣沇
율	聿燏汩建潏獝矞颶

융	融戎瀜絨狨
은	垠殷誾潕珢慇濦億听璁圻蘟檼檃訢蒑浪蒽愁圁嶖醟澽罶迚狺癮嵒鄞斷
을	圪耾
음	蔭愔馨暗崟廕霪
읍	揖悒挹浥
응	膺鷹鷹
의	倚誼毅擬懿椅饐薏蟻妮猗儗澄剴嶷欹漪礒饐螘
이	珥伊易弛怡爾彝頤姨痍肆苡荑貽邐飴貳嬰杝胛姆珆鴯羡眲佴廙呭尔栮洟迆隶
익	翊瀷謚翌熤弋鷁
인	咽湮絪茵蚓靷刃茫汭牣璌靭紳氤腍儿諲濥稇戭仞堙畚嬫洇禋裀
일	溢鎰馹佾佚壹劮泆軼
임	妊稔恁荏訨誑絍袵銋飪
입	廿
잉	剩仍孕芿媵

자	仔滋磁藉瓷咨孜炙煮疵茨蔗諮雌秄褯呰孳孖莘柘泚牸眦眥秄裁茈蒯妍觜訾貲赭鎡顊髭鮓鷀鷓粂
작	灼芍雀鵲勺嚼斫炸綽舃岝怍斮柞汋焯犳碏
잔	孱棧潺盞剗驏
잠	箴岑簪蠶涔
잡	卡囃眨磼襍
장	匠杖奘漳樟璋暲薔蔣仗檣欌漿狀獐臧賍醬偉妝嬙嶂廧戕牂瘴糚胖萇鄣鏘餦麞
재	梓縡齋溨滓齎捚賊溗粂崽扗榟灾纔
쟁	錚箏諍崝狰琤鎗
저	苧邸楮沮佇儲咀姐杵樗渚狙猪疽箸紵菹藷詛躇這雎齟宁岨杼柢氐潴瀦牴罝羝苴蛆袛褚觝詆陼
적	迪勣吊嫡狄炙翟荻謫迹鏑笛蹟樀磧糴葧覿逖馰

전	佺栓詮銓珘甸塡奠荃雋顚佃剪塼塵悛氈澱煎畑癲筌箋箭篆纏輾鈿鑴顫餞吮囀嫥屇巓戩揃㫸栴湔澶牋瓴敗痊瘕磚籛羶翦腆膞躔輇遄鄽鋑鈿靛覥顯飦餰鬋鱣鸇
절	晢截浙癤岊
점	岾粘霑鮎佔墊玷笘簟苫蔪砧覘颭黏
접	摺椄楪蜨跕蹀鰈
정	汀玎町呈桯珵婬偵湞幀楨禎珽挺綎鼎晶朇柾鉦淀錠鋌鄭靖靚鋥炡淳釘涏頲婷旌檉瀞睛碇窵艇諪酊霆彰埩佂姃桯胜灯眐艵杕侹掟頲叮婧怔根疔筵莛証醒遉
제	悌梯瑅劑啼臍薺蹄醍霽媞儕禔偙娣晢娣擠猘睇稊緹踶蹏躋鍗隮霽鮆鯷
조	彫措晁窕祚趙肇詔釣曹遭眺俎凋嘲棗槽漕爪璪稠粗糟繰藻蚤躁阻雕昭嶆佻傮刁厝嘈噪燿徂懆找殂澡琱皁桃竈笊糙糶絩絛胙臊艚蔦蜩誂譟銚銚錯鯛鵰鼂
족	簇鏃瘯
존	拵

졸	猝
종	倧 琮 淙 悰 綜 瑽 鍾 慫 腫 踵 椶 柊 踨 伀 慒 樅 瘇 螽
좌	挫 剉 痤 莝 髽
주	胄 湊 炷 註 疇 週 遒 駐 妵 澍 姝 侏 做 呪 嗾 廚 籌 紂 紬 綢 蛛 誅 躊 輳 酎 燽 鉒 拄 賙 邾 睭 紸 貯 椆 晭 瑂 紸 調 晭 丟 侜 儔 尌 幬 硃 籒 黿 肘 腠 蔟 蛀 裯 說 賙 趎 輈 霌 霔
죽	粥
준	峻 浚 晙 焌 竣 畯 駿 准 濬 雋 僎 埻 隼 寯 樽 蠢 逡 純 葰 罇 僔 陖 晙 餕 迿 惷 儁 懏 鐏 俊 皴 埻 撙 綧 罇 鱒 踆 蹲 骏
줄	茁 法
중	眾
즉	喞
즐	櫛 騭
즙	汁 楫 葺 檝 戢
증	烝 甑 拯 繒 嶒 矰 罾
지	旨 沚 址 祉 趾 祇 芝 摯 鋕 脂 咫 枳 漬 砥 肢 芷 蜘 識 贄 洔 底 泜 吱 駅 劧 忯 坻 搘 禔 舐 坁 墀 楮 泜 痣 秖 簏 舓 踟 躓 軹 阯 鮨 鷙 抵

직	稙稷禝
진	晉瑨瑱津璡秦軫塵禛診縝塡賑溱抮唇嗔搢桭榛殄昣疹瞋縉臻蔯袗眹蓁昣枃槇稹儘靕俤眹侲肆璺趁鬒
질	瓆佚叱嫉袟桎窒膣蛭跌迭垤絰疾郅鑕
짐	斟朕鴆
집	什潗輯楫鏶緝咠戢
징	澄澂瀓癥瞪
차	車叉瑳侘嗟嵯磋箚茶蹉遮硨䚛姹齹伮岔偖槎
착	搾窄鑿齪戳擉斲
찬	撰纂粲澯燦璨瓚纘鑽竄餐饌攢巑儹篡欑孌劗爨趲
찰	札刹擦紮扎
참	僭塹懺斬站讒譖儳嶄巉憯攙槧橵毚譛鏨饞驂黲
창	菖昶彰敞廠倡娼愴槍漲猖瘡脹艙滄淐唱淌伥傖嵢刱悵惝戧搶氅瑲窻蹌鋹閶匘鶬
채	采埰寀蔡綵寨砦釵琗責棌婇睬茝

책	柵嘖幘磔簀簀蚱
처	凄悽凄萋覰郪
척	陟個刺剔擲滌瘠脊蹐隻墌慼堉惕捗摭蜴跖躑
천	仟阡喘擅玔穿舛釧闡韆茜倩倩僁僤洤濺祅觘芊荐蒨蕆辿龘
철	澈撤轍綴凸輟恝瞮剟啜堲惙掇歠銕錣飻飻
첨	僉瞻沾簽籤詹詔甜幨忝諂櫼櫼瀸簷襜
첩	帖捷堞牒疊睫諜貼輒倢呫喋怗褺
청	菁鯖清圊蜻鶄婧
체	締諦切剃涕諟玼棣毳殢砌蒂髢蔕靆
초	樵焦蕉楚劋哨憔梢椒炒硝礁稍苕貂酢醋醮岧鈔佋龝偢偢劖噍嶕峭嶕怊悄愀杪燋綃秒誚譙趠軺迢鈔鍫鐎鞘顦髫鷦髫
촉	囑蠋蜀矚爥矚蜀躅髑
촌	忖吋
총	寵叢恩憁摠蔥冢葱葼縱驄
촬	撮

최	崔 嗺 摧 槯 漼 璀 磪 繀 膬
추	楸 樞 鄒 錐 錘 墜 椎 湫 皺 毸 萩 諏 趨 酋 鎚 雛 騶 鰌 儀 啾 娵 帚 惆 捶 揫 搥 甃 瘳 箠 篘 縋 緅 蒭 陬 隹 鞦 騅 魋 雓 鶖 鶩 麤 龝
축	軸 竺 筑 蹙 蹴 妯 舳 豕 踧 鼀
춘	椿 瑃 賰
출	朮 黜 秫
충	琉 沖 衷 忡
췌	萃 悴 膵 贅 惴 揣 瘁 顇
취	翠 聚 嘴 娶 炊 脆 驟 鷲 取 橇 毳
측	仄 惻 廁 昃
치	熾 峙 雉 馳 侈 嗤 幟 梔 淄 痔 癡 緇 緻 蚩 輜 稚 卮 哆 寘 時 痤 絺 菑 薙 褫 豸 跱 錙 阤 鯔 鴟 鵄 鶨
칙	勅 飭 敕
친	櫬 襯
칠	柒
침	琛 砧 鍼 梣 浸 忱 椹 梫 鋟 駸
칩	蟄
칭	秤

쾌	夬噲
타	咤唾惰拖朶舵陀馱駝橢佗坨拕柁沱詑詫跎躱馳鮀鴕鼉
탁	度倬琸晫託擢鐸拓啄坼柝琢踔橐拆沰涿矺籜蘀逴
탄	吞坦灘嘆憚綻暺憻攤殫癱驒
탈	侻
탐	耽眈嗿忐酖
탑	榻傝塌搨
탕	宕帑糖蕩燙盪碭盪
태	汰兌台胎邰笞苔跆颱鈦珆鮐脫娩迨埭炲駘
택	垞
탱	撐撑牚
터	攄
토	兔
톤	噋
통	桶慟洞筒恫樋箽
퇴	堆槌腿褪頹隤
투	偸套妒妒渝骰
퉁	佟

특	慝忒
틈	闖
파	巴芭琶坡杷婆擺爬跛叵妑岥怕灞爸玻旛笆簸耙菠葩鄱
판	阪坂瓣辦鈑
팔	叭捌朳汃
패	浿佩牌唄悖沛狽稗霸孛旆珮霈
팽	彭澎烹膨砰祊蟚蟛
팩	愎
편	扁翩鞭騙匾徧惼緶艑萹蝙褊諞
폄	貶砭窆
평	坪枰泙萍怦抨苹洴鮃
폐	陛吠嬖斃敝狴獘癈
포	葡襃砲鋪佈匍匏咆哺圃怖暴泡疱脯苞蒲袍逋鮑抛儤庖哺暴炮炰誧鉋鞄餔鯆
폭	曝瀑輻
표	杓豹彪驃俵剽慓瓢飄飆瞟僄勡嘌嫖摽殍熛縹裱鏢鑣髟鰾
품	稟
풍	諷馮楓瘋

피	披陂詖鞁髲
픽	腷
필	弼泌玭苾秘鉍佖疋潷畢咇潷篳罼 蓽臂蹕韠鞸鵯駜
핍	乏逼偪
하	廈霞瑕蝦遐鰕呀蝦碬閜嚇鰕讚煆 蕸欥抲嗬岈懗瘕罅鍜
학	壑虐謔嗃狢瘧矐确郝鷽
한	澣瀚翰閒悍罕瀾譀僩嫻橌閑扞忓 邗嫻捍暵間騆鶾鼾
할	轄瞎
함	函涵艦喊檻緘銜鹹菡莟諴轞闞
합	哈盒蛤閤闔陜匌嗑柙榼溘盍郃
항	亢沆姮伉杭桁缸肛行降夯炕蚢頏
해	偕楷諧咳垓孩懈瀣蟹邂駭骸咍瑎 澥祄欬嶰廨欬獬痎薤醢頮鮭
핵	劾覈翮
행	杏倖荇涬悻
향	珦嚮餉饗麞侷蘠
허	墟噓歔
헌	櫶轋憓旰巚幰攇

헐	歇
험	嶮 獫 玁
혁	赫 爀 奕 焱 血 烗 槶 嚇 弈 洫 鬩
현	見 峴 晛 泫 炫 玹 鉉 眩 昡 絢 呟 倪 睍 舷 衒 弦 儇 譞 怰 峴 銷 妶 琄 嬛 蜆 炫 灝 梘 駽 痃 繯 翾 蜆 誢
혈	子 頁 絜 趐
협	俠 挾 峽 浹 夾 狹 莢 鋏 頰 冾 匧 叶 埉 恊 悏 愜 篋
형	型 邢 珩 洞 炯 瑩 瀅 馨 熒 滎 澄 荊 鎣 迥 侀 敻 娙 詗 陘
혜	蕙 彗 譓 惠 憓 嘒 蹊 醯 鞋 譓 鏸 匚 訬 傒 嘒 徯 槥 盻 譓
호	晧 皓 昊 淏 濠 灝 祜 琥 瑚 護 顥 扈 鎬 壕 壺 濩 澔 岵 弧 狐 瓠 糊 縞 葫 蒿 蝴 皞 婥 芐 犒 鄗 熇 嫭 怙 瓳 蒿 傐 沍 嘷 鬍 嫮 洉 滈 滬 猢 皞 鍸 聕 醐
혹	酷 熇
혼	渾 琿 俒 顋 圂 溷 涽 焜 闇
홀	惚 笏 囫
홍	泓 烘 虹 鈜 哄 汞 訌 哄 澒 篊 鬨
화	嬅 樺 譁 靴 澕 俰 嘩 驊 龢

확	廓攫矍玃礭鑊
환	喚奐渙煥睆幻桓鐶驩宦紈鰥圜皖洹寰懽攌瓛睆絙豢轘鍰鬟
활	闊滑猾豁蛞
황	凰堭媓晃滉榥煌璜熀幌徨恍惶愰慌湟潢篁簧蝗遑隍楻喤怳瑝肓貺鎤
회	廻恢晦檜澮繪誨匯徊淮獪膾茴蛔賄灰個洄盔詼迴頮鱠
획	画嚄
횡	鐄竑澋鈜鐄
효	涍爻驍敩哮嚆梟淆肴酵晶歊窙譸傚洨嘐虓熇烋媱囂崤殽餚
후	后逅吼嗅帿朽煦珝喉堠欻姁芋吽煦屋猴篌詡譃酗餱
훈	勳焄熏薰壎燻纁暈纁煇薫曛獯葷
훌	欻
훙	薨
훤	喧暄萱煊愃昍烜諠諼
훼	喙毁卉燬毇虺
휘	彙徽暉輝諱麾煒撝翬
휴	烋眭虧庥咻隳髹鵂

휼	恤謞鷸岫
흉	兇匈洶恟胷
흔	欣炘昕痕忻很掀惞釁
흘	屹吃紇訖仡汔疙迄齕
흠	欽欠歆鑫廞
흡	洽恰翕噏歙潝翖
희	姬晞僖橲禧嬉憙熹熙義爔曦俙囍憘犧噫熈烯暿譆嬄咥唏嘻悕欷燨豨餼
힐	詰犵纈襭頡黠

저자 엄원섭

- 충남 서산에서 출생
- 한국 외환은행 외자부장 대리
- 한국 수출입은행 금융부 차장
- 영국 바클레이 뱅크에서 국제 금융 업무 연수
- 기업 경영 지도사(재무) 국가 자격 취득
- 중앙일보 부설 중안문화센터 역학 강사
- 한국 수상학회 회장
- 일간스포츠 〈삼분 수상학〉 컬럼니스트
- 스포츠서울 〈손금 좀 봅시다〉 컬럼니스트
- 스포츠서울 〈족상 좀 봅시다〉 컬럼니스트
- 저서 《신통수상술대전》
  《신비의 손금 기적의 손금》
  《인생 108수》
  《개운의 신비》
  《금융가의 숨은 이야기》
  《진학 판단과 수상술》
  《암 질병 집에서 조기 진단할 수 있다》
  《복있는 이름짓기 사전》
  《관상보고 사람아는 법》
  《손금좀 봅시다》
  《사주 비법 비결 해설서》 (근간)

현재 미래철학관
TEL: 02)713-5977, 010-2336-5977
평생전화번호 TEL: 080-234-5959

*의문나는 점이나 궁금한 사항은 이곳으로 문의하십시오.

복있는 이름짓기 사전

초판 1쇄 인쇄 ㅣ 2018년 1월 2일
초판 1쇄 발행 ㅣ 2018년 1월 12일

지은이 ㅣ 엄원섭
펴낸이 ㅣ 이현순
펴낸곳ㅣ 백만문화사
주소ㅣ 서울 마포구 독막로 28길 34(신수동)
전화 ㅣ 02)325—5176 **팩스** 02)323—7633
신고번호 ㅣ 제2013—000126호
전자우편 ㅣ bmbooks@naver.com
홈페이지 ㅣ www.bm—books.com

Copyright©2018 BaekMan Publishing Co.
Printed & Manufactured in Seoul, Korea

ISBN 978—89—97260—95—9 (03180)
값 18,000원

잘못된 책은 서점에서 바꾸어 드립니다.